PAUL FÉVAL Fils

TON CORPS
EST
À MOI

ROMAN

ÉDITIONS RADOT · PARIS

25ᵉ mille.

TON CORPS EST À MOI

ŒUVRES DE PAUL FEVAL FILS

PAUL FÉVAL FILS

TON CORPS EST À MOI

ROMAN

PARIS
EDITIONS RADOT
5, RUE EUGÈNE-MANUEL, 5

LETTRE PRÉFACE

A Monsieur José ALMIRA

Mon Cher Ami,

On peut attribuer à la plume des littérateurs ce qu'Esope disait de la langue, au cours de deux repas chez Xanthus : selon l'emploi qu'on en fait, c'est la pire ou la meilleure des choses.

Elle est excellente, la plume, lorsqu'elle s'interdit de corroder l'âme ou l'esprit et s'efforce, tout au contraire, à n'exalter que les sentiments les plus nobles et les actions méritoires. Ainsi avez-vous fait, avec Un idéal dans un tombeau, en proclamant la grandeur du sacrifice consenti par les héros, pour le salut du monde, le chagrin dissimulé des mères et des épouses et l'inexorable résolution de tous de ne point permettre le retour des inhumaines boucheries.

Mais la plume est néfaste si, pour ne point gêner l'assouvissement des appétits de celui qui la guide, elle trahit son devoir. En effet, les auteurs d'ouvrages à grande diffusion, — même et surtout si cette diffusion est le résultat d'une publicité forcenée, — se doivent de n'écrire sur les mœurs qu'en moralisateurs, leur rôle est d'épar-

gner à leurs lecteurs les occasions de mal faire, de les mettre à l'abri des regrets à venir en les détournant des actes tortueux. Par contre, s'ils éprouvent un sadique plaisir à leur enseigner les moyens réguliers et légaux d'éviter les suites des méchantes actions, s'ils prônent le stupre et vantent l'infamie, ce sont des rénégats de la conscience, des avortés du beau, des faillis de l'honneur.

**

Abordons la question à laquelle ce livre se propose de répondre.

Dans sa séance du 20 Juillet 1841, la Société des Travailleurs égalitaires, trisaïeule de notre communisme, décidait : « L'union légale entre deux époux doit disparaître comme une loi injuste, qui rend esclave ce que la nature fait libre et qui fait de la chair une propriété personnelle. De ce fait, il rend impossible la communauté des biens et, comme conséquence, le bonheur, puisque la communauté des biens ne supporte aucune espèce de propriété. »

Il faut croître et multiplier; à la base de chaque agglomération humaine, c'est la sécurité; l'arrêt dans l'augmentation des naissances marque le début de l'effondrement. C'est dans le mariage seulement que peut se construire le foyer familial, berceau des générations nouvelles dont la prospérité et la progression reposent uniquement sur la foi réciproque.

Les Hébreux, primitivement élevés chez les Egyptiens polygames, malgré les lois de Moïse, se pervertirent progressivement, et la démorali-

sation du foyer, entraînant la décadence politique, les Romains n'eurent aucune peine à en-
chaîner le peuple juif. La corruption dans la famille en avait fait une proie facile. D'ailleurs,
partout où le mariage ne comporte qu'une association superficielle et fragile, la confusion s'y
loge, le désaccord s'installe, l'homme devient un
despote, la femme une révoltée, et l'enfant un
souffre-douleur : l'Enfant! le témoin de l'amour,
l'espoir de la race!

« La chair — a dit saint Paul — désire contre
l'esprit, l'esprit contre la chair. »

Et voici qu'un écrivain, inconscient de sa force
désorganisatrice ou acide par rancune, à l'encontre de Titus, semble gémir sur la perte de ses
heures, chaque fois qu'il n'a pu ébrécher l'édifice
social.

En paraissant plaider un procès d'intérêt public, il abuse la crédulité des simples, se fait le
dangereux avocat des causes les plus douteuses
et couvre des amers embruns de sa misantrophie
les protecteurs du foyer domestique. Cette dé-
mangeaison de salir sournoisement ce qu'on touche, cette aveugle agitation vengeresse. sont produites moins par la suragitation maladive d'un
cerveau en phlétore d'égoïsme, que par le regret
de ce qui a été perdu par sa faute. Au vrai, les
inapparentes tares du cœur, à la façon des mons-
truosités physiques, engendrent le besoin de se
plaindre, de se révolter, de se venger.

Le culte de l'ego poussé à ce point, sous le couvert mensonger du grand mot Humanité, et du
mot Liberté, plus fallacieux encore, dresse sa mi-

notauresque idole aux pieds d'argile dans le bien
moderne gachis de l'anarcho-communisme.

Peuple, on te voudrait plus bête que tu n'es.
C'est là où le malin se montre un peu bien naïf :

— Citoyen et citoyenne, dit-il, vous êtes appe-
lés à ne plus rien devoir à l'Etat.

— Est-ce possible?

— Parfaitement ! Vous serez un double tyran
de l'Etat devenu votre serviteur.

Non, mes amis, dans ce paradis promis, vous
serez de plus en plus les esclaves. Les potentats
moscovites le démontrèrent à leur façon en fabri-
quant la plus sévère camisole de force que puisse
supporter l'homme émancipé. D'ailleurs, la philanthropie des soviets n'eut garde d'oublier les
femmes qui, en fait d'émancipation, furent mises en commun : Bien National!

Allez donc vous fier à ce chant de sirène?

En voici d'une espèce encore plus ingrate :

Notre écrivain, dans ses prêches, conseille tour
à tour la liberté individuelle, l'amour, ou ce qu'il
suppose être l'amour, enfin, et surtout, la stérilité ; son dada préféré étant de faire la guerre à
la conception, par parti-pris, sans aucune raison
ni excuse médicales et scientifiques.

Dans ce cas, la liberté individuelle, si passioné-
ment réclamée, à qui profiterait-elle? Pas aux
libérées novices, c'est trop certain, si nous en
croyons les résultats obtenus par la pitoyable
héroïne de notre auteur; mais à celles qui, cons-
cientes et organisées, auraient le pouvoir de s'at-
taquer à la liberté d'autrui.

Attirées par le double piment de la renommée
tapageuse du conseilleur et de la liberté qu'il leur

*offre, — avec d'autant plus de générosité qu'il ne
saurait la dispenser, — les femmes tendent l'o-
reille, curieuses. Les réfléchies hésitent, se ré-
servent ou réprouvent. Les oiselles, en leur inno-
cence, s'émerveillent. Toutes les libertés leur
semblent bonnes à prendre, celle de leur petite
personne d'abord. Malheureusement, Epiméthée
en fit l'expérience, la boîte de Pandore est la
source de bien des calamités ; il serait assez dangereux d'en abandonner la clé aux filles d'Eve.*

Un exemple :

*Mademoiselle, votre corps est à vous. Le pré-
curseur l'affirme. Ce corps est l'égal de celui de
l'homme et libre comme le sien. Admettons un
instant que vous veniez à le lui céder, intact; à
votre sens, peut-être, c'est un prêté pour un
rendu? Quelle erreur! S'il arrive à Monsieur de
n'en plus vouloir, qui vous restituera ce que vous
lui avez inconsidérément sacrifié : primeur, jeunesse, fraîcheur de l'âme, illusions en la vie? Lui,
par contre, remportera tout son avoir, pas même
écorné. C'est l'honnête restitution du noyau après
qu'a été dévoré le fruit.*

*Ceci nous conduit à parler de l'amour tel qu'il
est compris par notre apôtre.*

*La civilisation a dit : « Chacun pour tous ! »
C'est l'état social des nations organisées.*

*La révolution a répondu : « Tous pour cha-
cun ! » Plus de hiérarchie, plus de législation et
plus de magistrature. C'est le règne de la licence
et de la barbarie, un règne égal à celui des soviets : l'anarchie mène à la tyrannie.*

*Contre la loi de l'instinct, les mélanges indisci-
plinés et sans frein, subis par les animaux, l'hom-*

me a pour régulateur sa conscience, sa raison, il doit pouvoir refréner ce qu'il y a de plus bestial en lui ; il se défend à bon droit de ne pas être l'ilote de ses bas appétits.

Ce n'est plus cela que l'on préconise. A l'irresponsabilité des victimes de la nouvelle intoxication, la magique liberté offerte, c'est le partage des cœurs et des corps, à la course. On oublie de parler des risques, car il incombe, n'est-il pas vrai, à l'Assistance Publique d'en faire son affaire!

Pour celles qui ne sauraient admettre le libertinage et sont désireuses du mariage, mais dont la complexion aurait à souffrir du régime de la monogamie, on rétablirait la polyandrie telle qu'elle est pratiquée chez les Naïrs des Travancores et de la côte du Malabar. Cette caste noble et guerrière a des traditions qui remontent au delà du déluge. Chez eux, la polyandrie est érigée en loi civile et religieuse, chaque épouse Naïre devant avoir au moins quatre maris.

On ne peut citer ces mœurs que pour la curiosité du fait car, même si une pareille loi venait à être adoptée chez nous, éventualité peu probable, la proportion des maris ne pourrait pas être espérée, les femmes étant en surnombre. Alors...

Enfin, la dernière marotte, la plus affreuse, de l'homme de lettres que nous accusons ici de se livrer de parti-pris à une campagne anti-sociale et encore plus anti-française, sa dernière marotte est de professer le malthusianisme, de pousser à l'arrêt radical et non motivé de l'engendrement, dans un pays saigné à blanc et qui décline, faute le récupération.

♣

Avec un amusant esprit critique, Clément Vautel a porté le premier coup à l'anti-conceptionnisme en écrivant Madame ne veut pas d'enfant. *Comment Madame pourrait-elle en vouloir? La mode moderne lui impose une sveltesse que rompraient les approches d'une maternité, et puis il y a les dancings où l'on se livre à l'enquête des mains, les sports à l'information des yeux.*

Madame n'est point seule à décider ; parfois c'est Monsieur à qui la venue d'un héritier déplairait. Souvent, l'un et l'autre sont d'accord sur cette restriction. Sont-ils les disciples croyants d'un apôtre de la dépopulation ? Oui ; mais il leur arrive aussi de n'avoir pris conseil que de leur seul intérêt. Ce calcul coupable fait baisser le commerce des berceaux et des layettes.

Et voilà les innombrables vies étouffées dans le germe; voilà l'infanticide, jusqu'à ce jour impuni, que conseillent, au débotté et sans raison valable, de faux humanitaires. Aussi, ces impudents comtempteurs de la natalité poussent-ils de véritables cris de fureur contre la loi du 1ᵉʳ août 1920 qui prétend sagement flétrir et punir ces pratiques.

Ah! Malheur à la nation qui n'osera point mettre un terme à la destruction organisée de ses défenseurs naturels déjà conçus; elle va vers une catastrophe et sera un jour ou l'autre victime de ses mœurs.

Il ne s'agit pas de penser, comme les résignés : « L'ovariotomie, pratiquée sans nécessité, a ouvert l'ère de la stérilité. » Et d'écouter les partisans de la mutualité renchérissant : « Pour donner un nouvel essor à la fécondation, la méthode à employer serait l'assolement. » Imbéciles! Pour un ou deux sillons sans germination, doit-on déclarer tout le champ infertile?

Non, dans la belle France, atteinte de la pire des maladies, le dépérissement progressif, tout bon Français, à la lecture des leçons démoralisatrices versées avec cette abondante perfidie, doit être écœuré. Par bonheur, par sa profusion même, le poison administré à la grande famille de la France malade, agira à l'encontre de sa destination en ne le tuant pas, mais en lui permettant de se ressaisir et de reprendre son rang de vitalité et de grandeur, à l'abri de sa force retrouvée.

⁂

Et puis, ce n'est pas vrai, Ton corps n'est pas à toi, il n'est pas plus à toi que mon corps n'est à moi.

Dans la chaîne sociale, tous les chaînons sont solidaires les uns des autres; mais tous concourent à la solidité et à l'unité.

C'est pourquoi, par-delà les sanglots et les rires, les résistances ou les hypocrites soumissions des Pharisiens, il convient de jeter l'appel du clocher, de la nation et du monde:

TON CORPS EST A MOI

P. F. F.

TON CORPS EST A MOI

PREMIÈRE PARTIE

I

Ego conjungo vos in nomine Patri...

Le vieux prêtre breton a prononcé les paroles rituelles. Elles consacrent, devant Dieu, l'union de Gaby Ducastey et de Pierre de Tréogat de Kerverno.

Colette, ayant légèrement tourné la tête, aperçut alors, sur les lèvres minces de Jacques Blue, un sourire ironique et légèrement méprisant, motivé sans doute par la phrase latine.

Depuis le commencement de la cérémonie, la jeune fille sentait peser sur elle le regard de cet homme de soixante ans. On le lui avait présenté, le matin même, comme un romancier polémiste, célèbre auteur de deux ou trois livres aux théories hardies. Elle n'ignorait pas qu'il devait son succès moins à son talent d'écrivain qu'à ces théories. Le regard de cet homme, qui se posait sur elle avec une insistance lourde, semblant vouloir la cribler de fluide, la gênait comme une chose mauvaise.

Pour lui échapper, elle s'intéressa à ce qui l'entourait dans cette vieille église de Bretagne. Son maître-autel prenait une grandeur énorme à côté des arcades abritant les tombeaux aux écussons d'or « au lion de gueules » des barons de Pont-l'Abbé. Elle admira surtout la magnifique rosace flamboyante située au-dessus du chœur. Le soleil de juillet brillait joyeusement au dehors; il passait, ardent, au travers les vitraux et venait se jouer sur la robe blanche de la mariée, lui donnant, par ses couleurs variées, l'aspect des ballets fantastiques de la Loïe Fuller.

Le suisse, rutilant dans l'uniforme neuf, offert par les nouveaux époux, vint prévenir Colette que le moment de la quête était arrivé. La jeune fille eut un sourire, elle prit la main de son cavalier et suivit l'homme d'église. Celui-ci la conduisit vers les mariés, auxquels elle tendit son aumônière, assortie à sa robe en crêpe de Chine bleu pastel.

L'assistance était nombreuse et choisie dans la petite église de Pont-l'Abbé. En effet, toute la noblesse du Finistère et du Morbihan s'était fait un devoir d'assister au mariage de Pierre de Tréogat de Kerverno, descendant direct du fameux Tréogat de Locronan, l'homme énergique qui, en 1590, fidèle à son roi, défendit la baronnie de Pont-l'Abbé contre les ligueurs, déjà maîtres de tout le pays environnant. Enfermé dans le château, il résista au canon et les assaillants commençaient à se décourager, quand le malheureux Tréogat fut tué d'un coup d'arquebuse. La garnison se rendit alors et le butin fut grand pour les ligueurs.

Le descendant des barons de Pont-l'Abbé, on le conçoit, n'avait pu faire consacrer son union qu'en la modeste église qui abritait les tombeaux de ses ancêtres. Cette décision avait aussitôt enthousiasmé la Parisienne moderne et snob à laquelle il donnait son nom glorieux. Quelle joie, en effet, de pouvoir dire à ses amies, en feignant beaucoup d'émotion :

— Sans mentir, ma chérie, je m'attendais presque à voir tous les barons sortir de leurs tombeaux pour venir saluer la nouvelle châtelaine !

Ce mariage était l'épilogue d'un roman d'amour.

L'année précédente, Pierre de Kerverno, villégiaturant à la Baule, avait été invité par des amis, riches armateurs nantais, à faire une croisière sur leur yacht *Le Cormoran*. En Breton fanatique de la mer, il avait accepté aussitôt, mais de naturel un peu sauvage, il n'avait pas tardé à être effrayé de la société mondaine et bruyante qui se trouvait à bord, décidée à s'amuser à outrance.

Pourtant, dès que le yacht eut gagné le large, chevauchant les vagues, les fendant comme d'un soc de charrue, s'enfuyant vers la ligne infinie de l'horizon en argentant le bleu des flots d'un sillage d'écume, il s'humanisa. Il s'humanisa surtout au contact de Gaby Ducastey, fille d'un professeur à l'Université de Droit. D'abord séduite par le nom et la fortune, la Parisienne n'avait pas tardé à répondre assez sincèrement à

2-

l'amour de ce grand garçon, taillé en athlète et incapable d'une volonté.

Pour mieux faire sa cour, Pierre de Kerverno s'était installé à Paris pendant une partie de l'hiver, laissant à Jean, son frère cadet, le soin des intérêts familiaux, et à Quillon, son principal fermier, celui de surveiller ses terres.

Imbue des principes modernes, de la liberté de la femme, de son émancipation, Gaby ne s'était décidée au mariage qu'après bien des hésitations. Elevée très librement par un père savant et sans cesse plongé dans ses livres, elle fréquentait un monde soi-disant intellectuel, mais surtout pourri, où le romancier Jacques Blue et ses théories malsaines étaient très admirés.

Pour ces demi-cérébraux, le mariage était un calvaire aboutissant à la maternité et à son esclavage; une geôle sévère de laquelle il était impossible de s'échapper, étant sans cesse aux ordres d'un mari, geôlier impitoyable et reproducteur obligatoire de l'humanité et de ses lois scélérates.

Profitant d'un moment de bon sens, Gaby avait pu échapper à cette empreinte funeste et accepter le nom que Pierre de Kerverno lui offrait depuis près d'un an. Très vite, les formalités du mariage avaient été bâclées, coïncidant avec un voyage en Bretagne fait par M. Ducastey, absolument surmené. Afin d'éviter un retour offensif des pernicieux conseilleurs, c'est au dernier moment que Gaby avait fait part de son mariage à ses dangereux amis.

Seuls, Suzy Delsol et Jacques Blue s'étaient rendus à l'invitation.

La première, mondaine chercheuse de sensations, divorcée après un procès à scandale, passait pour une femme fière et autoritaire. Elle n'était venue à ce mariage provincial que dans l'intention de se moquer de la noblesse bretonne, à son sens, arriérée. Elle voulait épater ces hobereaux par ses idées ultra-modernes, puisées principalement à l'école de Jacques Blue, dont elle était une admiratrice fervente.

Naturellement, si le romancier avait accompagné son amie dans ces pays encore peu civilisés et semi-sauvages, prétendait-il, c'était avec l'espoir d'y dénicher des gens simples et d'en faire des adeptes de ses théories indésirables.

Un bien sinistre individu, cet homme, pourtant admirablement doué.

Pendant longtemps, sa littérature saine et bien charpentée lui avait valu un certain renom. Un beau jour, piqué par une tarentule et sans doute mordu de curiosités séniles, il avait brusquement évolué, abandonnant tout pour l'argent. Il disait, avec un cynisme effroyable :

— Que m'importent la renommée, les honneurs, une seule chose compte : l'or, car il est le vrai et l'unique dispensateur de toutes les joies!

Il s'était fait une spécialité, celle de mettre en valeur les théories malthusiennes. Sous le trompeur manteau d'un dévouement humanitaire, il organisait une véritable croisade dans tous les milieux qu'il pouvait atteindre. Or, malheureusement, il réussissait trop bien, le scandale, adroitement créé autour de ses romans, forçant la vente.

Ceux qui connaissaient ce pseudo Vincent de Paul laïc n'étaient pas dupes de ses belles phrases. De mœurs très relâchées, Jacques Blue mettait surtout son apostolat au service de ses passions. Ainsi, dans son studio luxueux, voisin du parc Montsouris, c'était un défilé continuel de jeunes filles, de jeunes femmes, attirées par la parole mielleuse du romancier et par l'espoir de grandes générosités promises.

On se chuchotait à l'oreille les particularités de certaines orgies, auxquelles de nombreuses amies avaient été conviées. On parlait de *gymogynies* où Jacques Blue se faisait couronner de fleurs par des jeunes filles dévêtues à l'antique.

Bref, cet apôtre de l'eugénisme, du malthusianisme, ce Pierre l'Ermite d'une humanité plus belle, travaillait uniquement pour ses passions. Il avait horreur des flancs déformés par la maternité, des ventres portant les traces de l'acte glorieux, et, pour posséder le moyen de satisfaire son vice, il foulait aux pieds ce qu'il y a de plus beau dans l'âme humaine : l'amour maternel et l'amour du pays.

Amie de Suzy Delsol, qu'elle fréquentait beaucoup avant son mariage, Gaby avait plusieurs fois accompagné la divorcée dans ses visites chez le romancier, au studio du parc Montsouris, uniquement par dilettantisme; par exemple, elle n'avait jamais été conviée aux *messes roses* ou *gymogynies* Non que le maniaque ne trouvât pas à son goût cette jolie fille, mais il avait deviné en elle une adepte fervente, destinée à mieux. Par le fait, la façon libre dont elle avait été élevée devait la pousser à l'indépendance et aux revendications de la femme contre l'autorité d'un mari, enfin au malthusianisme.

Ce ne serait certes pas celle-là qui s'encombrerait d'héritiers, bien au contraire, elle serait la première à crier sa volonté d'échapper au boulet que chaque époux cherche à mettre à la chaîne maritale : les enfants.

Alors, à quoi bon compromettre, pour quelques instants de plaisir, la réussite de ses idées sociales malsaines et criminelles? Cette Gaby, à la voix musicale et persuasive, serait une excellente recruteuse. Oui, elle pourrait lui amener nombre de petites oies blanches, désireuses de jouer à la femme moderne et qu'il est si facile de mener à sa guise en les poussant à l'initiation et même à la possession.

Un autre motif avait incité Jacques Blue au respect de Gaby : la cour empressée que Pierre de Kerverno faisait à la jeune fille. Ah! notre romancier n'avait rien d'un chevalier! Prudent, il craignait la colère de ce gentilhomme breton, fort capable de venir lui demander quelques explications et cela sans aménité.

Assez riche pour n'avoir qu'à se laisser vivre et n'être embarrassé d'aucun souci matériel, charpenté comme un guerrier d'autrefois, la tête fine, d'une extrême distinction, plantée sur un cou musculeux, les prunelles d'un gris verdâtre agatiné de paillettes d'or, la bouche dédaigneuse sous le retroussis des moustaches, les épaules larges, la main petite mais d'acier, Pierre de Kerverno était de ceux qui savent inspirer le respect par leur allure et qui, d'un naturel patient, deviennent des lions déchaînés quand la colère vient à les gagner.

Or, Jacques Blue, pour ne point faire exception à la règle, était un couard, comme tous les propagandistes d'idées mauvaises qui savent, lorsque pleuvent les coups, s'abriter derrière les insensés gagnés à leurs doctrines.

L'acte d'émancipation de Gaby avait un peu dérouté le romancier et sa prêtresse, Suzy Delsol, et ils avaient fulminé contre cette lâcheuse qui échappait à leur emprise. Ils venaient même de lui souhaiter tous les malheurs possibles, y compris celui de mourir en couches, quand une lettre affectueuse arriva, leur annonçant le mariage imminent et les suppliant de venir lui dire qu'ils ne gardaient aucune rancune de sa fuite précipitée.

Donc rien n'était perdu pour eux, ils convinrent d'aller au secours de la brebis égarée et de la reprendre par tous moyens, même par la contrainte magnétique, plus solide que le filet des rétiaires.

Arrivés la veille, ils avaient éprouvé une première déconvenue, toutes les chambres disponibles du château étant prises par la famille nombreuse invitée au mariage. Mais des chambres avaient été retenues pour eux à l'hôtel du *Lion d'Or* de Pont-l'Abbé. Impossible de se formaliser de cet état de choses, ils n'étaient point les seuls, car les deux hôtels de la petite ville abritaient déjà les plus grands noms de l'armorial de Bretagne.

Cette décision avait été prise par Pierre de Kerverno. D'instinct, il tenait le plumitif en méfiance, sans pourtant attacher une grande importance à ses théories sur la procréation, qu'il estimait être des boutades de célibataire. Néanmoins, pour lui faire une farce, il avait donné à Jacques Blue, comme cavalière dans le cortège, une sorte de mère gigogne, la bonne Mme Jenny Verderier, cousine de la mariée et tante de Colette. Elle était déjà mère de neuf enfants et portait encore dans ses flancs la preuve de ses constantes aptitudes à la procréation.

Ne pouvant voir en cette idée de Pierre qu'une coïncidence amusante, Gaby avait éclaté de rire. Le matin du mariage, en présentant à Jacques Blue sa cousine Jenny Verderier, qui portait fièrement l'annonce d'une maternité assez prochaine, il y avait dans les yeux de Gaby une telle lueur de malice que le romancier en prit ombrage; il fut même sur le point de retourner à l'hôtel et de s'embarquer, le soir même, dans le train de Paris.

Il se dirigeait déjà vers Suzy Delsol et allait lui faire part de sa décision, quand il s'arrêta, médusé, en proie à un trouble puissant : Colette venait d'entrer. Alors, il ne vit plus qu'elle!

II

C'est qu'elle était exquisement jolie, cette Colette, dans tout l'éclat de ses dix-huit ans. Un visage idéal, presque enfantin encore, de beaux cheveux d'un châtain clair soyeux, l'œil voilé par de longs cils, une bouche mignonne, aux lèvres délicatement ourlées, laissant voir dans le sourire deux rangées de perles délicieuses.

Elle cousinait avec Gaby; à ce titre, celle-ci lui avait demandé d'être sa demoiselle d'honneur, sous la conduite de Jean de Kerverno, frère cadet de Pierre.

Fille du banquier Verderier, mort tragiquement, à trente-cinq ans, dans un accident d'automobile, Colette avait été, pendant quelques années, l'unique consolation de Natalie Verderier, sa mère. Le chagrin de la jeune veuve avait été poignant, elle adorait son mari, et cette mort horrible l'avait encore plus frappée; Colette venait d'avoir six ans.

Les affaires du banquier étaient en règle et très fructueuses. La mère et l'enfant se virent donc à la tête d'une assez jolie fortune, que vint encore augmenter la somme payée par la compagnie d'assurances sur la vie, avec laquelle l'homme prévoyant avait signé une police admirablement établie.

Pendant les premières années de son veuvage, Natalie Verderier s'était consacrée à sa fille, dans la magnifique propriété du Vésinet qu'elle habitait ordinairement. L'été, elle se rendait à la mer sur une petite plage de la Loire-Inférieure où elle retrouvait sa belle-sœur Jenny. Celle-ci habitait Nantes et possédait une véritable nichée d'enfants.

Les deux belles-sœurs s'entendaient à ravir. De son côté, Colette, admirablement douée, faisait l'admiration de sa tante, autant que de sa mère.

Nature droite et volontaire, la jeune fille avait une horreur instinctive du mensonge et de la contrainte : rien au monde n'aurait pu l'empêcher de dire ce qu'elle avait sur le cœur. Musicienne née, elle acquit en peu de temps une maîtrise surprenante au piano. Ce lui fut une consolation énorme le jour où elle s'aperçut que l'amour exclusif de sa mère venait de se partager et qu'un tiers était désormais entre elles.

En effet, sur la petite plage bretonne, la jeune veuve avait fait la connaissance d'un fonctionnaire colonial, Résident en Cochinchine. Celui-ci, après un séjour de plusieurs années à la colonie, était venu passer quelques mois de convalescence en France.

Natalie Verderier, mère de Colette, tenait alors ses trente-quatre ans et était dans tout l'épanouissement de la beauté. Malgré la présence de sa fille chérie, le veuvage commençait à lui peser lourdement. Elle se trouvait dans le moment critique où la femme, seule, se sent l'âme envahie d'un attendrissement lâche et d'une infinie lassitude, quand, en la paix du soir qui tombe dans les reflets d'or du ciel, où le feuillage des grands arbres découpe leurs silhouettes assombries, une chaude soif vient aux lèvres, rendant la solitude amère.

Paul Laurier lui fut présenté un après-midi sur la plage. Le fonctionnaire colonial avait quarante ans, c'était une belle nature loyale et franche, il n'essaya pas un flirt qui aurait pu lui livrer assez facilement un cœur en détresse, ne demandant qu'à trouver l'âme sœur; il envisagea immédiatement le mariage.

Avec toute la sensibilité d'une enfant habituée à une sollicitude et à une affection sans mélange, Colette vit tout de suite le cœur de sa mère battre à l'unisson de celui de l'homme. Son désespoir fut immense, Elle courut dans les bras de la bonne tante Jenny et lui confia sa grande peine.

La mère de famille sut trouver les paroles qu'il fallait pour apaiser cette petite âme en révolte. Avec sa bonhomie, elle put lui faire comprendre combien sa mère méritait sa part de bonheur; depuis six ans, ne lui avait-elle pas sacrifié toute sa jeunesse, toute sa vie mondaine?

— Voyons, mon cœur, voudrais-tu condamner ta mère à rester indéfiniment seule? Donne-toi la peine d'y penser; dans quelques années, suivant la loi de la nature, tu partiras de ton côté pour faire ta vie? Alors, que deviendrait ta pauvre maman, trop vieille pour se créer un foyer, en remplacement de celui laissé vide par le départ de sa fille chérie?

Frappée de ce raisonnement et convertie à l'idée nouvelle, Colette fut la première à conseiller à sa mère d'accepter la demande en mariage formulée par le Résident. Par exemple, cette union étant scellée, à aucun prix elle ne voulut accompagner les nouveaux époux en Cochinchine. Le prétexte invoqué était son désir de se perfectionner dans la musique, pour laquelle la France lui était indispensable.

Toute à son nouveau bonheur, Mme Laurier n'insista pas plus qu'il ne fallait; mais elle tint à donner à Colette une famille et la mit en pension chez les Dames de la Retraite, à Nantes. Elle avait refusé l'offre de sa belle-sœur de prendre Colette complètement chez elle.

En effet, Mme Jenny Verderier possédait alors six enfants : la situation de son mari, sous-directeur à la raffinerie de Chantenay, était moyenne et commandait l'économie; il ne fallait donc pas lui imposer une nouvelle charge. Il fut seulement convenu que la fillette sortirait toutes les semaines chez sa tante et passerait ses vacances avec elle, comme le faisait Gaby Ducastey, cousine de Paris, également en pension, à Nantes, chez les Dames de la Retraite.

Gaby avait quatre ans de plus que Colette, elle prit d'abord une influence énorme sur la fillette, admiratrice sincère de cette cousine plus grande qu'elle et toujours très élégante. Puis, peu à peu, cette admiration baissa. Le dédain de Gaby pour la musique, sa façon ironique et méprisante de parler des choses les plus belles choquèrent l'âme éminemment artiste de la fille du banquier et furent les causes principales d'un certain froid. Fort attristée par le départ de sa mère, Colette se confia de plus en plus à la bonne tante Jenny, dont le jugement simple et sain avait raison de toutes choses.

En cette mère de profession, l'enfant retrouvait le caractère de son père, trop tôt disparu et dont l'empreinte était marquée à jamais dans son jeune cerveau. C'était la même franchise, la même bonté et aussi la même volonté. Son âme droite était à nu, chacun pouvait y lire les pensées que le verbe clair se chargeait de traduire avec la plus grande sincérité. D'ailleurs, dans cette âme existait également une certaine révolte contre une volonté dominatrice et une résolution d'agir toujours à sa guise, même dans les circonstances les plus graves. Enfin, l'enfant, déjà possédée de l'esprit du père, se modela identiquement au caractère de sa tante.

Les années passèrent. Colette tint ce qu'elle promettait d'être : une créature exquise, musicienne hors ligne et d'une intelligence supérieure.

Une seule fois, sa mère était venue faire en France un séjour de quelques mois. A cette époque de vacances, si la jeune fille avait accepté de la suivre au bord de la mer en Bretagne, par contre elle s'était énergiquement refusée à partir sur la Côte d'Azur, là où les coloniaux vont généralement passer l'hiver lorsqu'ils séjournent dans la métropole.

Au fond, Colette se défiait du monde et de ses mensonges.

Elle ne revoyait sa cousine Gaby qu'à des intervalles éloignés, mais correspondait fréquemment avec elle; aussi n'avait-elle pas cru pouvoir s'excuser d'être sa demoiselle d'honneur à son mariage avec Pierre, dont elle lui avait souvent parlé dans ses lettres.

Elle avait donc accepté ceci, avec d'autant plus d'empressement que la bonne tante Jenny, maintenant mère de neuf enfants et dans l'attente d'un dixième, y était également et devait profiter de ce voyage pour louer quelque chose à Penmarch en prévision des vacances.

Toujours en adoration devant la mer, Colette se réjouissait de passer dans ce coin, dont elle avait entendu vanter la grandiose sauvagerie, ses derniers mois de France. En effet, ses études étant terminées, elle devait partir dans les premiers jours d'octobre pour la Cochinchine. Elle s'était engagée à passer un an ou deux, à Saïgon, auprès de sa mère et de son beau-père.

Arrivés quatre jours avant le mariage, ils étaient installés au château de Kerverno. Les enfants Verderier faisaient l'admiration de tous par leur gentillesse et la façon dont ils étaient élevés. Ce fut au point que, le matin même du mariage, Pierre offrit à la mère de famille la disposition de sa propriété pendant les deux mois du voyage de noces qu'il voulait faire en Italie et en Egypte.

Colette fut aussi enchantée de son cavalier, Jean de Tréogat de Kerverno, cadet de Pierre, âgé de vingt-cinq ans. Ce qui avait tout de suite emballé la jeune fille, c'était d'avoir pu constater ceci: malgré son nom et sa fortune, Jean n'était pas un inutile.

Il était, en effet, à la tête d'une des plus grosses usines de sardines et de thon à l'huile de la contrée. Il dirigeait cet établissement avec une maîtrise incontestable et un assez rare sentiment humanitaire. Aussi avait-il gagné le cœur de tous les rudes pêcheurs et de leurs familles et, par contre-coup, la jalousie, la haine même de ses concurrents, pour la plupart mercantis avides au gain.

A chaque instant, il était en discussion avec les représentants de leurs grosses sociétés; on l'accusait de vouloir ruiner l'industrie en payant aux marins des prix trop élevés de leur pêche, et en donnant aux filles d'usine des salaires exagérés.

Loin de trembler devant les menaces de représailles sans pitié, chaque fois, Jean avait répondu avec son franc sourire :

— Que voulez-vous, chacun a sa manière de voir. J'estime qu'étant seuls, mon frère et moi, à partager les gains de l'usine, il nous est facile d'agir avec un peu de philanthropie. Il n'en est pas de même pour vous, je l'admets volontiers : vos actionnaires ont les dents longues et s'accommoderaient peut-être de la famine des travailleurs si elle était compensée par d'énormes dividendes. Il est donc impossible de nous entendre. Je ne vous fais aucun reproche sur les prix dérisoires payés par vous; de même, je n'en accepte pas de vous sur les prix élevés qu'il me plaît de donner.

Comment discuter avec ce Breton entêté? Une seule ressource : le ruiner de fond en comble, l'acculer à la faillite, à la vente de sa confiserie de sardines et, une fois maîtres du marché, agir à leur guise.

Dans ce but, des sacrifices importants furent décidés par les usiniers, et, un beau jour, à leur retour de la pêche, les sardiniers, abasourdis, constatèrent que toutes les usines, concurrentes de l'usine de Kerverno, venaient de proposer un prix beaucoup plus élevé que celui offert par le jeune directeur.

Très loyalement, par reconnaissance de ce que Jean avait toujours fait dans leur intérêt, les pêcheurs firent circuler un mot d'ordre rapide : rien ne devait être vendu avant qu'une délégation ait été voir celui qui s'était continuellement montré équitable et généreux.

Jean de Kerverno venait justement d'être prévenu du coup de Jarnac tenté par ses concurrents;
il avait aussitôt réuni ses principaux employés et
cherchait à parer cette offensive déloyale. Après
en avoir délibéré, tous furent d'accord pour reconnaître que les prix payés par la maison Kerverno étaient le maximum possible, sous peine
de ruine totale, à cause des contrats passés avec
d'importantes maisons de commission et d'expor-
tation.

Ceci admis, Jean se disposait à fermer l'usine
jusqu'à nouvel ordre, quand les délégués des
pêcheurs lui firent demander audience. Il les
reçut avec son affabilité coutumière. Quand ils
lui eurent exposé le motif de leur visite, il leur
répondit avec émotion :

— Mes braves amis, je vous remercie de cette
loyale démarche, elle fait la preuve de vos sentiments d'affection et d'estime à mon égard.
Hélas! il m'est impossible d'aller au delà de ce
que je fais actuellement. De votre côté, vous
êtes assez perspicaces pour deviner la manœuvre de mes concurrents. Elle vise uniquement à
abattre l'usine Kerverno. Ces messieurs veulent
être les seuls maîtres du marché. Le prix inat-
tendu qu'ils vous offrent aujourd'hui, sera con-
tinué jusqu'à l'heure où j'aurai demandé grâce
et où mon usine sera entre leurs mains. A ce moment, comme il n'y aura plus personne pour
défendre humainement vos intérêts ils vous
réduiront à merci, à votre tour, et la famine,
qui vous a menacés déjà plusieurs fois, s'instal-
lera en maîtresse à vos foyers. Pour vous sou-
mettre à leur volonté, ils n'hésiteront devant

aucune scélératesse, faisant appel, s'il est besoin, aux pêches étrangères des côtes portugaises, italiennes et marocaines. Quelle résistance pourrez-vous leur opposer?

« Si vous rentrez dans le rang, je vous y aiderai de toutes mes forces. Cependant, je pense aux misères qu'il vous faudra endurer avec vos familles et je voudrais éviter cela. Acceptez toujours les prix forts qu'ils vont vous offrir, pendant le temps qu'ils croiront nécessaire pour m'anéantir; faites des économies, en prévision des jours mauvais. Moi, je vais fermer l'usine dans trois ou quatre jours, quand tout le travail en cours sera terminé, et j'y mettrai le feu plutôt que de voir la maison fondée par mon père tomber aux mains des accapareurs.

Ayant serré, de nouveau, et avec effusion, les mains des pêcheurs, il se rendit dans les différents ateliers, et mit son personnel au courant de sa décision.

Soudain, un flot de larmes lui monta aux yeux : devant la porte de l'usine, tous les pêcheurs s'étaient assemblés; ils portaient leurs paniers remplis de milliers de sardines, brillantes comme l'argent, qu'elles devaient rapporter et ils les tendaient, ces paniers, en criant de tout leur cœur :

— Nos pêches seront toujours à vous, monsieur Jean, et nous acceptons le prix que vous voudrez bien nous en donner!

Dans leurs bureaux, les concurrents, écumant de rage, entendaient la rumeur populaire: Ils devaient convenir que l'âme bretonne contenait des trésors de solidarité et d'honnêteté.

Pendant une quinzaine, l'usine de Jean de Kerverno marcha nuit et jour; les autres confiseries allaient être obligées de congédier leur personnel, faute de travail. Enfin, désirant éviter une catastrophe possible, le jeune homme prit sur lui d'intervenir. Grâce à son autorité, il réussit à faire établir un tarif qui, sans léser les usiniers, donnait aux pêcheurs un salaire en rapport avec leur pénible métier.

Le soir même de son arrivée, cette histoire fut racontée à Colette par un vieux domestique du château; il n'en fallait pas plus pour intéresser l'esprit romanesque de la fille du banquier; et, à partir de ce moment, son cavalier prit à ses yeux des allures de héros.

III

Dans l'église de Pont-l'Abbé, Jacques Blue avait donc remarqué Colette et, dans son âme dépravée, monta aussitôt le désir de la possession. Ses yeux aigus ne quittèrent plus l'exquise silhouette, comme s'ils voulaient la noyer en des ondes magnétiques, lui imposer sa passion, la fouiller jusqu'au fond de l'être.

Colette, divinement heureuse du rôle qui lui était dévolu, passait au milieu des invités, tendant avec grâce son aumônière bleue. Elle s'appuyait d'une douce pression sur la main de Jean

3

de Kerverno. Les gens de la noce ne pouvaient s'empêcher d'admirer ce couple merveilleusement assorti : le charme et la beauté, à côté de la distinction et de la force.

La quête était des plus fructueuses, les billets bleus s'entassaient parmi les dentelles de l'aumônière; la jeune fille remerciait chacun d'un sourire gracieux. Soudain, étant parvenue devant Jacques Blue, elle sentit le regard de cet homme la fouiller avec une insistance si virulente, qu'elle serra nerveusement la main de Jean.

Surpris, le jeune homme se demanda d'où provenait cette émotion. Il examina Colette, la devina gênée, les joues allumées d'une teinte inaccoutumée. Puis, il découvrit les prunelles de l'homme et eut un léger sursaut en avant. Le romancier devina le mouvement plutôt qu'il ne le vit et le regard des deux hommes se croisa, franc et loyal chez le Breton, trouble et fuyant chez le maniaque.

Tout cela n'eut que la durée d'un éclair, Colette entraînait de nouveau Jean, reprenant son sourire; et ce sourire fut aussi gracieux pour les nombreux pêcheurs, ouvriers et paysans venus avec leurs femmes et emplissant l'église. Tous tendaient leurs mains vers l'aumônière. Colette vit avec plaisir son cavalier accompagner d'un petit geste d'intelligence le remerciement aux braves gens.

La messe de mariage s'achevait, elle n'avait pas eu la pompe d'une cérémonie à la Madeleine, avec chœurs et solistes, violons et grandes orgues; mais combien plus émouvante dans cette vieille église, à côté des tombeaux des ancêtres, devant la noblesse bretonne et l'affection du peuple.

C'était, maintenant, le défilé à la sacristie. Placée aux côtés des nouveaux époux, Colette vit passer devant elle les descendants des fameux Chouans dont, bien souvent, elle avait admiré les faits d'armes pour défendre leurs croyances et venger leur roi. Jean les lui nommait tout bas, tout en répondant aux témoignages d'amitié qu'il partageait avec son frère.

Sa poignée de main, énergique et cordiale, se fit molle et sans élan quand Jacques Blue passa à son tour, en compagnie de Suzy Delsol; une fois de plus, son regard fouilla la jeune fille, l'obligeant à détourner la tête.

Le défilé dura longtemps, les gens du peuple reçurent des deux frères le même accueil, peut-être encore plus chaleureux, et l'âme délicate de Colette en ressentit une grande joie incompréhensible, comme si elle-même était de la famille.

Une réception grandiose eut lieu au château. Hélas! le ciel, qui, depuis le matin, était d'une pureté inaccoutumée, se couvrit subitement de gros nuages, annonciateurs de tempête. Le remarquant, le comte de Kervignon, amiral en retraite et parrain de Pierre, résuma la pensée de tous les marins, en disant gravement :

— Il y a du mauvais temps dans l'air, la bourrasque éclatera certainement avant ce soir.

L'orage n'était pas seulement dans le ciel, il menaçait également au château.

Tout l'après-midi, Jacques Blue s'était attaché au pas de Colette, essayant d'engager la conversation avec elle. La jeune fille n'avait pas été sans remarquer l'amitié que sa cousine semblait professer à l'égard du romancier, aussi usa-t-elle d'un prétexte poli pour s'écarter immédiatement. De loin, Jean suivait le manège. Il avait été deux ou trois fois sur le point d'intervenir. Pourtant, respectueux des lois de l'hospitalité, si sacrées en Bretagne, il s'était abstenu. Il avait même fini par sourire de la façon adroite dont sa délicieuse cavalière évitait le tête-à-tête, tant recherché par le Parisien.

L'orage n'en couvait pas moins menaçant, la moindre chose pouvait le faire éclater. Cette petite chose devait être provoquée par Suzy Delsol.

Dans le parc du château, une collation monstre avait été servie aux paysans, aux pêcheurs, aux ouvriers et à leurs familles. Tous s'étaient empressés de répondre à l'appel, désireux qu'ils étaient de montrer aux frères Kerverno leur estime et leur affection. Ceux-ci avaient été choquer leur verre avec ces braves gens, tandis qu'une distribution de cadeaux utiles était faite aux enfants.

Comme le Nord et la Normandie, la Bretagne est un pays de nombreuses familles, par excellence; au nombre des ménages présents, il y en avait plusieurs qui possédaient huit et dix enfants. Un tel état de chose devait exciter la verve ironique de Suzy Delsol, aussi, en revenant au salon, elle lança à haute voix :

— On m'avait dit, de Penmarch : « C'est un pays sauvage ». On n'exagérait rien, tous ces gens le prouvent assez en faisant, comme les animaux, pulluler leur progéniture.

Elle ne put achever. La bonne tante Jenny, auprès de laquelle elle s'était naïvement fourvoyée, coupa sa phrase par cette réponse brutale :

— Il le faut bien, puisque les gens des villes affectent de se désintéresser du problème angoissant de la natalité et renoncent, de gaieté de cœur, à ce devoir sacré.

La jolie poupée rétorqua :

— Il en existe encore trop pour commettre le crime de l'enfantement et amener sur terre des malheureux. En général, la femme n'est pas assez armée contre son féroce complice qui, sans risque, lui impose sa volonté de procréer.

Les conversations avaient brusquement cessé dans le grand salon, tous regardaient avec stupeur la jeune femme élégante, qui parlait avec un froid scepticisme, en lançant des bouffées de fumée odorante, tirée d'un long fume-cigarette en écaille blonde. L'expression des physionomies marquait une réprobation unanime pour les paroles qu'elle venait de prononcer. Colette avait dressé sa jolie tête et, haletante, regardait sa tante Verderier. Celle-ci, rouge d'indignation, parut accepter la bataille et rétorqua fougueusement :

— Procréer peut passer pour un méfait chez les gens nuisibles parce qu'inutiles. Chez nous, Madame, les femmes sont saines, aussi l'estiment-elles un honneur et une bénédiction du ciel. Allez donc dire à toutes les femmes qui étaient ici tout à l'heure, joyeuses du bonheur de leurs chers petits, qu'en les mettant au monde elles ont fait œuvre mauvaise? Vous verrez quelle sera leur réponse! Leurs poings robustes se lèveront contre vous et vous pourriez ne pas sortir indemne d'entre ces mains de travailleuses qui n'ont jamais connu les attouchements d'une manucure.

— Justement, chère Madame, cet excès de génération empêche toute hygiène, ces gens, comme les sauvages, vivent à l'état semi-bestial, dans une promiscuité dangereuse et malpropre.

— Vous appelez donc hygiène vos ongles roses taillés en amandes et polis au vernis, le rouge dont vous fardez vos joues, le rimmel que vous mettez aux yeux et le carmin des lèvres? Pour entretenir la blancheur de votre corps, il vous faut des bains de lait, nourriture des petits; voilà pourquoi ils vous gênent! Ne croyez pas que ces nombreuses familles vivent dans la saleté décrite par vous, non, la mère est toujours aidée par les aînées qui, dès sept ou huit ans, font leur apprentissage de nourrice. Tenez, si vous le voulez, demain je vous emmènerai dans n'importe quelle maison du pays et vous pourrez constater que personne ne se plaint d'avoir trop d'enfants.

— Je vous remercie de votre aimable invitation; non, j'ai une sainte horreur de la misère, de son odeur, l'une et l'autre doivent régner en maîtresse dans ces taudis.

— Personne n'est encore mort de faim, ni de misère, dans notre pays de Bretagne! Certes, l'aisance ne règne pas toujours, mais tant qu'il y a un morceau de pain pour les petits, les parents ne se plaignent pas. Au grand air sain de la mer, on ne peut regretter ni cinémas, ni théâtres, ni dancings. Là le spectacle, œuvre d'un metteur en scène inégalable, est plus beau, plus noble, plus passionnant. Les rires joyeux des enfants remplacent les fantaisies grotesques de tous vos pitres; le nu de leurs charmants petits corps, faisant les ablutions journalières, vaut mieux mille fois que les exhibitions érotiques et pitoyables de vos musics-halls fréquentés surtout par les décrépis et les incomplets. Le *laridé* et le *jambadao*, que les filles et les gars de chez nous dansent le dimanche, au son du biniou et de la bombarde, sont supérieurs à toutes vos danses à la mode. La voilà bien la sauvagerie, dans ce goût incompréhensible des snobs pour les danses nègres.

Mme Jenny Verderier était lancée, sa bonne figure réjouie fulminait et Colette, suspendue à ses lèvres, l'admirait sincèrement. D'ailleurs, tout le monde l'approuvait sauf, naturellement, Jacques Blue. Les mariés s'étaient éclipsés à l'anglaise avant le commencement de la discussion, ils avaient même quitté le château, pour aller en auto, à Quimper, prendre le rapide de Paris.

Suzy Delsol ne désarmait pas, elle conservait son sourire ironique et tirait avec lenteur sur son fume-cigarette, en envoyant au plafond des bouffées de fumée. Après une minute de silence, elle finit par dire négligemment :

— Au surplus, si vos Bretonnes trouvent distrayant de faire des enfants, j'aurais mauvaise grâce de vouloir les en empêcher. Quant à moi, j'ai bien le droit de dire qu'elles ont tort, car elles sont vieilles avant l'âge et traînent toute la vie un corps déformé...

— Ah! voilà la grande objection avouée, un corps déformé. Vous venez, par ces mots, Madame, de faire votre profession de foi. Vous avez devant vous de nombreux représentants de la noblesse bretonne, la plupart de ces dames sont mères plusieurs fois. Chez nous, je vous l'ai dit déjà, la maternité est un honneur. Leurs toilettes sont un peu moins risquées que la vôtre. Malgré cela, votre corps, je le dis bien haut, ne saurait lutter de beauté avec le leur, qui tire vanité des traces de l'œuvre de vie. Il est, sans doute, des gens à qui ces traces glorieuses ne plaisent pas. Qu'importe à la femme honnête, elle n'a besoin de plaire qu'à son mari. Le ventre plat de vos Parisiennes jouant à la femme moderne, à la femme à la mode, réprouve le ventre de la femme enceinte, pourtant, le leur fait pitié, car il se rétracte, comme honteux d'être un incapable. Voilà la dixième fois que Dieu me fait la grâce de me rendre mère; or, voyez, je n'ai aucune confusion de mon état. Oui, Madame, je marche droit devant moi, en portant, comme un drapeau, l'emblême de ma fécondité. S'il se trouve, peut-être, quelques regards moqueurs, il se trouve de plus nombreux regards d'envie. Ah! bien des femmes souhaitent d'être à la place de celle qui aura la joie de tenir dans ses bras un petit être, la chair de sa chair, d'avoir sur ses joues la main mignonne, dans la plus délicieuse des caresses et de sentir la bouche avide boire à longs traits, à son sein, la force et la vie. Croyez-vous que cette joie ne vaille pas des milliers de fois les plaisirs frelatés dans lesquels vous vous jetez à corps perdu!

Il y eut un murmure d'approbation et Colette embrassa sa tante avec force. Suzy Delsol, sentant l'hostilité croissante, se trouva un peu démontée. En cette extrémité, Jacques Blue ne pouvait faire autrement que de venir au secours de son amie et fervente adepte, sa voix nasillarde prononça soudain :

— Vos théories sont défendables, Madame, je vous accorde les joies de la maternité; en échange, je l'espère, vous voudrez bien me concéder les douleurs? Les enfants trop nombreux abâtardissent la race, ce sont des êtres rachitiques, sujets prédestinés à tous les fléaux de l'humanité.

— Mes enfants sont là pour réfuter vos arguments absurdes, monsieur Blue, et vous avez pu voir, tout à l'heure, que la race bretonne est solide et bien constituée.

— Je vous accorde encore cela, madame, jusqu'à preuve du contraire. Je me permets, cependant, de vous faire découvrir l'écueil final : ces enfants, que je veux croire beaux et bien faits, sont tous destinés au même sort : les filles à faire des chairs à plaisir et à reproduction, les garçons de la chair à mitraille au profit des gouvernements, témoins nos seize cent mille morts de la grande guerre.

Cette fois, ce fut Jean qui s'écria :

— Vous passez les limites permises, monsieur. Vous parlez ici devant des pères et mères de famille dont les fils sont tombés glorieusement. Autour de vous, se trouvent nos amis Guillon de Pénacréach, dont le fils est tombé à Charleroi, tenant sa promesse de Saint-Cyrien de charger en gants blancs et casoar au képi; nos amis de Kerbiriou dont le fils aîné, enseigne de vaisseau, est tombé à Dixmude à la tête de ses fusilliers marins et dont le fils cadet, simple aspirant, est resté aux Dardanelles à bord du *Bouvet;* les de Bozec, dont le fils, aviateur réputé, a succombé, en abattant son treizième avion boche. Je ne vous cite pas les autres. Chacun ici a pleuré un être aimé, car la Bretagne, plus que toute autre province de notre belle France, a été à l'honneur sur terre et sur mer. Eh bien, demandez à ceux-là de quelle façon stoïque ils ont accepté ce coup du sort; demain, ils seront encore prêts à le supporter de nouveau pour la gloire de la patrie et le bien de l'humanité.

— Le bien de l'humanité serait de supprimer les guerres, et si on ne fabriquait plus d'enfants, les gouvernants seraient moins disposés à montrer les dents à propos de vétilles. Mes théories reposent uniquement sur ce fait: la femme doit être libre de sa personne, refuser de se prêter à la procréation et mettre tout en œuvre pour l'empêcher et, *la détruire,* si son mari a voulu user de sa force et de son autorité.

— Si la loi du 1ᵉʳ août 1920 condamne des paroles comme les vôtres, monsieur Blue, la conscience des honnêtes gens les flétrit! Les théories que vous propagez, non seulement par la parole, mais encore par vos écrits, sont indignes. Malheureusement, en France, on ne punit pas assez ces crimes de lèse-patrie. Dans beaucoup d'autres pays, vous ne parleriez pas ainsi. En Allemagne, en Italie, et ailleurs encore, on a édicté des lois semblables à celle du 1ᵉʳ août 1920, et celles-là sont sévèrement mises en pratique. Maintenant, au nom de l'hospitalité, je vous demanderai de bien vouloir changer de sujet de conversation, celui-ci est pénible à tous mes amis. Moi-même, je serais navré d'être contraint d'oublier que vous êtes l'invité de mon frère et de ma belle-sœur.

Le ton était sec et énergique, le romancier polémiste n'osa insister; il s'inclina, en s'efforçant de sourire, et eut la rage de voir Colette venir remercier chaleureusement le jeune homme de son intervention.

Jean de Kerverno venait de se faire un ennemi mortel de Jacques Blue; et celui-ci, devinant qu'il y aurait une idylle prochaine entre l'usinier et Colette, prit la résolution de hâter la chute dans ses filets de cette exquise enfant. Maintenant, il avait deux raisons de se hâter : d'abord, la satisfaction de sa passion sénile, ensuite le désir de faire souffrir celui qui venait, si vertement, de lui imposer silence.

IV

Avec des frissons d'impatience, un éclat de rire sonnant comme un pur cristal, Colette retirait de l'eau la ligne en crins tressés, au bout de laquelle se débattait un de ces poissons aux nageoires hérissées, aux épines dressées, qu'en Bretagne on appelle *diables*. Celui-ci, avec ses gros yeux à fleur de tête et très rapprochés, sa gueule plate et carrée, ressemblait, en effet, à un échappé de l'enfer.

Craignant la piqûre de la bête épineuse, la jeune fille lança d'une voix haletante :

— Cousin Jean, au nom du ciel, venez vite à mon secours, cette vilaine bête, laide à faire peur, va retomber à l'eau!

A l'arrière de la barque où il se tenait, Jean amarra bien vite sa ligne à un tolet et s'empressa près de Colette. La jeune fille se passionnait au jeu de hasard de la pêche, dont l'inconnu la ravissait. Elle semblait une de ces joueuses enragées penchées sur le tapis vert à suivre la roulette et lui imposer, si possible, le fluide de leurs désirs.

L'Océan, étonnamment calme ce jour-là, pouvait donner l'illusion d'un tapis vert émeraude. Il semblait nacré, transparent, étincelant. Dans la radieuse clarté de ce matin de juillet, il se parsemait de joyaux rares empruntés à l'écrin d'un maharadjah. La gamme des verts s'accusait merveilleuse : tantôt soie changeante au froufroutement délicat, tantôt émaux de Lalique, mais tantôt aussi, s'assombrissant soudain, perfide, métallique, comme si l'Océan avait tenu à rappeler à ceux qui avaient foi en sa douce et berceuse tranquillité, qu'il couvrait également des profondeurs glauques gardiennes jalouses de leur proie.

Colette admirait l'immensité, Jean admirait Colette. Il semblait trouver entre la mer et elle comme une affinité étrange, faisant de l'une la fille de l'autre. Pour ce fils fanatique et tant soit peu superstitieux de la terre des grands chênes et des pierres plantées, c'était suffisant à emplir son âme d'un trouble puissant.

Dans ses larges prunelles, il retrouvait la même

séduction de l'eau verdâtre qui berce et endort, le même charme prenant, mais aussi la même profondeur de gouffre. Tout, jusque dans sa voix câline, dans son rire en cascade, rappelait la chanson des vagues venant mourir sur les grèves, à l'heure du flux, et cela l'émerveillait.

C'est qu'elle était délicieusement jolie ce matin-là dans sa robe d'été en voile imprimé, d'un rose éteint délicat, dégageant son cou rond et ses épaules graciles, ainsi que ses bras admirablement modelés. Un grand chapeau de paille d'Italie, noué par un large ruban de velours noir, faisait encore mieux ressortir le pur ovale de son visage et l'or brûlé de ses cheveux.

Elle paraissait si joyeuse, si gaie, si heureuse de vivre, qu'il en eut chaud au cœur.

Déjà huit jours que le mariage avait eu lieu: l'attirance entre eux devenait, petit à petit, de plus en plus forte. Ensemble, ils couraient les environs, elle était comme lui une marcheuse infatigable et ils en abusaient.

Par lui, elle connaissait maintenant toute la région : Tronoun, avec sa chapelle dominant la mer dans un site admirable et sauvage, puis, près de cette chapelle, un calvaire du xv° siècle, le plus ancien des calvaires bretons, avec ses scènes de la Passion, représentées par de petits personnages sculptés dans le granit; Bénodet et sa chapelle de la Clarté. Plounéour, Lauvern, Tréogat, Pouldreuzie, Laududec, et toutes les autres chapelles qui abondent en ce coin de terre, rigoureusement respectueux de ses vieilles traditions.

Colette allait, chaque année, au bord de la mer

qu'elle aimait. Eh bien, son émotion fut grande quand, le lendemain du mariage, Jean l'emmena à Penmarch et à Saint-Guénolé, situés à dix-huit kilomètres de Pont-l'Abbé.

Partis le matin de très bonne heure, elle put admirer les dolmens et les menhirs admirablement conservés, nombreux dans le pays. Ce fut à Lestriguon, à trois kilomètres de la mer, qu'elle entendit le bruit des vagues se brisant sur la côte sauvage hérissée de récifs et où la mer est toujours furieuse.

Ils furent vite à Penmarch, mot qui signifie « tête de cheval ». Là, elle put, à loisir, contempler l'Océan. Malgré le soleil qui brillait au ciel, il ventait ferme et l'état de la mer s'en ressentait.

Elle avait quitté son bras et, debout sur la falaise, elle respirait à pleins poumons l'air du large. Elle tressaillait à chaque coup sourd des vagues venant se briser à ses pieds sur les rochers; de même au ressac, dont l'écume montait très haut en gouttelettes imperceptibles qui venaient l'arroser comme des embruns. Elle avait enlevé son chapeau, afin de mieux être caressée par le vent puissant et ses cheveux d'or foncé flottaient follement autour de son visage extasié.

— Comme c'est beau, cousin Jean, dit-elle avec émotion, quel spectacle magnifique, cet océan verdâtre, aux teintes glauques se couvrant par instants de bandes d'écume formées par les mille récifs de cette côte barbare.

Gagné par cette émotion, il s'approcha d'elle, lui prit la main, et dit d'une voix légèrement tremblante :

— Tréoulté-Penmarch était, il y a quatre siècles, une cité qui marchait de pair avec Nantes. Sa richesse avait pour source principale la « viande de carême », c'est-à-dire la pêche de la morue et du merlan. Au XVI° siècle, un raz-de-marée détruisit la plus grande partie de ses maisons et éloigna la morue des parages bretons. De là sa décadence qu'activèrent encore les ravages du féroce Fontenelle, chef de bande du temps de la Ligue.

En suivant la côte, le visage violemment fouetté par le vent d'ouest, ils poussèrent jusqu'à Saint-Guénolé. Colette avait repris le bras de Jean et se serrait sur lui, sans aucune pensée de flirt, attirée qu'elle était par une grande confiance en ce garçon franc et loyal, peut-être aussi par les prémices d'un sentiment plus doux.

Le jeune homme sentait contre lui la chaleur de ce corps attirant; un afflux de sang chaud lui montait au cœur, mais, dans son esprit, pas la moindre idée malsaine.

Il perçut un tressaillement chez la jeune fille; en même temps, d'un geste de la main, celle-ci lui désignait à deux cents mètres devant eux, un amas de rocs déchiquetés par les vagues et sur lesquels la mer déferlait avec violence. Il reconnut, comme elle, debout sur ces rochers, un couple : Suzy Delsol et Jacques Blue.

— Ne nous montrons pas, cousin Jean, murmura-t-elle gaminement; je n'ai aucune envie de continuer la promenade en compagnie de ces gens, lui, me fait peur et elle, me déplaît souverainement.

— Au contraire, petite cousine, il nous faut les rejoindre. Mon devoir d'enfant du pays est de les prévenir qu'ils courent, en ce lieu, un danger possible. Ils sont exactement au-dessus de la croix de fer, scellés à plat dans le roc.

— Et cette croix?

— Cette croix marque la place où, en 1870, cinq personnes de la famille du préfet du Finistère disparurent, enlevées par une lame de fond. Depuis, trois accidents identiques se sont produits au même endroit.

Ils s'empressèrent vers les rochers de Saint-Guénolé. Jacques Blue les avait vus depuis longtemps. Constatant l'attitude des jeunes gens, serrés l'un contre l'autre, comme deux amoureux, une sorte de rage s'était emparée de lui. Son âme fielleuse ne sut même pas trouver un mot pour remercier Jean qui venait le prévenir charitablement du danger possible; au contraire il répondit avec une certaine ironie :

— Je le constate avec plaisir, monsieur de Kerverno, vous suivez la tradition, on n'entend parler ici que de sauvetage. Ce pays devrait donc s'appeler Montyon-les-Bains, quoique la vertu n'ait pas l'air d'être en grand honneur chez vos jolies « Bigoudens ».

— Vous avez tort de railler, Monsieur! Oui, ce pays est celui des sauveteurs, par excellence, car il n'existe pas de côte plus traîtresse. Ici, chacun y fait simplement le sacrifice de sa vie pour arracher sa proie à la mangeuse d'hommes. Il y a quelques mois à peine, deux bateaux de sauvetage ont chaviré en se portant au secours de naufragés et les deuils ont été nombreux. La population est rude comme le pays, son âme est trempée de même. Il n'y a pas un arbre, la culture est pauvre; les hommes sont pêcheurs, les femmes s'occupent de la terre ou travaillent dans les fabriques de conserves de sardines; mais tous sont riches d'héroïsme et de vaillance; pour eux cela seul compte. Maintenant, serviteur, Monsieur, je vous ai prévenu du risque, libre à vous d'en tenir compte.

Jean reprit la main de Colette et, après avoir adressé au romancier et à sa compagne un salut très sec, il l'entraîna par un petit sentier descendant à travers les rochers. Pendant ce temps, Jacques Blue disait, avec une rage contenue:

— Le diable emporte ce jeune coq qui m'esbroufe en plastronnant, devant la mignarde Colette! Patience, patience, je n'ai pas dit mon dernier mot; la poupée y passera comme les autres.

Il s'empressa, néanmoins, de tenir compte de l'avertissement du jeune homme et rejoignit Suzy Delsol qui, prudemment, avait gagné le large.

Sans plus s'occuper du couple indésirable, Colette et Jean, ayant retrouvé toute leur gaîté, couraient dans les rochers.

— Où m'emmenez-vous donc, cousin, et quelle est cette grotte immense qui semble nous inviter à la visiter?

— C'est le *Toul-an-Ifern*, en français le « Trou de l'Enfer ». C'est une caverne très grande, en effet, avec de nombreux couloirs taillés par la mer. Là habitait jadis, raconte la légende, la fameuse sorcière *Ar-mer-noz* (la femme de la nuit), ancienne druidesse de l'île de Sein. Cette maléfique, impitoyable à tous, avait pourtant un culte, celui des jeunes vierges, elle exauçait presque tous leurs désirs. Sa puissance était considé-

rable. Quand une vierge avait vu mourir une personne aimée, mère, père, frère, sœur ou fiancé,
elle accourait aussitôt au Toul-an-Ifern, entrée
de l'enfer par laquelle devait passer toutes les
âmes ,et elle criait par trois fois : « Ar-mer-noz,
Ar-mer-noz, Ar-mer-noz rends-moi celui (ou celle)
que j'aimais! » L'écho répétait la phrase magique le long des couloirs, et la voix cassée de la
sorcière s'élevait alors, dictant sa réponse. Quand
la jeune vierge rentrait chez elle, elle y trouvait,
vaquant à ses occupations, celui (ou celle) qui,
quelques heures avant, était sans vie.

La surprise de Jean fut extrême, car Colette,
comme en extase, les mains jointes, les yeux tour-
nés vers le fond de la grotte :

— Ar-mer-noz, Ar-mer-noz, Ar-mer-noz, rends-
moi qui j'aime!

A partir de ce moment, la jeune fille devint
très grave. Après un déjeuner exquis à l'*Hôtel de
Bretagne*, ils prirent le petit train afin de rentrer
à Pont-l'Abbé.

Par le même train, Suzy Delsol et Jacques Blue
regagnaient également leur hôtel. Il n'y eut pas
rencontre entre les deux couples, installés chacun dans un wagon différent.

Le romancier, plus que jamais occupé de Colette, cherchait la façon de commencer auprès
d'elle sa manœuvre enveloppante. Il envisageait
déjà un séjour prolongé dans ce pays sauvage,
car il espérait y trouver en même temps un terrain propice à ses dangereuses théories malthusiennes.

Comme il arrivait à l'hôtel du *Lion d'Or*, on
lui remit un télégramme. La lecture de cette

dépêche lui fit pousser un énergique juron. Pour lui, c'était une désagréable surprise, elle disait :

« Rentrez urgence Paris éditeur Maxal fait dif-
« ficultés pour nouveau roman et K. vous ré-
« clame.
                                        « Bernadi ».

Jacques Blue tempêta et jura qu'il ne partirait pas, qu'il était son maître, qu'il fallait donner une leçon à Maxal, que les gens attendraient... etc. Malgré cela, Suzy Delsol monta dans sa chambre préparer ses valises. En effet, moins d'une heure après, une automobile conduisait à Quimper l'homme de lettres et sa disciple. Désireux de prendre le rapide du lendemain matin, ils allaient coucher au chef-lieu.

Quand ce départ fut appris au château, Colette en éprouva comme un soulagement. Quel bonheur d'être à l'abri des rencontres de ce jeteur de sorts, dont le regard l'apeurait et qui se révélait par trop hostile à son cousin Jean.

Le cousin, à n'en point douter, était de taille à se défendre, il l'avait déjà montré; cependant, de sa part, elle redoutait un trop vif mouvement de colère, capable d'entraîner bien des complications.

Débarrassée de l'ennuyeuse présence, Colette goûta une joie sans mélange dans les longues promenades journalières que Jean s'ingéniait à rendre toujours plus intéressantes. Enfin, il avait organisé une partie de pêche et, profitant d'une mer calme, il l'avait emmené un peu au large, dans un endroit repéré par lui et qu'il savait très poissonneux.

Maintenant, il restait près d'elle, uniquement occupé à lui amorcer ses hameçons et à enlever de la ligne les poissons qu'elle retirait sans cesse, avec accompagnement d'éclats de rire et des cris de joie.

Le soleil flambait, éclaboussait l'eau de rayons. La mer dormait, unie comme une nappe d'huile. Les méandres des courants la marquetaient de lignes plus sombres, heurtées, bizarres comme des signes magiques. Les voiles des bateaux de pêche, rentrant au port, découpaient sur le ciel pur leurs élégantes formes rouge sombre. Et, dans le fond, la côte hérissée, inaccueillante, formidable comme une forteresse, avec les fumées des maisons qui s'effilaient, minces et violettes, semblables à des rubans sans fin.

V

Jacques Blue rentra à Paris de fort méchante humeur, contrarié dans ses projets. Chez lui, son secrétaire, Guy de Bernadi, l'attendait. Il le mit au courant de ce qui se passait chez son éditeur.

Sans doute conseillé par des confrères jaloux de son succès, Maxal hésitait à éditer l'*Alcôve Nationale*, le dernier roman-pamphlet de Jacques Blue, vraiment trop osé. En effet, malgré la stupéfiante réussite du précédent, il n'osait risquer une interdiction formelle des pouvoirs publics.

Cet état de choses avait alarmé la personne dis-crètement désignée dans le télégramme par la lettre K et qui était un ami de Jacques Blue. Ami probablement fort riche, car il prodiguait beau-coup d'argent. Il devait, en outre, être admirateur forcené des œuvres du Zoïle de la dépopulation, puisqu'il les faisait traduire, à ses frais, dans toutes les langues et s'occupait, personnellement, de leur diffusion.

Jacques Blue le qualifiait de généreux mécène. C'en était un, en effet, il ne prenait aucune com-mission et remettait intégralement à l'écrivain tous les bénéfices obtenus.

La colère de celui que Guy de Bernadi appelait *Maître* avec trop d'affectation, se déchaîna. Il bondit de droite et de gauche et se disposait à casser quelques potiches sans grande valeur, choisies spécialement pour servir de dérivatifs à ses irritations désordonnées, quand le subtil Ber-nadi sut ramener le calme, et même le sourire, par quelques paroles adroitement placées.

— Ne vous emportez pas, Maître, vous présent, les choses vont changer. Reprenez votre beau ma-nuscrit des mains de Maxal, n'importe quel édi-teur sera trop heureux de sortir votre nouveau roman. Nous aviserons, d'ailleurs; à demain les affaires sérieuses; reposez-vous ce soir de ce long voyage, la Bretagne est au bout du monde. De plus, si vous voulez inviter quelques belles amies pour le soir, ce sera vite fait. J'ai presque orga-nisé une réunion comme vous les aimez, avec tout un lot de nouveautés à vous proposer.

Les yeux troubles de Jacques Blue s'allumè-

rent d'un feu étrange et, sa voix se faisant presque haletante, il demanda :

— Jolis les sujets, corps purs, pas de traces
d'enfantement?

— Aucune, je puis vous en répondre. Il y en
a surtout deux! Celles-là, je vous les recom-
mande; une jeune Anglaise, véritable petit
saxe, et Trinita, une Arlésienne de dix-neuf ans,
grande, élancée, corps impeccable, absolument
pure. De plus, chose rare en son pays, une chevelure admirable, châtain clair, presque blond.

Immédiatement, le romancier pensa à Colette.
Si cette Trinita pouvait lui donner l'illusion de
l'exquise jeune fille tant désirée, il se contente-
rait momentanéemnt du symbole, en attendant
l'original que, tôt ou tard, il posséderait, toute sa
volonté tendant à ce résultat.

Il se fit donner encore quelques détails par
Bernadi et, sur le conseil de celui-ci, alla se reposer afin d'être frais et dispos. Dans la journée du
lendemain, il avait à traiter des affaires très
sérieuses et, le soir, d'autres affaires moins absor-
bantes mais beaucoup plus déprimantes.

Guy de Bernadi avait vingt-cinq ans, Sicilien
d'origine et de naissance, il était venu très jeune
à Paris. Sans métier bien défini, il s'occupait d'un
tas de choses à côté.

Une vague ressemblance avec Rudolph Valen-
tino, l'as américain de l'écran, l'avait fait remarquer par deux ou trois cinéastes et ceux-ci lui
procuraient parfois quelques cachets.

Présenté à Jacques Blue, par une amie de dancing, l'individu avait été jugé du premier coup
d'œil par l'écrivain. Il se l'était attaché en qualité

de secrétaire. Ce titre était peu en rapport avec les fonctions qu'il comportait. Bernadi n'avait, en effet, que de vagues travaux littéraires; par contre, il s'occupait spécialement du rayon pseudo-sentimental du romancier et cela suffisait à lui prendre tout son temps.

Il se montrait, d'ailleurs, à la hauteur de sa tâche. Coureur de dancings, absolument sans scrupules, ne connaissant qu'une chose, l'argent, il était le digne valet d'un pareil maître et rabattait, en conscience, le gibier le plus fin.

Pas de difficultés possibles entre le patron et lui, Bernadi ne quêtait pas sur les mêmes terrains de chasse. Sa spécialité? Les femmes mariées! Non qu'il trouvât une saveur particulière à ce gibier, mais par elles il obtenait les subsides nécessaires à son existence et ceux, encore plus importants, destinés à son avenir.

En effet, ce type moderne pensait à son avenir, il avait un compte en banque et de très sérieuses économies. Avec toute l'aberration d'un esprit sans scrupules, sa seule ambition était d'amasser le plus vite possible de quoi vivre de ses rentes. Après, il retournerait dans sa Sicile ensoleillée, à Messine, à Palerme, où les femmes ont les yeux de velours et la peau dorée; avec celle qu'il aimait, il y mènerait une vie d'amour exempte de souci.

Pour en obtenir le plus possible, de cet argent convoité, Bernadi pratiquait le chantage.

Son physique avantageux, sa science amoureuse, lui livraient, pieds et poings liés, de nombreuses victimes. Hélas! la femme a la manie épistolaire, chacune se croit une de Sévigné, elle éprouve le besoin de noter ses sentiments en termes amphigouriques et délirants, se compromettant comme à plaisir et donnant à de sinistres individus, comme Bernadi, des armes impitoyables.

Un beau jour, pour un motif futile, c'est la rupture et... le chantage. Dans cet art, le Sicilien était passé maître et comme il était sans pitié, les malheureuses victimes devaient s'exécuter.

Jugeant que les amis masculins étaient plutôt nuisibles, le secrétaire de Jacques Blue n'en avait qu'un seul, Michaël Papescu, danseur professionnel à *La Perruche*, le cabaret à la mode.

Sujet roumain, Michaël, plus communément appelé Mica, avait à peu près la même mentalité que Bernadi. Par exemple, contrairement à ce dernier, lui était un prodigue. Les deux compères s'arrangeaient parfaitement, Mica étant un rabatteur incomparable pour le gibier d'amour.

Ayant quitté son patron, Bernadi s'occupa de la petite fête du lendemain. Il se rendit à *La Perruche* où se trouvait son ami. Il lui donna carte blanche au sujet des générosités à accorder et le chargea de prévenir les intéressées.

En pénétrant dans le cabinet de son éditeur, Jacques Blue était disposé à la bataille. Sans répondre au bonjour affectueux de Maxal qui, depuis de longues années, lançait toutes ses œuvres, il dit d'un ton sec :

— Rendez-moi le manuscrit de l'*Alcôve Nationale*, je n'ai pas l'habitude de traiter avec les timorés; les éditeurs ne manquent pas à Paris.

— Voyons, Blue, ne vous mettez pas en cet état, et convenez-en avec moi : vous avez peut-être été un peu fort?

— Vous m'avez tenu le même raisonnement idiot au sujet de *La Loterie Sentimentale*, mon précédent roman; il a fallu la croix et la bannière pour vous décider : résultat, six cent mille exemplaires.

— Je le sais, Blue. Ah! cette *Loterie* était Bibliothèque Rose auprès de votre *Alcôve*. Elle manque de rideaux, et les pouvoirs publics...

— Je me fous des pouvoirs! Si vous me laissez sortir de chez vous, je n'y rentrerai plus jamais. Vous n'êtes pas l'homme de l'avant, je vous laisse à votre Bibliothèque Rose et aux romans pour les enfants de Marie. Rendez-moi mon manuscrit.

Maxal ne voulait, sans doute, pas perdre Jacques Blue. C'était un écrivain un peu trop scabreux, un auteur à scandales, mais il remplissait la caisse. Il envisagea donc une perte irrémédiable et, en *manager* averti, il essaya de rattraper son vieux « poulain ».

— Voyons, Blue, ne vous irritez plus, on peut s'arranger; glissez sur deux ou trois passages, édulcorez certains autres, et je mets en route immédiatement.

— Je ne changerai pas un iota, vous entendez, pas un! Me faire écrire *ad usum delphini*, moi? Vous déraillez, Maxal!

— Laissez-moi réfléchir deux ou trois jours.

— Trois ou quatre minutes, pas plus! Je veux paraître le premier octobre, il n'y a donc plus un moment à perdre. Je vous donnerai la préférence, mais il faudra respecter les conditions que nous avions arrêtées la semaine dernière.

Le pauvre éditeur ne pouvait plus lutter, sa résolution de tenir bon avait sombré; il savait fort bien que son vieux « poulain » trouverait facilement un concurrent décidé à tout risquer pour avoir un roman à vente importante. *L'Alcôve Nationale,* il le savait également, était une œuvre infecte, pernicieuse et ne pouvait manquer de provoquer un scandale considérable. Après tout, les éditions n'en seraient que plus nombreuses et le résultat financier plus avantageux.

Il tendit la main à Jacques Blue, l'appât du gain venait de remporter une nouvelle victoire. Qu'importaient les œuvres saines, bonnes, la belle littérature française dans ce siècle de jouissance à outrance et de dépravation? A bas la morale surannée et les bénéfices indigents! Mieux valaient l'ordure et l'abjection, les acheteurs affluaient, vice ou curiosité? Résultat : vente forcée.

Complètement d'accord, maintenant, avec Maxal, ayant son contrat en poche et un chèque important comme avances, Jacques Blue se fit conduire rue Saint-Jacques, au domicile particulier du personnage mystérieux, désigné dans le télégramme par la lett. *K.*

La maison n'avait pas grande apparence, tout au plus semblait-elle tranquille et cette tranquillité devait être, sans doute, le motif puissant capable de décider le riche mécène à l'habiter.

Sans rien demander à la concierge, terrée au fond d'un boyau sordide et empuanti, le romancier, non sans dégoût, gravit les escaliers sombres et humides, parfumés de relents de cuisine et d'ordures ménagères. Il frappa à une des portes du troisième étage.

Au bout de deux ou trois minutes, le battant s'ouvrit avec précaution. Un jeune homme mince et pâle, avec de grands yeux noirs, pleins de feu, s'inclina devant le romancier et, souriant, prononça avec un accent slave assez marqué :

— Il vous attend. Il a déjà téléphoné deux fois chez vous.

Jacques Blue serra la main du jeune homme, qui le fit entrer dans une pièce située au fond d'un petit couloir.

Derrière une table encombrée de papiers de toutes sortes, se tenait un homme d'une cinquantaine d'années, grisonnant, le front dégarni et très large, les yeux perçants et mobiles sous des lunettes rondes, la barbe mal taillée, hirsute. Il tendit la main au romancier en lui disant, d'une voix rude, aux intonations rauques :

— Asseyez-vous, ces comptes à finir, et nous parlerons.

Jacques Blue s'assit. Tandis que l'original personnage, sans plus s'occuper de lui, continuait à aligner des chiffres, il laissa errer ses yeux sur le décor qui lui était pourtant familier.

Le « généreux mécène » du romancier devait avoir des goûts modestes, à en juger par le mobilier de la pièce lui servant de cabinet de travail : une table longue et massive, deux fauteuils de cuir, cinq ou six chaises cannées, très simples. Par contre, dans tous les coins, des livres, des paquets de brochures et de circulaires, si bien que ce cabinet ressemblait plutôt à une permanence de propagande.

Au bout de dix minutes, l'homme daigna s'occuper de son visiteur, et lui dit, d'un ton relativement peu amène :

— Vous voici revenu, heureusement, quelle sotte idée de partir en un pareil moment! Où en sont les choses avec Maxal?

Blue, tout à l'heure si arrogeant vis-à-vis de son éditeur, paraissait maintenant plein de respect devant son interlocuteur. Il ressemblait à un écolier sévèrement réprimandé par le magister. Sans répondre, il tira de sa poche le contrat signé avec Maxal et le tendit à l'homme. Celui-ci l'examina longuement.

Quand il le rendit, l'homme de lettres expliqua :

— Le roman paraîtra le 1er octobre avec une publicité inaccoutumée; protestations de journaux, controverses animées au *Faubourg* et dans la presse, menaces de poursuites, saisies provisoires, au besoin, interpellation à la Chambre... Bref, toute la lyre, pour dépasser le tirage du dernier roman.

— Bien!... Les traductions sont en train, le livre paraîtra donc presque en même temps à l'étranger, tous les contrats sont signés. Maintenant, il va falloir vous mettre à l'ouvrage pour la nouvelle œuvre que je vous ai commandée et dont je vous ai donné les principales directives; je veux cela pour le printemps.

— C'est un peu court. Le sujet sort beaucoup de ma façon habituelle.

— Qu'importe! Je paye en conséquence. Donc, inutile de discuter oiseusement, il s'agit de produire. Pour une fois, vous ne ferez pas étalage de vos turpitudes. Vous vous rattraperez plus tard. Moi, je veux de l'œuvre sociale poussée à l'extrême, à l'extrême, entendez-vous?

— Soit, c'est entendu, je vais aller chercher la tranquillité dans un coin du Finistère.

— Non, vous resterez ici, votre studio est des plus calmes. D'ailleurs, il vous faut, de temps en temps, certains divertissements, et vous ne pouvez les trouver qu'à Paris. Je vais vous remettre un chèque, avances sur les contrats de vos traductions, il n'en faut pas plus pour vous donner de l'inspiration. Par exemple, pas de faux-fuyants, mon coffre conserve certains papiers on ne peut plus gênants pour vous; leurs propriétaires en connaissaient la valeur et me les ont fait payer fort cher. Si vous voulez les avoir un jour, n'entrez jamais en rébellion contre moi.

Jacques Blue dissimula une grimace, qui se changea en un sourire, quand il eut jeté les yeux sur le chiffre important du chèque remis par son interlocuteur. Il serra la main molle qui lui était tendue et se retira, reconduit par le jeune Slave.

Décidément, cet écrivain qui voulait imposer au monde ses théories funestes, avait l'âme d'un valet, il méritait bien le mépris de tous ses confrères et la réprobation des honnêtes gens.

VI

Le studio de Jacques Blue, au parc Montsouris, était, ce soir-là, entièrement tendu de velours noir.

Metteur en scène adroit et subtil, Guy de Bernadi savait donner aux scènes païennes organisées pour l'*Excessif*, sobriquet bien mérité du romancier, le caractère réclamé par cette nature spéciale, spéciale comme ses écrits.

Dans des vases à long col, disposés à tous les angles, sur des consoles ou des socles de tailles différentes et également recouverts de velours noir, des fleurs d'un blanc délicat : arums, roses blanches, lys, semblaient des applications d'argent. Elles saturaient l'air de leurs parfums troublants, comme si des flacons d'une essence rare avaient été renversés dans la pièce.

Dans le fond du studio, éclairé par une lumière tendrement bleutée, des divans recouverts de velours noir, sous un amas de coussins en étoffes éclatantes, lamées d'or et d'argent, étaient destinés aux quelques jeunes femmes conviées à ces fêtes privées, connues d'un petit nombre sous cette appellation : les *gymnogynies*.

Guy de Bernadi, assisté de Mica Papescu, en rupture de dancing, recevait les invités. Ceux-ci s'annonçaient par une façon particulière de sonner. Beaux comme de jeunes dieux, les métèques étaient à peine vêtus, puisque, sous une cape flottante, ils ne portaient que la trousse des athlètes romains se présentant dans le cirque. Les invitées passaient dans un boudoir voisin du studio, afin de se dévêtir à la grecque, et venaient s'allonger sur les divans, révélant ainsi sous la transparence du léger peplos des formes parfaites. En effet, Jacques Blue, l'Excessif, choisissait avec soin les actrices, grandes courtisanes et mondaines admises à assister au culte des beautés stériles.

Suzy Delsol, magnifique créature au corps splendide et dénicheuse de sensations, était spécialement chargée de ce recrutement. Les femmes amenées par elle pouvaient se vanter de n'avoir aucune tare. Ce soir-là, justement, Suzy était accompagnée d'une jeune danseuse, récemment arrivée d'Angleterre et que Paris, avec son engouement facile et enthousiaste, commençait à consacrer grande étoile.

Généralement, lors de la présentation d'une nouvelle adepte, le romancier la faisait placer à ses côtés et lui réservait ses meilleures galanteries. L'introductrice fut donc stupéfaite de le voir accueillir Maud Spitson avec amabilité, certes, mais sans l'empressement habituel.

La jeune Anglaise était pourtant délicieusement jolie, petite, admirablement proportionnée, un corps délicat de Tanagra et une chevelure d'un blond cendré qui lui donnait une douceur étrange, avec les grands yeux d'un bleu pervenche candides et pourtant malicieux.

Suzy Delsol ne comprit qu'un peu plus tard la cause de cette froideur en voyant paraître Trinita, la nouvelle recrue dénichée par Bernadi comme prêtresse du Maître. Quelle surprise! Trinita ressemblait à Colette!

Quand son secrétaire lui avait amené, dans l'après-midi, cette jolie fille, le monomane, ayant encore les yeux pleins de l'exquise silhouette vue à Pont-l'Abbé pendant toute la journée du mariage, avait été pris d'un saisissement étrange. Cette Arlésienne montrait, avec Colette, de grands traits de ressemblance; comme Mlle Verderier, elle était grande, élancée, avec un corps impeccable, et ses yeux étaient voilés par de longs cils recourbés, comme ceux de l'autre. La bouche, par exemple, s'affirmait grande, plus sensuelle, et son maintien avait quelque chose d'étudié, moins d'ingénuité vraie.

Qu'importait! Il n'était pas l'ennemi d'une agréable illusion et, du moment qu'il y avait une grande ressemblance dans la silhouette, sa passion s'en trouverait momentanément satisfaite.

Bernadi avait reçu aussitôt des ordres détaillés. Ayant fait diligence, il amenait ce soir au studio une Trinita transformée, coiffée comme Colette, avec une robe de crêpe de Chine bleu pastel, à peu près identique à celle de la ravissante demoiselle d'honneur. Jacques Blue avait chaque détail tellement imprégnés dans l'esprit qu'il s'était plu à en exécuter un adroit croquis.

Muni de cette esquisse, l'intelligent secrétaire avait su trouver, dans un des grands palaces des toilettes et colifichets féminins, une robe à peu près semblable. Trinita, aussi habile des doigts qu'agile des jambes, avait elle-même arrangé cette robe en quelques heures. Ceci pendant qu'une voisine d'hôtel, excellente modiste, se chargeait de confectionner le chapeau. Tout permettait donc l'illusion.

Une bonne nature, pourtant, cette Trinita, fille d'un contremaître dans une usine d'huiles et de savons à Arles. Elle venait d'avoir dix-neuf ans quand le désir la prit de venir à Paris. Connaissant en partie la couture et un peu la coupe, elle croyait candidement être attendue dans la capitale.

Avec un père à peu près incapable de résister à son caprice, n'ayant plus de mère pour lui montrer les dangers d'une pareille décision, Trinita n'eut guère à supplier. Munie d'une petite somme d'argent, elle débarqua un matin à la gare de Lyon, se fit conduire à Montmartre, nom fatidique pour les étrangers et les provinciaux, et échoua dans un hôtel mal fréquenté de la rue Fontaine.

Bravement, sagement, la petite se mit à la recherche de travail, mais, après une quinzaine de jours de vagues recherches, elle fut obligée de constater qu'à Paris il ne suffit pas de vouloir un emploi, il faut pouvoir en trouver un.

Ayant désiré tout voir pendant les premiers jours, son modeste pécule était fortement endommagé; pourtant, d'une nature honnête, elle ne pensa nullement à se lancer dans la vie. Son malheur voulut qu'elle fît la connaissance de son voisin de palier, le danseur Mica Papescu. Celui-ci, avec son flair de leveur de poules, devina tout de suite le parti à tirer de cette jolie fille, triple ment intéressante puisqu'elle était encore neuve. Trop adroit pour manger ce blé en herbe, il se garda de la débaucher. Le lendemain de leur première rencontre, il la présenta à Bernadi Subtil, il espérait que celui-ci saurait la faire payer très cher par le vieil *Excessif*. Le secrétaire ratifia ce projet avec enthousiasme et tous deux entreprirent de chambrer la provinciale.

Qu'allait devenir la pauvre Trinita entre les mains de ces deux sinistres personnages? Ils

5

firent miroiter à ses yeux une vie de délices, de plaisir, de luxe. Il suffisait pour cela de se plier aux manies d'un vieillard dont le nom était célèbre et qui ferait d'elle la femme la plus enviée de Paris.

L'honnête fille d'Arles ne se laissa pas convaincre facilement; méprisant cette offre, elle continua à chercher vainement du travail et son petit pécule s'épuisa complètement. Alors, elle écrivit à son père, lui demanda de l'argent. Croyant agir pour le bien de sa fille en lui faisant manger un peu de vache enragée, le brave homme répondit par un mandat minime et des remontrances.

« Elle devait faire en sorte de se débrouiller, toute seule, puisqu'elle avait voulu à toutes forces aller à Paris à la conquête d'une fortune rapide. »

Pauvre père! Il était loin de se douter qu'en agissant ainsi il livrait sa fille aux mains avides de deux misérables, décidés à faire d'elle une chair à plaisir, susceptible d'un bon rapport. La malheureuse essaya de résister jusqu'à la dernière extrémité et dut s'avouer vaincue.

Surprise du respect apparent que lui témoignaient ses deux sigisbées, avec une tristesse résignée elle promit de suivre fidèlement leurs recommandations. Alors, certain du succès, Guy de Bernadi en parla à Jacques Blue, sans se douter le moindrement du coup d'éclat qu'il réalisait.

Pour ne point diminuer les illusions de Trinita, le Maître avait décidé de ne la voir qu'au moment où elle lui serait présentée, au milieu du cérémonial habituel.

De son côté, l'adroit Bernadi l'avait fait parler

et n'ignorait plus rien de la rencontre faite à Pont-l'Abbé par son patron. Il pouvait jouer désormais de cette corde sensible; aussi, son esprit fertile avait-il aussitôt varié le scénario de la soirée.

Tout en recevant les invitées, il mettait Mica Papescu au courant de ce qu'il voulait faire. En effet, ce dernier devait pouvoir donner les indications nécessaires, avant la « gymnogynie », aux figurantes, particulièrement nombreuses ce soir-là et triées sur le volet, pour servir de cadre somptueux à la nouvelle victime.

Toutes les amies conviées par Suzy Delsol étaient présentes. Allongées sur les divans, elles parlaient à voix basse, avec presque autant d'onction et de respect que dans un temple. Bientôt, le silence se fit quasi religieux. Jacques Blue entrait, drapé dans une toge blanche aux amples plis. Bernardi et Mica marchaient à ses côtés; ils dominaient sa taille plutôt petite de toute leur beauté robuste.

Il baisa à la ronde quelques poignets, quelques épaules, mais il ne parut pas se soucier des choses, pourtant intéressantes, que révélait la fragile garantie des costumes. Il semblait préoccupé. Son regard s'arrêta un instant sur l'exquise carnation de Maud Spitson, puis il s'allongea sur les coussins, au milieu de sa cour parfumée, et donna l'ordre de commencer.

Mica et Bernardi s'étaient éclipsés, comme à l'ordinaire, afin de régler les différentes phases de l'initiation; ils ne revenaient qu'à la fin, au moment où toutes les invitées, exacerbées par la vue d'une suite de tableaux esthétiques, gagnées par l'exemple, éprouvaient le besoin de s'associer personnellement aux fresques construites en sculptures vivantes.

D'abord, un chant d'orgue s'éleva derrière les tentures, sublime et exécuté avec une maîtrise remarquable. Grâce à son flair surprenant, le secrétaire avait déniché, à Montmartre, un jeune compositeur besogneux, organiste de grand talent, qui avait une première fois accepté, par nécessité, ce cachet extraordinaire et vraiment royal.

Jacques Blue, sur la recommandation du Sicilien, s'était intéressé à ce garçon si merveilleusement doué et, par des amis fidèles, il avait réussi à le faire connaître.

En même temps, il lui avait donné la plus grande des joies en l'autorisant à venir de temps en temps travailler sur l'orgue magnifique installé à grands frais dans le studio.

Maintenant, le musicien venait plutôt par reconnaissance. Il ne voulait rien voir des cérémonies, imitées des lupercales, que son esprit droit et sain réprouvait. Caché derrière les tentures, il était tenu au courant par Bernadi des différentes phases de l'initiation et pouvait donner libre cours à sa fantaisie harmonique en composant parfois des pages géniales.

La « gymnogynie » commençait toujours par des danses adroitement réglées par Mica. Il avait à sa disposition tout un petit corps de ballet, danseuses professionnelles des boîtes de nuit montmartroises, pauvres créatures astreintes à un métier ingrat et heureuses de pouvoir gagner, en une nuit, plus qu'en une semaine.

Jacques Blue, quand il s'agissait de satisfaire

sa fêlure, jetait l'argent comme un nabab, mais il lui fallait toujours, même pour les danseuses, des corps impeccables et surtout sans traces de maternité. Ce n'était pas le culte de la beauté qui le faisait agir ainsi, c'était la glorification de ses théories malthusiennes.

Si son œil inquisiteur distinguait sur un corps la moindre cicatrice de l'acte de vie, c'était alors des colères folles. Les mots orduriers, roulés dans les invectives, grêlaient drus sur la malheureuse qui, dans l'espoir de gagner trois ou quatre billets, avait menti au rabatteur. Elle était impitoyablement jetée dehors. Elle emportait de plus la menace terrible de Mica Papescu de voir toutes les boîtes de Montmartre se fermer pour elle si un seul mot de l'affaire était ébruité. Et puis, qu'auraient pu faire les racontars d'une fille contre la réputation du génial vieux poulain dont l'excellent Maxal se vantait d'être le manager.

La danse ayant payé son tribut à la confrérie des stérilisées, les *Chansons de Bilitis* et *Les Caresses* furent illustrées successivement. Jamais le délicat Pierre Louys, jamais le fougueux Jean Richepin n'eussent pu supposer que leurs pages délicieuses serviraient à célébrer la gloire du malthusianisme.

Ensuite venait la cérémonie, officiée par le Maître de céans, rééquipé en une *synthèse* de festin et décoré pour la circonstance du nom de *luperque*.

Généralement, la jeune femme choisie était apportée sur une sorte de pavois, entourée des prêtresses jetant des fleurs. Mais, ce soir-là, le cérémonial fut tout à fait changé, Bernadi allait frapper un coup de génie.

Les femmes disparurent, les lumières s'éteignirent, le studio resta plongé dans l'obscurité pendant quelques minutes, sans un bruit, sans un chuchotement. Soudain, un projecteur placé derrière la tête de Jacques Blue éclaira, de son pinceau lumineux, une apparition qui le fit sursauter et râler :

— Colette !

C'était, en effet, Colette, telle qu'il l'avait vue à Pont-l'Abbé, souriante, paraissant délicieusement ingénue, divinement jolie dans la toilette bleu pastel, le visage légèrement ombré par les bords du chapeau et tenant même à la main l'aumônière assortie à la robe.

Le secrétaire avait été à la hauteur de sa tâche. Il s'était inspiré du croquis exact, que l'esprit fortement imprégné du Maître avait dicté à sa main fidèle. Il avait même tenu compte des paroles prononcées par lui, dans une sorte d'adoration, sur la façon dont elle était apparue à ses yeux.

A peu près certain du succès, il n'avait pas voulu présenter Trinita à son patron comme les autres femmes. Elle seule était habillée au milieu de cette fête à l'antique. Sur un mot du Sicilien, les lumières reparurent, les prêtresses revinrent et s'apprêtèrent à dévêtir la nouvelle venue.

Alors, bousculant tout le monde, Jacques Blue se précipita comme un fou en criant :

— Arrière, vous. Que personne n'y touche !

Il vint tomber aux genoux de la jeune fille et ses mains impatientes, fébriles, s'accrochèrent au vêtement et à la lingerie, tandis qu'un tremblement le secouait.

Fidèle aux recommandations de Bernadi et de Mica, Trinita se raidissait pour ne point montrer sa peur. Enfin, la pauvre créature apparut dans le costume qui nous vient le premier et est le dernier à nous quitter. Ainsi, elle était éblouissante.

Quoique n'ayant jamais vu le Maître dans un état pareil, les danseuses s'approchaient pour le couronner de roses, suivant le cérémonial coutumier. Mais Jacques Blue se dressa, comme un halluciné, hurlant, écumant, frappant de tous côtés et criant :

— Arrière donc! que personne ne touche à ma Colette, elle est sacrée, elle est à moi! Sortez! Sortez tous!

Et, subitement, énergumène étouffé, pantin désarticulé, il sombra dans une sorte de crise épileptique.

Les bacchantes de la figuration s'étaient enfuies dans la pièce voisine, vraie loge de *gymnogynes*, et s'habillaient en hâte. Suzy Delsol, elle, guidait les invitées vers le boudoir, pendant que Mica et Bernadi allongeaient l'*Excessif* sur le divan. Alors Maud Spitson, la jeune Anglaise, regardant ce lamentable polichinelle, de ses grands yeux candides, prononça avec un air de profonde répulsion :

— *Oh shocking! this old man really disgusting!*

VII

Le 15 août est une fête très en honneur dans la Bretagne religieuse où presque toutes les chapelles sont consacrées à la Vierge.

Colette attendait cette fête avec impatience. Jean lui avait parlé avec tant d'enthousiasme du spectacle inoubliable des processions qu'elle ne rêvait plus qu'à la procession de la chapelle de la Joie, la plus importante de toute la région.

Depuis plus d'un mois, ils passaient ensemble toutes les journées. Le jeune homme, sans délaisser complètement son usine, pouvait entièrement se reposer sur ses collaborateurs, largement intéressés dans les bénéfices. Il venait, chaque matin, à l'ouverture des ateliers, donnait ses ordres et, le soir, accompagné de Colette, il repassait pour signer le courrier.

Ces promenades leur étaient maintenant indispensables. Pourtant, ils ne s'étaient encore fait aucun aveu; par contre, dans leur cœur, le petit dieu malin s'était installé en maître.

Un jeune homme ne sort pas impunément avec la plus délicieuse des jeunes filles, ayant toutes les qualités qui ont fait dire : la femme est le seul levier capable de soulever l'univers. Une jeune fille ne sort pas impunément avec un jeune homme ayant, lui aussi, toutes les qualités requises pour rendre une femme heureuse. L'amour

guette et ses traits sont lancés d'une main sûre,
à faire pâlir d'envie le plus adroit des archers, car
ils ne manquent jamais leur but.

Après avoir visité en son entier la presqu'île
de Penmarch, Jean avait élargi le champ de leurs
randonnées, pour lesquelles il dut prendre une
auto. Cicérone remarquable, il commença par
conduire Colette à la Pointe-du-Raz, formant l'extrémité de la Cornouailles, en face de l'île de
Sein. Site d'une grandeur inoubliable par sa sauvagerie, montrant la *Chaussée de Sein* qui n'est
autre chose qu'un long écueil sous marin avec
des rochers redoutables.

Elle trembla de tous ses membres en apprenant que de nombreux navires venaient se briser
sur ce terrible écueil et que les corps de leurs
noyés se retrouvaient toujours échoués dans la
baie voisine, au nom sinistre de *Baie des Tré-
passés.*

Dans cet endroit, d'ailleurs, la nature s'est plu
à semer l'épouvante. N'y a-t-elle pas mis, en plus
de ces choses effroyables, le mystérieux *Enfer
de Plogoff* où l'on entend, dit la légende, les cris
de désespoir des marins morts en état de péché
mortel et réclamant des messes pour le repos de
leur âme.

Avec toute sa délicatesse d'amoureux, Jean
s'apercevait, parfois, que ces sombres tableaux
impressionnaient fâcheusement sa mignonne
compagne; aussi s'empressait-il de l'emmener à
Audierne, à Douarnenez, où le mouvement du
port de pêche faisait promptement s'envoler les
idées moroses.

Et puis, Jean était un véritable folklore. Il connaissait toutes les légendes de la Bretagne et dès qu'il voyait s'attrister les admirables grands yeux, il ramenait tout de suite la gaieté par une histoire de *Villansons*, malins esprits, minuscules farfadets, capables de toutes les plaisanteries envers les gens méchants et orgueilleux.

Ainsi était celle de l'horrible tailleur bossu qui avait osé prétendre à l'amour de la jolie Armelle. Un soir que ce vilain bonhomme avait été roucouler devant la chaumière de la pastourelle, les bons petits monstres l'avaient empoigné et fait danser jusqu'au moment où il s'était engagé à leur tailler à chacun un habit dans les fougères de la lande, travail absolument impossible même au meilleur ouvrier.

Colette riait aux larmes, car, en conteur subtil, Jean savait mettre dans ses légendes toute la couleur voulue et prenait à merveille les intonations de ses personnages réels ou fabuleux.

Il l'avait également conduite à Concarneau. Là, son émerveillement avait été grand devant la vieille ville close qui semblait sommeiller paisiblement à l'abri de ses remparts et que la mer entoure comme une forteresse imprenable. Le port, avec ses barques aux filets bleus, les quais animés par les pêcheurs discutant avec les représentantes des sardinières, tout cela bien plus important qu'à Penmarch.

Enfin, le splendide château de Kériolet, pure Renaissance flamboyante, où Colette s'intéressa fort à la magnifique collection de coiffes et de bassinoires, qui sont la plus grande curiosité de ce musée départemental.

Plus leurs âmes communiaient, moins ils n'osaient l'aveu d'amour.

Pourtant, tout pouvait les y inviter : les questions de la bonne tante Jenny qui, depuis le premier jour, avait deviné l'amour certain; les lettres des nouveaux mariés parcourant l'Italie et se disposant à partir vers l'Egypte, afin de ne pas être incommodés par les touristes, presque nuls au mois d'août. Gaby et Pierre chantaient leur bonheur avec une telle joie, qu'en parler devait pousser aux confidences.

Mais Jean, que rien n'aurait fait reculer, n'osait troubler la quiétude de cette âme de jeune fille. Il était assuré, cependant, de la voir répondre à son amour par un amour égal. Il le devinait à tous ses gestes, à toutes ses attitudes, à la crispation de sa main sur son bras, à la délicate roseur de ses joues, quand il lui parlait un peu plus tendrement, aux longs regards caressants qui se posaient sur les siens.

Hélas! l'aveu ne pouvait sortir. Heureux de cet état de choses, le malin petit archer s'amusait à le prolonger et à combler leurs âmes du plus délicieux des émois.

Ils déjeunaient au hasard de leurs randonnées. Jean, sans être un gourmet, connaissait les bonnes auberges, si nombreuses en Bretagne, où les choses de la mer abondent: crevettes bouquet ou palémons, praires à la coque striée, palourdes lisses à chair fine, bigorneaux recroquevillés dans leur conque minuscule, poissons délicats, langoustes et homards succulents. Et pour arroser tout cela, le bon cidre du pays, doux et mousseux comme du champagne.

Le soir, Jean dînait au château, tante Jenny l'avait exigé car le jeune homme avait son habitation particulière à son usine et sa maison était tenue par une vieille servante.

La bonne tante Verderier était, elle aussi, divinement heureuse; le séjour dans ce Finistère sain et sauvage faisait un bien énorme à ses enfants. Or, Jean venait de lui prendre son fils aîné, Yvon, âgé de dix-huit ans, comme employé dans ses bureaux, avec la volonté de lui faire, dans l'avenir, une situation intéressante. De plus, Verderier, son mari, profitant de son congé annuel, était venu la rejoindre.

Or, pour cette mère, digne femme de la belle France, voir sa famille réunie autour d'elle au complet, était la plus grande des joies. Et quand, le soir, dans la chambre des enfants, elle faisait la toilette de nuit aux tout petits, qu'elle les contemplait dormant calmes et reposés, le visage adorable entouré de boucles brunes ou blondes, et souriant aux anges, nul spectacle ne lui paraissait plus beau. C'était la « messe rose » idéale celle-là, le culte de la famille, le culte de l'œuvre humaine, le seul capable de faire battre et de commander un cœur sain.

Jean avait pour la Tante Jenny une admiration sans bornes; il préconisait les grandes familles, seules capables de compléter la force de sa chère patrie. Elle en avait besoin de cette force, pour se faire respecter dans le monde, avoir les bras indispensables au travail de son sol fertile capable de lui produire toutes les richesses de la terre, avoir les cerveaux qui font les grandes découvertes et maintiennent notre suprématie intellectuelle mise au service de l'humanité.

Souvent Mme Verderier, profitant du moment où Colette donnait une leçon de piano aux plus jeunes, racontait à Jean les tours de force qu'elle était obligée de faire pour équilibrer son budget, surtout au commencement des saisons, où chacun des enfants avait besoin de quelque chose, où il fallait rogner sur l'un pour augmenter la part de l'autre.

C'était quelquefois dur. On y arrivait tout de même, et les enfants ne manquaient jamais de rien. Le père gardait, une saison de plus, le chapeau de paille ou de feutre, il remettait au mois ou au trimestre suivant la visite chez le tailleur, comme elle remettait elle-même la visite à la couturière. Mais la nourriture était toujours copieuse, les petits ne manquant jamais de dessert, récompense de leur sagesse et de leur bonne tenue.

Tout cela était dit avec une bonne humeur, une gaîté de bon aloi. Le jeune homme ne pouvait s'empêcher d'établir une comparaison entre cette femme utile et les mondaines oisives, rencontrées par lui lors de ses derniers voyages à Paris. Celles-là, les superficielles, les jolis petits animaux de luxe, jetaient l'argent par les fenêtres, inutilement, en des plaisirs frelatés, n'ayant qu'un dieu, leur corps, et qu'un orgueil, leurs jambes, le plus haut possible offertes aux regards.

Certes, ces chercheuses de sensations ignoraient la véritable joie humaine, l'unique satisfaction, le joli mal: enfanter, et avoir autour de soi les petits êtres à guider dans la vie.

Jean regardait alors Colette, si belle, si saine, si franche : c'était bien là la mère rêvée pour ses futurs enfants. Son esprit vagabondait, faisant les plus splendides projets d'avenir. Colette songeait sans doute pareillement, car elle embrassait passionnément ses petits cousins. Or, dans ces baisers, il devinait le secret désir de pouvoir les donner, un jour, à ses propres enfants.

Ce matin de quinze août, Jean était décidé à parler. A quel moment? Il ne le savait pas encore. Il avait reçu, le matin même, une bonne lettre bien affectueuse de son aîné. Dans cette lettre, Pierre lui demandait si son exemple ne l'avait pas gagné, et s'il ne se disposait pas à donner à la famille une nouvelle et jolie baronne de Tréogat de Kerverno?

De son côté, Colette avait reçu une lettre de Gaby, en réponse à sa dernière missive. Les femmes lisent facilement entre les lignes. La nouvelle mariée n'avait pas eu de peine à discerner l'amour faisant chaque jour des progrès plus grands dans le cœur de sa correspondante. Par son mari, elle connaissait la nature droite et loyale de Jean. Aussi, en grande sœur, incitait-elle sa petite cousine à ne point manquer l'occasion de bonheur qui s'offrait à elle.

En lisant cette lettre pleine de tendresse, d'affection, Colette, elle aussi, envisageait cet heureux événement et elle était rouge d'émotion et de joie en venant rejoindre Jean dans le parc. Il faisait une partie de *barres* avec les jeunes Verderier, levés, comme toujours, de très bonne heure, hygiène rigoureuse de la mère de famille, exigeant, en revanche, qu'à neuf heures du soir tout le monde fût au lit.

Le début de la promenade ne permit pas à Jean de risquer la déclaration qui se pressait sur ses lèvres. En effet, la bonne tante Jenny avait décidé d'assister à la procession, avec tous les siens. Il ne pouvait être question de lui faire faire à pied, dans l'état de grossesse avancée où elle se trouvait, les dix-huit kilomètres séparant le château de Kerverno de Saint-Pierre de Penmarch et de sa chapelle de la Joie.

D'un autre côté, pour rien au monde, le jeune usinier ne se serait résigné à priver d'un tel jour de congé le garçon chargé de sa voiture. Il dut donc embarquer dans son auto la tante Jenny avec les plus jeunes enfants et, le cœur un peu gros, laissa Colette partir à pied avec M. Verderier et les aînés.

Le rendez-vous était à Penmarch, à l'église de Saint-Nonna, dont raffolait Colette, à cause de son pur style gothique flamboyant, datant du xvi° siècle et aussi du rustique cimetière, dans lequel on pénétrait par une délicieuse porte en arcade.

Mais, ce matin-là, Jean dédaigna la beauté du porche en arcade ogivale, orné de curieux navires sculptés. Il alla s'agenouiller au pied du maître-autel, où se trouvent les statues de la Vierge et de saint Corentin, patron de tout le pays de Quimper. En homme de sa race, pieux et croyant, il voulait mettre son amour sous la protection du vieux saint et le prier de lui communiquer la force d'oser, ce jour-là, construire son bonheur.

Puis, il alla à la rencontre de Colette et de ses cousins pour leur éviter trop de fatigue.

A midi, tout le monde se trouva réuni à l'*Hôtel du Phare d'Eckmuhl*, où la tante Verderier, en mère de famille avisée, avait organisé le déjeuner. La promenade ayant ouvert les appêtits, on fit honneur au menu. Après cela, on se rendit de bonne heure à la petite chapelle de la Joie, isolée dans les sables, au bord de la mer, et encerclée de rochers trapus.

Là se tenait déjà une foule bruyante, endimanchée. Colette, put se convaincre, une fois de plus, de l'estime et de l'affection que tous avaient pour Jean de Kerverno. Bien des habitants de la presqu'île étaient au rendez-vous et de nombreux pélerins arrivaient de Pont-l'Abbé, de Quimper, voire même de Concarneau, tous revêtus de leurs plus beaux atours.

Pont-l'Abbé est le pays des « bigoud es », une des races les plus caractéristiques de la Bretagne et qui semble provenir de quelque immigration orientale. Le mot « bigouden » désigne la bizarre coiffure des femmes : c'est une sorte de casque d'étoffe aux broderies éclatantes et aux paillettes de métal, surmonté d'une coiffe en forme de mitre.

Le corsage, en drap noir, est brodé de soie jaune ou orange, dessinant de curieuses arabesques sur la poitrine et sur les manches; un bourrelet entoure la taille sous les jupons, en vertugadin et, surtout dans les campagnes, s'élargit démesurément.

Les hommes, en général, courts, ramassés, et d'un caractère plutôt taciturne, sont vêtus de drap noir, avec un chapeau à plusieurs rubans et un gilet brodé d'or ou de soie jaune et orange. Les plus petits, gamins et fillettes, portent pareillement le costume local.

Il y avait aussi des filles de Concarneau, de Fouesnant, de Bannalec, de Rosporden, aux coiffes relevées, dont les rubans blancs flottaient gaîment et dont les grandes collerettes empesées dégageaient le cou délicat, orné d'une chaînette d'or ou d'un mince ruban de velours noir.

Enfin, des filles de Quimper à la coiffe minuscule, mais toutes arboraient de riches tabliers faits de soie magnifique qui, allant chercher les teintes les plus claires et les plus vives, jetaient leur note éclatante et bariolée dans cette foule réunie.

Profondément artiste, Colette regardait de tous ses yeux, et son âme s'émouvait, au dernier point, de la piété de ceux qui l'entouraient.

Comme la procession sortait de l'église, la jeune fille se serra contre Jean, très touchée qu'elle était par l'ensemble des voix psalmodiant un cantique avec la simplicité de leur âme croyante. Elle s'étonna de la pureté du chant, les voix de ténor ou de baryton des hommes soutenant les soprano clairs des femmes, qui adoucissaient les sons aigrelets des voix enfantines.

Spectacle inoubliable, en effet, que celui de ces groupes défilant devant eux, depuis les jeunes enfants, jetant des fleurs, jusqu'aux vieux marins, portant sur leurs épaules un bateau trois mâts, fidèlement reproduit et une statue de sainte Anne, patronne des gens de mer.

Comme si l'Océan avait voulu être de la fête,

6

il ventait assez ferme. La grande voix accourant du large se mêlait aux chants liturgiques et s'accompagnait du claquement des bannières, maintenues avec peine par la main puissante des hommes.

Le soir seulement, au cours du bal champêtre, aux accords de la bombarde et du biniou, soutenus parfois par un accordéon et par un piston, Jean osa l'aveu. Ils étaient l'un près de l'autre, seuls, le jeune usinier ayant reconduit au château la famille Verderier, pour revenir bien vite retrouver Colette, confiée à la femme de son sous-directeur.

Tous les employés de l'usine étant présents, s'étaient cru obligés, en l'absence du patron, de faire danser sa cousine. A son retour, les jambadao, comme les laridé, avaient été momentanément remplacés par des polkas, des valses, des mazurkas. En effet, les danses à la mode, par trop exotiques, n'étaient pas encore en honneur sur la presqu'île.

La jeune fille s'en donnait à cœur joie. Le va et vient des couples séparait quelquefois leur exquise causerie, faisant encore trouver meilleur le charme de se retrouver l'un près de l'autre.

Enfin, Jean emporta Colette dans une valse, par une étreinte encore hésitante, mais nerveuse, il l'entraîna comme en un tourbillon. Elle fermait les yeux, toute pâle, s'alanguissait, se collait à lui, s'écrasait, étourdie, perdant le souffle, contre sa massive poitrine. Quand les instruments se turent, ils s'arrêtèrent dans l'obscurité complice de l'endroit où l'on dansait, il leur sembla s'éveiller d'une lourde léthargie.

Elle s'appuyait encore sur lui, languissante.
Alors, sa bouche se penchant vers l'oreille mignonne, Jean murmura courageusement :

— Petite Colette, je vous aime depuis la première minute. Quand je vous ai vue si jolie, si rose, si jeune, j'ai ressenti une telle joie, un tel émoi! Mon cœur en vibre encore...

Elle lui ferma la bouche de sa main frémissante et balbutia :

— Jean, ne me dites pas cela, je vous en prie!

Il écarta avec douceur cette paume tiède qui avait essayé de le bâillonner et reprit avec plus de force :

— Ne restez pas plus longtemps seule dans la vie, petite cousine chérie, laissez-moi vous aimer, vous faire l'existence belle, vivre pour vous et par vous. Laissez-moi aussi espérer qu'un jour vous pourrez m'aimer un peu, moi qui vous adore tant, et que vous serez toute à moi?

Trop émue pour répondre, Colette se taisait, défaillante de joie.

— Vous ne me répondez pas? insista-t-il.

Alors, elle se dressa et, les prunelles plongeant dans celles de Jean, avec une lueur d'incommensurable tendresse, à son tour, elle avoua :

— Si un autre m'avait parlé ainsi, j'aurais éclaté de rire, car il ne m'eut pas été possible de croire à un amour sincère. Mais j'ai foi en vous, je m'abandonne à votre protection, toute petite chose qui se sent prête à défaillir de bonheur. Je vous dis: Jean chéri, mon cœur bat à l'unisson du vôtre.

Comme pour la rassurer, pour l'enhardir, il l'avait entourée de ses bras, la soutenait, lui frôlait les cheveux de baisers timides. Ils se recueillaient, s'apaisaient en un long silence, n'entendant même plus les échos du bal tout proche, ni ceux de la mer également voisine. Et comme s'il eût redouté la fragilité de cette béatitude infinie, Jean insista :

— Vous m'aimez?

— Je vous aime, répondit-elle de toute son âme.

— Pour toujours?

— Pour toujours.

Elle reprit, anxieusement :

— Et vous n'aimerez jamais que moi?

— Je n'aimerai jamais que vous.

Et, les lèvres brûlantes posées derrière la petite oreille rose et frêle de la jeune fille, Jean de Tréogat de Kerverno, ajouta plus bas :

— Jusqu'à la mort, jamais que toi!

VIII

La nouvelle des fiançailles de Jean et de Colette parvint à Pierre et à Gaby, au Caire, où ils étaient depuis quelques jours déjà.

Après un mois en Italie, dont la plus grande partie passée à Venise, ils s'étaient embarqués pour l'Egypte sans crainte de la chaleur. De nombreux amis leur ayant dit que cette chaleur, supposée torride au mois d'août en cette partie de l'Afrique, était très supportable, si on ne sort pas à l'heure de la sieste.

Le matin et le soir, la ville est très agréable et beaucoup plus couleur locale, privée de la foule des touristes allemands et anglais qui, en octobre, se ruent vers ce pays devenu à la mode. Les mois d'août et de septembre sont les mois des Américains, car ils adorent, avant tout, la tranquillité.

Pour Gaby, éloignée de l'influence néfaste de Jacques Blue, de Suzy Delsol, et de toute la bande des femmes ultra-modernes qu'elle fréquentait à Paris, ce voyage de noces était un enchantement. Redevenue elle-même, la jeune épousée se plaisait à constater que son mari prenait chaque jour une place plus grande dans son cœur.

Jusqu'à Venise, le voyage n'avait été pour elle que la continuation des fêtes de sa noce. Pierre lui ayant plu, elle s'était sentie attirée vers lui pour son nom, sa fortune, et aussi sa belle prestance. Elle l'avait épousé sans grand amour et le soir de la possession maritale, avait agi honnêtement, en épouse scrupuleuse, sans abandon, comme sans élan.

Or, à Venise, un soir, il lui avait semblé qu'une âme toute autre s'éveillait en elle.

Après une promenade au Lido, bourdonnant de la fête d'été, ils étaient revenus en ville par une vedette automobile. Puis, sur l'indication d'un ami, ils avaient été dîner à l'*Albergo ristorante Vapore*, restaurant en vogue, situé sur la Merceria.

Dans cet établissement, beaucoup d'étrangers, surtout d'Allemands, facilement reconnaissables.

Pourtant les garçons parlaient tous le français.

Celui qui se mit à leur disposition était un Parisien. Il devina tout de suite le voyage de noces et leur dit avec un sourire plein de sous-entendus :

— Voulez-vous me permettre de m'occuper du menu, je sais ce qu'il faut donner à mes compatriotes.

Ils rirent de bon cœur de cette facile familiarité permise, à l'étranger, entre gens de même nationalité, et se divertirent fort en regardant les différents clients de ce restaurant élégant, meublé à peu près comme la boutique d'un marchand de vins à Montmartre.

Le garçon revint avec une bouteille couverte de moisissures et de toiles d'araignée, dans le berceau d'osier où elle reposait mollement.

— Voici un Valpolicella très vieux, léger, sucré et discrètement pétillant, un vrai vin pour les amoureux, Madame et Monsieur, je vous en ai mis de côté deux autres bouteilles, car pour bien l'apprécier, il est nécessaire d'en déguster deux ou trois. Vous pouvez y aller sans crainte, il ne fait aucun mal.

Ayant débouché la bouteille selon les rites, il versa le vin dans des verres à bordeaux, d'une forme élégante et surannée. Il regarda les époux y goûter et, sa fierté se changea en un sourire heureux, quand ils lui eurent déclaré qu'il était merveilleux.

Avec toutes les attentions d'un vieux serviteur familial, il leur servit le menu savamment composé à leur intention : friture de calamari, ossobuco entouré de spaghettis (délicieusement cuits à point), grillade aux pommes fondantes, gorgonzola, fruits, glace pistache et café français.

Le garçon avait eu raison, le Valpolicella ne s'apprécie vraiment qu'à la troisième bouteille; or, Gaby, ainsi que Pierre, tinrent à l'apprécier. La jeune femme s'appuyait plus lourdement sur le bras de son époux, quand ils sortirent du restaurant; le ciel était radieux, lourd d'étoiles. Ils revinrent vers le quai des Esclavons.

Les gondoliers se trompent rarement sur la qualité des gens; Pierre et Gaby furent vite catalogués, amoureux ardents, et les offres de service se firent nombreuses et respectueuses.

Comment résister au charme d'une promenade en gondole, après un dîner au Valpolicella? La jeune femme entraîna son mari, ils sautèrent dans la cabine d'un bateau. Gaby ferma elle-même les rideaux et ses lèvres vinrent chercher celles de Pierre.

Le gondolier chantait *Santa Lucia*.

Gaby, elle, semblait ronronner la déclaration de la tragédie d'Otway :

Come, come, come may comme to bed! Prithee my love...

Ils rentrèrent à l'hôtel après la plus exquise des promenades, et, ce soir-là, l'épouse docile se révéla la plus passionnée des amantes. Ah! elles étaient loin les théories malthusiennes de Jacques Blue! La jeune femme s'accordait avec tout son cœur, sans penser le moindrement à ce qui pouvait en résulter.

Trois semaines de Venise finissent par lasser, même les amoureux. Quand on a admiré le campanile et son ange d'or, le Grand canal, le pont du Rialto et celui des Soupirs. Quand on a été chaque jour sur la place Saint-Marc, au café Quadri, ou au café Florian, où l'on prend des granits au café noir et blanc, vu la place des Lions et visité les nombreuses églises, fait la promenade journalière du Lido et de sa fête continuelle, on se sent le besoin de changer un peu d'air. Et, un beau matin, les jeunes mariés s'embarquèrent à destination du Caire.

Gaby ne découvrit Alexandrie qu'en arrivant au port et encore à peine en vit-elle le quai. Rien ne lui avait signalé un continent nouveau, mais elle fut frappée par mille détails qui lui sautèrent alors aux yeux.

Tout d'abord, elle se demanda, non sans inquiétude, si elle se trouvait en pays civilisé ou bien en pays conquis par des pirates. Le paquebot n'était même pas ancré et elle-même était encore dans sa cabine à boucler ses valises avec Pierre, que des gens aux pieds nus, à la mine rébarbative, noirs, bruns ou bronzés, vêtus de longues robes bleues, rouges ou vertes, arrivèrent sur des barques, montèrent à l'abordage sur le pont, se précipitèrent dans les cabines, bousculant les voyageurs, se bousculant eux-mêmes, baragouinant des langues aussi variées qu'incompréhensibles, s'emparèrent des valises et des cartons à chapeaux, sous les yeux effarés des époux qui, abasourdis par leur vacarme, et aussi par leur assurance, n'osèrent s'y opposer.

Une fois de plus, les valises ne suivirent pas leurs propriétaires, ce furent les propriétaires ahuris qui durent suivre les valises. Franchissant, non sans difficulté, la passerelle mobile qui reliait le navire au ponton de débarquement, ils se trouvèrent sur le quai, au milieu d'un tohu-bohu indescriptible.

Leur ahurissement continua : après les porte-faix, ce furent les cochers; les voitures, en nombre considérable, rangées en cercle, leur barrèrent le chemin; sur le siège, les mêmes gens bronzés, bruns ou noirs, étaient debout, brandissant des fouets menaçants, hurlant et gesticulant.

Les deux indigènes, à mine rébarbative, qui s'étaient emparés des bagages des époux et à qui ceux-ci emboîtaient docilement le pas, jetèrent les valises dans une voiture, poussèrent dans le véhicule le couple résigné, grimpèrent près du cocher, qui fit claquer son fouet et lança sa voiture au galop, sans rien demander aux clients.

Partie à l'allure furibonde d'un cheval assailli de coups de fouet, agile comme le vent, la voiture vint enfin s'arrêter dans la rue de la Porte-de-Rosette, devant le *Savoy-Palace-Hôtel;* là, impossible de s'entendre sur le prix à payer pour la course, ni sur la monnaie et encore moins sur le *bakchisch* (pourboire), une des sept plaies de l'Egypte moderne.

L'arrivée du chasseur de l'hôtel, armé d'une solide badine, fit entendre raison aux turbulents criailleurs et aplanit toutes les difficultés; il les paya lui-même en monnaie du pays et descendit les bagages.

Alexandrie (l'Iskandérieh des Arabes et des Turcs), seconde ville d'Egypte, fondée en 331 avant J.-C. par Alexandre le Grand, n'a rien de bien curieux à voir. La ville européenne a pour centre la place Méhémet Ali avec, au milieu, la statue en bronze de Mohammed Ali, statue haute de cinq mètres, sur huit mètres de piédestal.

Après avoir fait signer leurs passe-ports au Consulat, visité la colonne Pompée en granit rouge d'Assonan, les catacombes de Kom-ech-Chaufaka, équipées au goût moderne par les Anglais, Pierre et Gaby s'empressèrent de partir vers le Caire.

La ligne d'Alexandrie au Caire est la première qui ait été construite en Orient, en 1885. Après avoir quitté la gare, elle franchit le canal Farkha et, bientôt, apparaît le lac Méréotis (*Béhéret Marioul*) qui, au temps de l'inondation, s'étend par endroits jusqu'aux rails.

Puis la voie s'écarte de la ligne de Rosette au delà de Hadra et de Sidi-Gaber, franchit sur un pont tournant le canal Mahmoudiyé, dont on peut, quelque temps encore, suivre le cours, grâce aux bateaux dont les voiles triangulaires émergent des rives. A gauche, commencent les premiers champs de coton.

La distance qui sépare Alexandrie du Caire est d'environ deux cents kilomètres; l'express les franchit en trois heures et demie.

Gaby regardait par la portière le paysage de la plus désolante uniformité; la plaine s'étendait au loin sablonneuse, avec de rares palmiers par-ci, par-là, jetant une note gaie dans cette tristesse infinie des choses sans horizon.

Des eaux stagnantes croupissaient près de villages désolés, près de huttes grises se confondant avec le limon sur lequel elles sont construites. Elles paraissent être des demeures de gens en état de somnolence perpétuelle. Entre des monts de terre jaunâtre, des coins apparaissaient, mornes, dont le soleil avait dû, depuis des siècles, brûler jusqu'au dernier arbuste.

En dehors des oasis de palmiers, très clairsemés, pas de buissons, presque pas d'arbres, à part de rares baobabs, quelques mimosas desséchés et pas la moindre haie. Parfois, quelque chose ondulait dans cette solitude, c'était une caravane dont la longue file de chameaux, silencieux et lents, s'harmonisait avec l'aridité des lieux; la mort semblait régner sous ce ciel bleu éclatant.

Mais ce qui régnait aussi et que Gaby qualifia bientôt de nouvelle plaie d'Egypte, c'était la poussière; le train filait, enveloppé d'un gigantesque tourbillon blanc, dont les molécules grisâtres se glissaient à travers les portières, pourtant closes, s'infiltraient dans les wagons, formant, sur les banquettes, une couche poussiéreuse rapidement épaisse.

Pauvre Gaby!... Elle ne se doutait pas qu'elle allait être en proie à d'autres fléaux, multiples plaies d'Egypte. En effet, il y a aussi les moustiques, les mouches avec lesquelles elle allait faire connaissance; il y a, hélas! les bipèdes encore plus obsédants, tels que les âniers, les cochers, les guides, les cireurs de bottines, les marchands et les vendeurs de n'importe quoi, toute l'immense séquelle des quémandeurs de bakchisch, les charmeurs et les diseurs de bonne aventure.

Au Caire, ils descendirent au *Sémiramis-Hôtel*, situé Kasr-ed-Doubâra, et donnant sur le Nil. Laissant de côté *Le Shepheard's*, qui est incontestablement le plus grand hôtel de l'Orient avec ses nombreux appartements, ses quatre cents chambres et surtout sa terrasse, sur la Charité Kamel et sur les jardins de l'Esbekiyeh.

Mais Gaby avait décrété qu'un tel caravansérail était trop l'hôtel pour nouveaux riches, amateurs de bluff.

Ils avaient été admirablement inspirés, *Le Sémiramis* peut passer pour le plus confortable des hôtels du Caire; il est surtout fréquenté par les Américains; ceux-ci goûtent beaucoup sa tranquillité douillette et la merveilleuse terrasse, formant le toit de la maison, arrangée en splendide jardin, d'où la vue sur le Nil est unique.

Vers dix-huit heures, ils allèrent flâner dans la Charité-Kamel, rue relativement étroite, en bordure de la terrasse du *Shepheard's Hôtel*, qui la domine comme un énorme balcon, orné d'une gracieuse balustrade de fer forgé. Ils s'installèrent sur cette terrasse, déjà très garnie de buveurs, et, en dégustant des boissons glacées, se laissèrent vite prendre au spectacle qu'ils avaient devant eux.

Dans la rue bourdonnante, c'était la cohue des hommes et des bêtes : Levantins au teint brun et à la moustache cirée, fonctionnaires, citadins frottés d'européanisme, vêtus de complets de la dernière coupe, mais toujours coiffés du tarbouch national (1). Indigènes de toutes races : Arabes, Bédouins, Nubiens, Barbarins, Soudamais, portant avec aisance, par-dessus le gilet montant à petits boutons d'étoffe ronds comme des perles, la longue robe fendue sur la poitrine,

(1) Kemal-Pacha n'a pu interdire le fez qu'en Turquie.

appelée galabieh, ordinairement bleue ou noire, mais souvent aussi brune, violet d'évêque, jaune, orange, rouge passé, vert pistache, blanche. Des turbans de toutes les couleurs enveloppent les têtes de leurs torsades, tantôt régulièrement circulaires, tantôt entrecroisées sur le front, ainsi qu'il était d'usage au temps des Sarrasins.

Parmi tous ces hommes, d'un pas alangui, circulaient des femmes sévèrement vêtues de noir, femmes du peuple et bourgeoises en costumes du pays. Un premier voile, qui leur couvre la tête, descend sur leur robe jusqu'à la taille. Un autre, le borgo, derrière lequel se cachent le nez et le visage, s'allonge en pointe sur leur poitrine, et, fréquemment, jusqu'aux genoux, noir pour les femmes mariées, blanc pour les jeunes filles.

Ce voile est relié à celui de la tête par un étrange petit appareil qui donne à la femme égyptienne un aspect très couleur locale. C'est un court tube en roseau ou en bambou, peint en jaune, cerné de deux ou trois anneaux de cuivre, servant de passage à un cordon. Le grand luxe est de l'avoir en argent doré ou en or. Planté verticalement au bas du front et sur la racine du nez, il coupe le visage en deux, contrastant par son ton très cru avec le noir des étoffes.

D'un tempérament très artiste et d'une érudition supérieure, Gaby s'étonnait de constater qu'il se dégageait surtout de cette foule bigarrée l'impression d'un coloris intense, et, en même temps, remarquablement doux. C'était merveille de voir comme les nuances les plus variées et, parfois, les oppositions les plus hardies se fondaient dans un harmonieux ensemble. Etait-ce

l'effet d'une volonté arrêtée? Etait-ce l'effet du
pur hasard? Ou bien ne valait-il pas mieux supposer que la lumière de ce pays jouit de la propriété d'éteindre les tons vifs, d'émousser les
outrances, d'affaiblir les trop violentes oppositions.

Bientôt, Gaby finit par s'énerver du nombre
gênant des quémandeurs qui étaient parvenus à
envahir la terrasse du *Shepheard's :* marchands
de scarabées, d'éventails, de chasse-mouches, de
cartes-postales, de timbres-postes, de journaux,
d'allumettes..., etc. Ils s'en prenaient aux nouveaux visages comme les moustiques aux peaux
encore vierges de leurs piqûres; mais comme ils
contribuaient au grouillement et qu'ils faisaient
de Charié-Kamel un centre des plus amusants,
elle finit par s'adapter à leur importunité et
même à s'en amuser.

C'est alors que se produisit la rencontre fatale.

Venant après un montreur de singes savants,
un charmeur de serpents et un prestidigitateur
hindou, un vieil homme s'approcha, proposant
de dire l'avenir d'après les lignes de la main.

En riant, Gaby cherchait à se débarrasser du
chiromancien quand un chasseur de l'hôtel lui
affirma, avec une profonde conviction :

— Le vieux Ahmed est renommé dans toute la
ville pour sa science. Il ne se trompe jamais, as-
sure-t-on, pour le malheur comme pour le
bonheur. Bien des faits annoncés par lui se sont
produits au moment indiqué et nombreux sont
les hivernants qui l'interrogent pendant leur
séjour.

Une violente curiosité saisit la jeune femme.

Elle était heureuse au possible, le savant vieillard ne pouvait lui prédire que du bonheur, mais elle désirait s'entendre dire que ce bonheur serait sans fin. Elle tendit donc sa main fine et blanche, ornée à l'annulaire de l'alliance symbolique et du diamant des fiançailles.

Elle attendit, souriante, qu'Ahmed voulut bien lui confirmer son avenir entrevu tout en rose.

Le vieillard prit la main délicate dans ses vieilles pattes bronzées et ridées, il l'examina longuement sans mot dire. Enfin, levant sur Gaby l'éclair de ses yeux noirs et perçants, il prononça dans un jargon assez compréhensible :

— Je vois dans ta main beaucoup d'amour, encore des jours heureux près d'un homme qui t'aime plus que sa vie; mais je vois aussi du malheur, un horrible malheur, la mort avec de grandes souffrances.

Gaby avait pâli, le sourire s'était figé sur ses lèvres et Pierre s'apprêtait à chasser le devin, quand celui-ci reprit de sa voix grave et lente :

— Ce malheur, cette mort, peuvent être conjurés, peut-être, si tu n'es jamais mère, car, dans ta main, il est dit que tu mourras à ton premier enfant.

La seconde de terreur éprouvée par Gaby était passée, la conclusion du vieillard l'amusait, au contraire, et elle ne put s'empêcher de dire en riant :

— Çà, c'est fort! Jacques Blue a des adeptes jusqu'ici; ce vieux farceur m'a l'air de faire de la réclame au malthusianisme. Il doit être payé grassement pour répandre ces théories que j'écoutais autrefois avec ferveur. Donne-lui une large obole, mon chéri, et qu'il aille plus loin raconter la même histoire; mais je doute qu'elle ait du succès près des Allemandes, là-bas, car, dans leur pays, le mot d'ordre est : surpeuplons!

Pierre s'empressa de satisfaire au désir de Gaby, il avait craint un moment voir la prédiction sinistre du vieux charlatan agir sur l'esprit de sa femme adorée; heureusement, elle avait repris toute sa gaîté et se passionnait de nouveau pour le spectacle si intéressant de la rue.

Ils allèrent dîner au Casino de Ghézireh, dans l'île du même nom, sur le Nil; il y avait là, installé luxueusement à l'orientale, dans l'ancien kiosque des fêtes du Khédive Ismaïl, un restaurant français de tout premier ordre.

Après avoir passé la soirée au théâtre Printania, où une troupe de la Porte-Saint-Martin donnait *Le Fils de Lagardère*, ils rentrèrent à leur hôtel. Et, dans l'intimité de leur chambre ayant vue sur le Nil, Gaby montra à Pierre qu'elle ne tenait aucun compte de la sinistre prédiction du vieux devin Ahmed, car elle se donna sans arrière-pensée.

IX

— Je n'aime pas les gens qui se moquent de moi! Vous le savez pourtant, Blue?

Ivan Krirachowski venait d'être introduit par Guy de Bernadi dans le studio de Jacques.

Le secrétaire avait bien essayé d'empêcher cette visite, en prétextant l'absence du maître, mais, devant l'insistance et les menaces du visiteur, il n'avait pas osé persister.

C'est qu'il savait fort bien que cet Ivan Krirachowski était l'homme mystérieux de la rue Saint-Jacques, dispensateur de sommes très fortes et diffuseur, à l'étranger, de toute la prose corrosive de son patron. Depuis deux mois, Jacques Blue l'avait envoyé plusieurs fois demander de l'argent à cet homme et, chaque fois, celui-ci s'était exécuté sans récriminer, en signifiant seulement :

— Mon roman doit être terminé à temps, ou je me fâcherai sérieusement; vous le direz à Blue !

La dernière fois il avait insisté pour que le romancier lui envoyât en lecture les feuillets déjà écrits.

Or, depuis près de trois mois, Jacques Blue n'avait pas tracé une seule ligne et ne paraissait guère disposé à commencer.

— Quel métier peut bien exercer ce singulier type, toujours si enthousiaste de l'œuvre malsaine de notre luperque des gymnogynies?

Au vrai, Blue traversait une crise de semi-affaissement mental, motivée par sa cohabitation avec cette Arlésienne, en laquelle il croyait reretrouver la Colette tant désirée.

Après la crise qui l'avait terrassé au milieu de la dernière fête, où Trinita lui avait été présentée si adroitement par Bernadi, il était resté trois ou quatre jours complètement inconscient, n'envrant la bouche que pour une plainte presque continuelle.

Son mouvement de peur passé, la jeune Arlésienne avait aidé le secrétaire et Mica à soigner cette loque humaine, et, petit cœur excellent, s'était installée à son chevet, sur les conseils intéressés des deux éhontés complices.

Dans ses moments de lucidité, l'Excessif voyait, penchée sur lui, cette figure de jeune fille, qui lui rappelait l'autre. Quand, au bout de quelques jours, il fut sur pied, il ne voulut pas laisser partir Trinita et l'installa chez lui, au grand étonnement de toutes les amies.

Jamais pareil fait ne s'était encore produit, l'homme de lettres évitant avec soin toute espèce de liaison. On commença par rire, par se moquer, la passion ne durerait que ce que durent les roses; mais, au bout de deux ou trois semaines, on finit par s'inquiéter. Le Maître avait rigoureusement fermé sa porte à tous et à toutes, même à Suzy Delsol.

Finis, pour le moment, les divertissements à la romaine, les initiations, une seule femme existait maintenant, et encore cette femme n'était qu'un symbole!

Seul, Bernadi pénétrait chaque jour chez l'Envoûté, chargé qu'il était de tous les achats. Atteint d'un petit épanchement avertisseur, Jacques Blue voulait parer Trinita ainsi qu'une idole, et, couvrait son corps nu de joyaux précieux.

Chaque jour, il l'adorait durant des heures entières, en l'appelant Colette. Il la comblait de cadeaux, mais la chambrait impitoyablement.

Au cours des premiers jours, la fille indépen-
dante avait voulu se révolter contre cette quasi-
séquestration; alors, Bernadi, venu à la res-
cousse, la raisonnait. Il lui faisait comprendre
que ce vieillard était pour elle la chance ines-
pérée, elle devait profiter de sa folie, même la
faire durer. Le sinistre individu parlait surtout
pro domo sua, car il espérait bien tirer de ces
spéciales libéralités du Maître la quintessence
des bénéfices.

Moins par intérêt que par pitié, l'Arlésienne
voulut bien se plier à toutes les fantaisies du
vieillard. Comme il la traitait en femme adorée,
sans rien réclamer en échange, sans chercher à
soustraire sa virginité, elle finit par ressentir
pour lui une certaine affection. Et l'union réelle
se produisit, un soir, non à la requête de l'ado-
rateur, mais à celle de l'adorée qu'exacerbaient
les caresses et les baisers.

Naturellement, l'âge et les théories se trouvant
d'accord, aucune suite n'était à redouter. Malgré
cela, Jacques Blue devint encore plus l'esclave
de sa passion. Il se serait ruiné pour elle, si
Tranita avait été une femme cupide.

Non, la brave fille se révélait incapable du
moindre calcul. Tout ce qu'elle recevait de son
protecteur passait entre les mains de l'association Bernadi-Mica, sans cesse à la curée. N'ayant
plus à se partager les bénéfices des dionisis, ils
cherchaient à se rattraper autrement.

L'adroit Sicilien aiguillait son patron sur des
cadeaux faciles à négocier, sachant que ceux-ci,
presque aussitôt donnés, lui reviendraient de
gré ou de force.

Malgré sa quasi-démence, Jacques Blue ne perdait pas complètement le nord. S'il dépensait sans compter, il se gardait bien de toucher à ses rentes et à ses dépôts en banque, les « tapages » à la caisse de son éditeur et de l'ami Krirachowski suffisant à ses impérieux besoins.

L'Alcôve Nationale, son dernier roman, venait d'être mis en vente. Il provoquait un mouvement de sanieuse curiosité, simultanément accompagné d'une puissante protestation de dégoût et de mépris, indices certains d'une vente scandaleuse.

Ivan Krirachowski ne s'était pas fait prier, croyant fermement son obligé à la besogne pour le roman ultra avancé, commandé par lui. Se référant aux informations mensongères de Bernadi, il supposait que l'argent réclamé servait à entretenir les habitudes du littérateur, dont la satisfaction était indispensable à la netteté et à la violence de son style.

Par rancune, Suzy Delsol l'avait informé exactement de la nouvelle vie de Blue : son isolement farouche et sa paresse inquiétante. La divorcée était furieuse de trouver, condamnée, cette porte qui, pour elle, était toujours ouverte autrefois. Aussi, désirant arracher son ami à une emprise qu'elle jugeait dangereuse, s'était-elle décidée à prévenir l'Etranger, d'une énergie réputée

Au lieu d'écrire, car les lettres pouvaient n'avoir aucune influence sur un homme englué à ce point, le Russe s'était résolu à la visite immédiate.

Sans vouloir écouter Guy de Bernadi, le bousculant pour passer, Krirachowski était entré dans le studio, au moment même où Jacques

Blue faisait ses génuflexions coutumières devant le corps dévêtu de celle qu'il appelait obstinément Colette.

L'apostrophe brutale du visiteur, le surprenant dans cette crise annonciatrice de gâtisme, le secoua et le cingla comme un coup de fouet. Il se releva, tandis que Trinita se hâtait vers une écharpe, cherchant à l'interposer entre sa nudité et les yeux de cet intrus.

Krirachowski n'en avait cure, il ne la voyait même pas. Il était, en effet, de ces hommes qui ne peuvent avoir en tête qu'un idéal humain, bon ou mauvais.

Il marcha sur son obligé, et, d'un ton menaçant :

— Depuis deux mois, je vous ai donné près de deux cent mille francs, avancés sur un travail urgent que vous deviez me fournir. Où est-il ce travail?

Comme Jacques Blue, interloqué, ne répondait pas tout de suite, il poursuivit, de plus en plus véhément :

— Vous mendiez mon argent pour satisfaire vos répugnantes passions séniles! Sachez-le, Blue, j'en ai assez d'entretenir vos grues et vos mondaines hystériques. Il me faut votre travail, sinon je vous brise!

Furieux d'être traité de la sorte en présence de Trinita, qui regardait l'homme avec de grands yeux stupéfaits, le romancier polémiste se rebiffa :

— Dites donc, vous, vos avances ne vous donnent pas le droit de venir m'insulter chez moi.

je me fous de votre travail, je suis maître de ma plume!

—Ah, ah! Bébé Blue; vous en avez de bonnes! Vous, le maître de votre plume? Laissez-moi rire! Votre plume est au service de qui paie et vous aide à continuer vos plaisantes simagrées... A moi, par conséquent; et je veux, j'exige qu'elle fasse son devoir.

— Eh bien, moi, je refuse! Je vais vous flanquer à la figure l'argent que vous m'avez avancé sur ce soi-disant travail, et vous allez disparaître, si vous ne voulez pas que je vous jette dehors.

— Bravo, Blue! j'aime mieux vous voir sportif que crétin, et prosterné aux pieds d'une goton. Il m'est pénible de constater qu'un cerveau comme le vôtre est émasculé à ce point. Je tiens aussi à vous le faire entendre, non seulement je ne reprendrai pas l'argent avancé, mais encore, je ne sortirai pas d'ici.

— Ah! nous allons le voir!

Il s'avançait déjà pour empoigner son interlocuteur et le jeter dehors, en réunissant toutes ses forces, quand Krirachowski, se penchant au-dessus de lui, dit avec un sourire ironique :

— Ne vous énervez donc pas, Blue, et renvoyez plutôt cette fille. Il serait déplaisant qu'elle pût entendre notre conversation.

— C'est ce qui vous trompe, je tiens à ce qu'elle entende tout. De la sorte, elle saura que Jacques Blue n'est pas à vendre.

— Encore la même ineptie! décidément, vous y tenez! Soit, je vais donc vous rappeler devant elle...

Et, se penchant encore, il poursuivit, dans un murmure :

— ... L'histoire de la petite Maria et sa mort bizarre? Celle de Mme Ritord qui...

L'autre avait soudainement blêmi. Il jeta vers l'homme qui possédait de tels secrets un regard de haine profonde et, se tournant vers la jeune femme :

— Va, dit-il d'un ton mal assuré, ma petite *Colette*, va dans ta chambre, j'irai te rejoindre tout à l'heure.

Elle obéit, complètement abasourdie, et se retira, laissant les deux hommes en présence : Krirachowski ironique, Jacques Blue frémissant de colère. Quant à Bernadi, caché derrière les tentures, et ne perdant pas un : : de cette joute oratoire, il cherchait à y trou... un profit possible.

Se croyant bien seul, en tête à tête, l'auteur de *L'Alcôve Nationale* dit, d'une voix haletante :

— Votre façon d'agir est infâme, Krirachowski, vous jouez ignoblement d'une tare de ma vie.

— Une tare de votre vie? vous êtes modeste, Blue, dites plutôt des nombreuses tares! Je reconnais abuser de la situation, mais j'ai payé tout cela très cher, preuves et silence, il est tout naturel que j'en fasse usage. Votre plume de polémiste est indispensable aux idées qui me sont chères, ainsi qu'à beaucoup d'amis. Je veux vous faire écrire pour moi et, je vous le garantis, vous écrirez!

— Ne crânez pas tant Krira, grâce à mes relations puissantes, il me serait facile de vous faire expulser.

— Pas possible! Ne dites donc pas de sornettes. Vous le savez très bien, on ne peut rien me reprocher. De plus, je suis sous la protection de mon Gouvernement, reconnu par le vôtre. En admettant même que vos amis puissants réussissent à me faire expulser, les croyez-vous assez influents pour vous dispenser d'aller en prison? Moi aussi, j'ai de nombreux amis et mes précautions sont prises; moi touché, les vilaines choses, momentanément étouffées, se dresseront contre vous, toutes en même temps. Ce sera, je l'avoue, un joli scandale : Jacques Blue, le romancier scabreux, accusé et convaincu d'avoir mis en pratique des théories que, jusque-là, on n'attribuait qu'à son cerveau détraqué; de belles et nobles dames compromises et traînées aux gémonies. Espérez-vous donc que, mis en présence de tels faits, et de preuves irréfutables, vos amis si haut placés oseront encore prendre votre défense et essayer d'étouffer cette affaire? Surtout si certains journaux se font une joie de s'en emparer, comme étant de l'excellente copie. Les débats, j'en suis convaincu, auront lieu à huis clos, mais les colonnes des journaux ne peuvent être expulsées comme le public d'une cour d'assises! Or, je vous en fais le serment, mon dossier est complet et détaillé.

Jacques Blue, accablé, s'était laissé tomber sur un divan. Des larmes lui étaient venues aux yeux, non larmes de repentir, cet homme était incapable d'un sentiment convenable, mais des pleurs d'impuissance et de rage d'être ainsi à la merci de cet étranger qu'il haïssait, maintenant, de toutes ses forces.

Krirachowski jouissait de son triomphe, il avait proprement mis son adversaire knock-out. Au bout de quelques minutes, il se décida à parler de nouveau :

— Allons, un peu de sang, que diable! Je ne suis pas aussi mauvais bougre que cela, mais vous lasseriez la patience d'un saint. Revenez à la raison, surmontez vos passions trop marquantes. Je ne vous demande pas de renvoyer cette belle enfant, devant laquelle, à l'instant, vous étiez en extase; je vous demande simplement de ne lui consacrer que quelques heures de la journée, sans trop vous fatiguer pourtant, et de donner au travail un nombre d'heures égal. Voici un petit schéma qu'il me serait agréable de vous voir développer. Ne vous faites aucune illusion, ce thème ne pourrait vous servir d'arme contre moi, étant tapé à la machine, sur un papier commun à toutes les dactylos et, sur la machine à écrire d'un ami, difficile à trouver. On ne saurait prendre trop de précautions. Lisez-le ce soir, imprégnez-vous-en cette nuit et commencez, dès demain matin, à lui communiquer la vie... Est-ce oui?

Rageusement, Jacques Blue fit un signe affirmatif. Krirachowski eut un sourire indéfinissable, il sortit de son portefeuille un chèque tout préparé et le tendit à son adversaire anéanti.

— Voilà pour faire un petit cadeau à cette charmante enfant. Excusez-moi auprès d'elle, j'ai dû un tant soit peu l'effaroucher tout à l'heure. A bientôt vos premiers feuillets? Je veux les taper à la machine et voir si nous sommes bien d'accord.

Il quitta le studio sans tendre la main à Jacques Blue.

Après son départ, celui-ci eut une crise de rage. Le soir, pourtant, laissant dans sa chambre sa compagne du moment, il lut et relut l'argument apporté par Krirachowski et, dès le lendemain matin, il se mettait au travail, salarié infâme, payé pour écrire une œuvre plus malsaine que les précédentes, car elle attaquait l'humanité tout entière.

**

Journal de bord de Colette Verderier, destiné à mon fiancé, que j'aime de toute mon âme.

Vendredi, 3 septembre.

« Je viens de te quitter, mon Jean bien-aimé. Mon pauvre cœur est plein d'une incommensurable peine. Je me suis glissée à l'arrière du navire. Il va m'emmener vers celle qui décidera de notre bonheur immédiat, ma bonne maman. Je regarde sur le quai, les parents, les amis, venus dire un adieu aux futurs navigateurs.

« Tu es parmi eux, ami chéri; je vois ta haute silhouette les dominant tous. Tu souris pour me donner du courage, mais tes yeux sont brillants d'humidité et ta peine, je le sais, ne peut être inférieure à la mienne.

« Depuis quinze jours déjà, nous avons échangé le secret de nos cœurs, près de cette jolie chapelle de la Joie, qui n'a jamais été si bien nommée. Quinze jours que nos lèvres se sont rencontrées, quinze jours écoulés en un trop court enchantement.

« Bravement, nous avons décidé une séparation prompte, pour permettre à notre bonheur de se compléter sans retard. Ecrire prend du temps, on ne sait expliquer exactement ce que l'on voudrait dire, il peut y avoir des difficultés et il faut deux mois pour correspondre. Puisque ce voyage était décidé, je vais donc chercher le consentement de ma mère et je la ramènerai, elle-même, afin qu'elle puisse serrer dans ses bras le gendre choisi par sa petite Colette.

« L'Irdouaddy quitte l'appontement, les mouchoirs font le dernier geste de consolation et d'espoir; le tien m'envoie ta part de notre cher amour, et tous tes baisers; il me semble respirer leur parfum léger. Les dernières amarres sont larguées, quelques commandements, et c'est le silence. Triste départ, comme tous les départs... Mon pauvre cœur me fait bien mal.

« Marseille s'éloigne, les fumées se font lointaines. Notre-Dame de la Garde s'estompe à l'horizon, nous filons droit vers la Corse. Je regagne ma cabine, il va falloir s'habiller pour le dîner et rejoindre ces amis de maman, que nous avons fortuitement rencontrés à Marseille, au restaurant, pendant notre dernière dînette. Ils vont à Saïgon, ils veilleront sur moi pendant la traversée.

« Au revoir, mon Jean bien-aimé, toutes les pensées de ta petite Colette sont avec toi qui roule déjà vers notre belle Bretagne. »

Samedi, 4.

« La Corse s'est estompée, a disparu, la mer est maintenant nue. Des mouettes suivent pourtant notre sillage, nous laissant supposer qu'une terre existe au loin. Autour de nous, devant nous, rien. Ah! si, il y a la route menant vers l'infini, cette route de la mer, brillante et mouvante, qui ne s'arrête jamais et conduit toujours plus loin.

« Allongée sur une *deck-chair*, je rêve à notre cher Penmarch, à la bonne tante Jenny. Elle va bientôt quitter le château de Kerverno, elle aussi, te laissant plus seul encore. Je pense surtout à toi, mon Jean, je suis tes mouvements familiers et journaliers, parmi tous tes braves gens.

« Des passagers, à côté de moi, se remémorent leurs soirées passées à Montmartre, ils fredonnent les derniers airs à la mode, des jeunes filles assises agitent leurs jambes, croyant encore danser. Moi, je me remémore nos dernières soirées si belles, si tendres, dans le décor somptueux de la nature sauvage; c'est la voix de la mer qui chante à mon oreille, et les chansons naïves des filles de Penmarch montent à mes lèvres.

« Un couple vient de s'accouder à l'arrière pour contempler la fuite des sillons lactés du taille-lame. L'homme a à peu près ta silhouette, il se penche sur sa compagne et lui donne un long baiser. Je ferme les yeux, Jean, je t'aime, je t'aime tant.

Dimanche, 5.

« Nous sommes au milieu des Iles Lipari. Les nuages encapuchonnent le Stromboli, cône rocheux surgi des abîmes de la mer; il est calme.

« Nous avançons toujours et nous approchons de plus en plus de la côte, sur laquelle nous allons heurter. A quoi pense donc le capitaine? Brusquement, une trouée se fait dans cette lagune de terre, elle s'élargit et nous nous y enfonçons bientôt; nous sommes entre Charybde et Scylla. Oui, c'est Scylla ce joli village aux maisons roses, bâties dans le roc et étagées en amphithéâtre minuscule. Charybde est de l'autre côté égrenant, le long de la plage de sable jaune, ses misérables huttes de pêcheurs.

« Soudain, le soleil fait resplendir à nos yeux les maisons blanches de Pizzo et de Reggio, elles s'accrochent aux monts dénudés de la Calabre. En face, Messine est voluptueusement couchée au pied des premières pentes de la Sicile. Le parfum des orangers vient jusqu'à nous et je pense aux sentiers verts où doivent s'égarer, quand vient le soir, les belles filles au bras de leurs amoureux. Elles ont des prunelles ardentes, des chevelures sombres; l'éternel printemps de Sicile chante, pour elles, l'amour et la volupté.

« Moi aussi, j'ai un amoureux, il s'appelle Jean, il est beau, il est bon, il est brave, il m'a donné son amour et son cœur. Un cœur de Bretagne ne se reprend jamais.

« Hélas! pourquoi faut-il que je m'éloigne de lui sur cet *Iraouaddy*, lancé avec une force irrésistible et entamant l'épiderme de la mer. Elle est violette, le ciel est bleu et nous allons droit devant nous. Ce bateau ne s'arrêtera pas, une puissance inexorable l'entraîne, rien ne peut le faire revenir en arrière avant de nous avoir conduits là-bas.

« Deux jours encore et ce sera l'Egypte. J'envoie un sans-fil à Gaby, toujours au Caire. Je lui dis de venir me voir; comme nous allons parler de toi, mon Jean.

Mardi, 7.

« La Méditerranée bleue commence à se jaunir par le voisinage du Nil. Port-Saïd, une ligne de maisons blanches émergeant au ras de l'horizon. La statue de Ferdinand de Lesseps se montre monumentale, son bras tendu semble inviter les voyageurs à entrer dans ce canal créé par lui.

« Gaby est là avec son Pierre et je ne vois plus qu'elle. Que m'importe la forêt de mâts et de cheminées qui nous entourent, puisque j'ai là ma chère petite cousine et le frère de mon Jean.

« Je ne veux rien voir de cette ville au cosmopolitisme aigu, où tout se vend. Le vice est peint sur le visage de ces marchands, ils ne pensent qu'à exploiter les vices de ceux qui passent; on ne vit pas d'autre chose dans cette première ou dernière escale, selon le sens de la marche des navires.

« Nous déjeunons à l'hôtel et les oreilles ont dû te tinter bien fort, mon Jean bien-aimé. Comme ton frère t'aime et comme il a su faire partager cette affection à sa compagne chérie. Ils nagent en pleine lune de miel, chacun d'eux m'a fait ses confidences, ils vivent l'un pour l'autre et s'adorent entièrement, comme nous nous adorerons.

« Il y a cinq jours que nous nous sommes quittés, ami chéri; pour moi, c'est déjà plus long qu'une éternité. Capte la brise et recueille mon cœur qui va vers toi. Penses-tu aussi souvent à ta Colette?

Mercredi 15.

« Huit jours sans avoir touché à mon journal de bord. Pendant huit jours, j'ai dû garder le lit, soignée avec dévouement par la vieille amie de maman. Une vilaine angine m'a prise à Suez et m'a donné beaucoup de fièvre.

« Et nous voici à Colombo. Des pousse-pousses, de la terre rouge, des étangs où s'inclinent d'exubérantes verdures. Un parc tropical, dont les allées sont d'immenses charmilles pleines d'ombre et d'arômes. Toutes les essences croissent là avec leurs parfums entêtants : les santals, la cannelle, les ananas, le camphre, les magnolias; les fleurs les plus folles, les plantes les plus étranges, dans un épanouissement, dans un enchevêtrement prodigieux. Les tiges s'enlacent, les grappes retombent, les palmes s'élancent et tout cela est d'un beau vert, gras et luisant, gonflé de sucs. .

« Le médecin du bord m'a autorisée à sortir. Colombo n'est-il pas le paradis terrestre? Mes amis m'ont emmenée déjeuner au *Mount Livania Hôtel*, le palace, par excellence, par sa situation exceptionnelle sur le bord de la mer, à quelques minutes de la ville.

« Je croise des éphèbes aux membres délicats et souples, à la taille svelte, à la poitrine ronde; ils ont, comme les femmes, de longs cheveux fixés par un peigne d'écaille.

« Les Cinghalaises sont presque toutes jolies, elles ont des colliers très brillants sur leur cou flexible, des bracelets sur leurs bras polis et purs de forme; elles ont la grâce noble des canéphores. Leurs grands yeux de velours humide de bayadères semblent se fermer sous le poids des cils.

« Il flotte ici une atmosphère païenne; toute cette nature, gonflée de sève, semble prête à se pâmer de volupté. Je pense à toi, mon Jean, cette forêt parfumée semble un cadre merveilleux pour s'y bercer de tendresses infinies, pour y chuchoter les paroles qui versent l'extase, qui descendent, comme des baisers, sur la chair vivante du cœur.

« Des senteurs compliquées volent par bouffées chaudes, un écureuil traverse l'allée, grimpe au tronc lisse d'un arbre; de grands papillons bleus voltigent, lourds de pollen. Dans l'air chaud, des oiseaux-mouches, des colibris, des perruches, s'ébattent en la splendeur de ce parc fleuri.

« Nous avons passé la journée à Colombo et nous nous disposons à regagner le bord. Après avoir franchi deux arroyos, où le crépuscule agonise dans une orgie de verts et de mauves, sur la nappe infiniment calme des eaux, nous nous enfonçons dans un sentier sauvage.

« Le bruit de la mer arrive, assourdi par les rameurs, la nuit est bleue et verte, chaude et parfumée; d'innombrables lucioles s'allument et s'éteignent aussitôt, rêve insaisissable comme le bonheur échappé.

Lundi 20.

« Singapour. — Un petit sergent d'infanterie coloniale, frappé d'insolation, est mort hier à bord de l'*Iraouaddy*. Le commandant des troupes embarquées a demandé au commandant du bord de ne pas immerger le corps, mais de le garder quelques heures de plus, pour qu'il puisse être descendu à terre et confié au sol de la Cochinchine anglaise.

« Le commandant de l'*Iraouaddy* a consenti et par T.S.F. a prévenu le consul français. De nombreux passagers ont voulu, comme moi, accompagner le pauvre petit gars à sa dernière demeure. On avait recouvert le cercueil du pavillon de France.

« Nous traversons la grande ville, étrange au soleil levant et, dans le calme d'une église française, qui étonne au milieu du grouillement chinois, un prêtre missionnaire a dit les dernières prières. Par les portes ouvertes, on voyait des

8

jardins enchantés, des grands arbres en fleurs et une pluie de pétales carmins venait faire dans l'église un tapis de pourpre.

« Le cimetière est très loin dans la campagne chaude, on y voit des tombes mandarines avec des monstres et des inscriptions multicolores. Il y a aussi d'étonnants feuillages et des plantes inconnues. Le pauvre petit a été inhumé dans ce coin de paradis terrestre et, sur cette terre étrangère, on a planté la petite croix de bois faite à la hâte, pendant la nuit avec, peint en blanc, un nom bien de chez nous :

FRANÇOIS LEFRANC,
Vingt-deux ans.

« Jean, mon adoré, je suis mortellement triste ce soir, si j'allais mourir sans te revoir?

Jeudi 23.

« Saïgon. — Nous sommes au cap Saint-Jacques, voilà enfin le pays où l'arrêt de notre bonheur doit être prononcé. Je te le dis d'avance, mon Jean chéri, je passerais outre à un refus. Le pilote vient de monter à bord, nous traversons l'estuaire du Dong-Naï. Les palétuviers et les cocotiers défilent sur les rives basses, plongeant leurs racines dans l'eau boueuse, pendant que leurs cîmes sont garnies de singes grimaçants.

« J'ai reconnu maman et son mari parmi le foule, accourue à l'arrivée du courrier de France. Nous nous sommes embrassées longuement en pleurant et elle m'a dit à l'oreille : « Pourquoi n'est-il pas venu, ton Jean, j'aurais été si heureuse d'embrasser mon fils. » Elle avait reçu ma lettre annonçant nos fiançailles, depuis déjà quinze jours! Hélas! il nous faudra attendre huit mois pour notre bonheur, mon beau-père n'ayant son congé qu'en juillet prochain. Qu'importe, mon Jean, nos cœurs ne sont-ils pas l'un à l'autre?

« Que te dire de cette ville, ami chéri! Elle est étrange avec ses larges avenues ombreuses, son sol rouge, ses maisons à vérandas dissimulées sous la verdure et sous les fleurs, son atmosphère chargée de senteurs lourdes.

« La ville ne m'intéresse pas, on y sent trop la grande ville, la capitale. Combien j'aime mieux notre cher Penmarch avec sa sauvagerie et ses roches arides. Je suis sortie seule et je me suis dirigée vers le jardin zoologique.

« C'est le soir, un lac mélancolique, envahi par des nénuphars et des lotus en fleurs, étire ses eaux d'émeraude entre des rives verdoyantes. Des oiseaux étranges piaillent, dans des cages qu'abrite une végétation drue et sombre; des serpents de toutes longueurs et de toutes couleurs sifflent; des singes grimacent. Je passe près de tout cela sans y accorder grande attention.

« Mes pas sont attirés vers la rotonde des tigres. Ils sont là une dizaine, magnifiques échantillons de la faune cochinchinoise. Ils bondissent, sautent, font les beaux, et tout cela pour une tigresse nonchalamment étendue près des barreaux. Elle ne semble même pas les voir.

« L'un d'eux a tourné vers moi sa prunelle d'or, il m'a contemplé longuement : il m'a semblé être sous le regard du sinistre Jacques Blue qui m'hypnotisait. Il y avait, dans ces yeux fuyants, la même cruauté, le même éclat sauvage. Puis, mon tigre a relevé sa lèvre dédaigneuse, découvrant ses gencives rouges et ses dents blanches, formidables.

« Là, j'ai cru encore revoir le vilain personnage. Il me faisait trop peur, je me promets bien de ne jamais m'en approcher. Pourtant, mon cœur est plein d'indulgence, ce soir, c'est le coucher du soleil. Je sens la douceur et l'harmonie de ces couleurs nuancées, de ces teintes chatoyantes, de ces reflets et de ces ombres, de cette lumière irréelle, dans ce décor de nature tropicale.

« Je suis les allées de sable rouge, au milieu des lianes, des bougainvilliers, aux fleurs pourpres, des magnolias. Et mon cœur éprouve, tour à tour, la mélancolie et l'attrait de cette terre d'exil.

« Demain, je terminerai ce journal de bord, il emportera vers toi, vers notre cher Finistère, toutes les pensées, toute la tendresse de celle qui est ta fiancée et qui, bientôt, sera ton amante, ta chose, ta femme enfin.

« COLETTE. »

DEUXIÈME PARTIE

I

— Vous vous êtes trompée de porte, Madame, je ne pratique pas ce métier-là !

Le vieux docteur venait de prononcer ces mots, d'un ton austère.

Affolée, Gaby le regardait, soudainement pâlie. En même temps, un cerne bleuâtre, précuseur d'évanouissement possible, venait entourer ses grands yeux dilatés par la peur; ses mains se tendaient dans une supplication de pitié.

Remué, malgré tout, par ce grand trouble, le médecin adoucit un peu son air sévère et continua d'une voix moins dure :

— Vous êtes, sans doute, veuve, Madame, et cette maternité va peut-être vous déconsidérer aux yeux du monde, de votre famille? Que diable! enfanter n'est point une tare! J'en sais de nombreuses qui paieraient cher pour être dans votre état. Voyons, ne nous affolons pas, je ne dénoncerai à personne vos funestes idées; ce serait pourtant le devoir de tout médecin recevant une visite comme la vôtre, et refusant le crime demandé. Quatre-vingt-quinze pour cent des femmes partisantes d'un projet de ce genre s'empressent de courir ailleurs, jusqu'au moment où elles trouvent, enfin, le misérable ou la misérable prêt à tout, contre argent.

Gaby pleurait maintenant. Comme le docteur, devenu tout à fait paternel, lui demandait de se confier à lui, elle raconta, au milieu des sanglots, la prophétie à elle faite sur la terrasse du *Shepheard's Hotel* du Caire, par le vieux mendiant égyptien.

Il eut un éclat de rire sonore et, lui prenant les mains, continua à la traiter un peu comme une enfant.

— C'est pour des sornettes pareilles que vous voudriez commettre un enfanticide, supprimer un petit être dont le cœur bat déjà en vous. Or, sachez-le bien, vous êtes enceinte de quatre mois. Je ne comprends vraiment pas qu'une femme intelligente et instruite, puisque par le récit de votre voyage au Caire vous m'avez donné votre personnalité réelle, ait l'idée de prêter un moment d'attention aux divagations d'un vieil indigène. Celui-ci savait fort bien qu'en vous effrayant, il triplerait son gain.

— Le chasseur de l'hôtel nous avait vanté son infaillibilité, et cité les innombrables prophéties déjà réalisées.

— Ce chasseur était de connivence avec lui, ma pauvre petite, vous n'avez pas été sans vous apercevoir, qu'en Egypte, plus que partout ailleurs, les étrangers sont mis en coupe réglée par ceux qui vivent d'eux. Votre chasseur fournissaît certainement des renseignements au sorcier; celui-ci, avec adresse, en tirait la quintessence du rendement possible. Vous lui aviez été signalés comme de jeunes mariés très amoureux, il a trouvé une idée géniale, car votre bakchisch n'a pu manquer d'être plus que généreux. Allons, mon enfant, abandonnez vos folles terreurs et donnez le jour à un bel enfant. Si c'est une fille et qu'elle ressemble à sa mère, les Françaises continueront à justifier leur réputation de beauté. Répétez-vous bien ceci : procréer est un honneur ! Vous n'avez pas le droit de supprimer une vie, c'est commettre un crime. D'ailleurs, cet enfant ne vous appartient qu'à moitié, votre mari a des droits semblables aux vôtres, vous le portez, il l'a conçu. Que lui direz-vous s'il vous demande des comptes ? Je suppose, en effet, qu'il n'est pas au fait de cette démarche; car cela le rendrait passible...

— Non! Oh non! s'écria vivement la malheureuse. Dieu! si mon Pierre soupçonnait cela! Je suis venue ici en secret, poussée par une sorte d'affolement morbide!

Elle fit la promesse formelle de ne pas faire de bêtises, et prit congé.

Gaby s'était, en effet, méfiée de la sagacité du vieux docteur. Pour rien au monde, elle n'eût consenti à lui avouer que Pierre, entraîné par leur amour et, la crainte de la perdre, elle, s'ancrant peu à peu dans son esprit comme un poison subtil et lent, était, tout au contraire, au courant de sa démarche et attendait avec une impatience fébrile l'annonce du résultat.

Effet terrible et désastreux de la prophétie d'un mendiant égyptien.

D'abord, nous l'avons vu, la jeune femme avait commencé par en rire. Son amour la poussait à s'abandonner sans restriction dans les bras de cet époux, devenu pour elle le plus adoré des amants.

De retour en France, ils s'étaient arrêtés sur la Côte d'Azur. Il leur fallait le soleil pour chanter avec eux l'hymne divin, aussi Pierre avait-il consenti à n'habiter la Bretagne que l'été. La villa, louée par eux, près de Nice, était située au Mont-Boron. Admirablement nommée, cette vil-la : le mot *Paradou* était inscrit au-dessus de la porte rustique. Quant à la maison, elle se cachait au milieu de grands mimosas qui, au moment de la floraison intense, devaient lui faire une ceinture d'or.

Un jardin tout petit, mais rempli de fleurs, et au bout de ce jardin, la vue magnifique de la grande Bleue, presque toujours argentée des scintillements vifs du gai soleil. Gaby, en prenant possession de ce minuscule domaine, si joli, si accueillant, n'avait pu s'empêcher de s'écrier avec entraînement :

— S'il est un paradis sur terre, c'est ici !

Elle parodiait, sans le savoir, la phrase célèbre du grand Schah Djéhân entrant dans la salle du Divan-i-Kas au palais de Delhi, en voyant ses colonnes de marbre, ornées de fleurs et d'oiseaux en or et pierres précieuses. Phrase que le voluptueux mogol fit, d'ailleurs, graver dans l'albâtre en lettres d'or, au-dessus de la porte.

La vie commença, idéale, exquise, enchantement véritable, et Pierre écrivait à son frère des lettres délirantes de bonheur. Gaby, de son côté, entretenait Colette à chaque courrier, chantant sa joie de vivre, lui disant de revenir bien vite en Europe afin de goûter les mêmes ivresses auprès de celui qu'elle avait choisi et qui l'attendait avec une impatience bien compréhensible.

Un matin, la jeune femme ressentit d'indéfinissables malaises. Elle ne put tout d'abord en discerner la cause. Pendant quelques jours, elle se montra irritable, nerveuse, inquiète, n'était plus la même. Brusquement, la respiration coupée, elle se rappela que, le mois précédent, elle avait attendu en vain l'indication périodique.

Enceinte, elle allait être enceinte! Son premier mouvement fut une grande joie. Oubliant toutes les théories qu'elle avait prônées, jeune fille ultra-moderne, elle se sentit heureuse d'avoir un enfant de son Pierre. Quand, encore, ainsi qu'une balle traîtresse vient faucher la vie, la sinistre prophétie du mendiant égyptien lui jaillit à l'esprit.

Cet homme avait dit : « Tu mourras à ton premier enfant » et le chasseur du *Shepheard's hôtel* l'avait assuré, ses prophéties étaient infaillibles! Alors, l'idée lui vint, tenace, qu'elle allait mourir en plein bonheur.

Au moment de prévenir Pierre, elle s'arrêta. Avant de le troubler à son tour, il fallait être sûre de la chose, attendre une nouvelle période qui, si elle venait normale, pourrait lui rendre la quiétude. Malgré tout, son état de nervosité augmenta, elle eut, par moments, pour son mari, une froideur incompréhensible, repoussant même ses caresses comme avec dégoût, elle qui, souvent, les provoquait. Elle pleura pour un rien, elle qui, jusque là, n'avait su que rire; bavarde, elle eut des silences farouches.

Fou d'inquiétude, Pierre essayait de l'interroger. Elle se refusait à lui avouer la cause de cette détresse et le menaçait de s'enfuir s'il continuait à l'obséder de ses questions. N'y comprenant rien, désespéré, le malheureux garçon souffrait de voir sa femme aimée dans cet état. Elle se tordait les poignets et, les yeux fixés, les sourcils froncés, elle répétait d'une voix rauque, comme une lamentation :

« Ce n'est pas possible! Ce serait trop horrible! »

Un matin, étant dans le petit jardin embaumé, il se demandait, une fois de plus, en quelle impasse se débattait son épouse chérie et quel pouvait être le pénible et amer secret capable de la tant bouleverser?

Il courut la retrouver dans la chambre, la prit entre ses bras. Elle s'y blottit, comme en un refuge, ainsi qu'elle le faisait aux temps heureux, cette compagne idéale, cette maîtresse passionnée, la joie, le bonheur de sa vie.

Alors, avec de déchirants sanglots, elle lui confirma l'événement. Généralement, il transporte d'ivresse les époux qui s'adorent! Chez elle, il ne provoqua que cette suprême plainte :

« Je suis perdue, je vais mourir! souviens-toi du Caire, du vieil Ahmed! »

Il ne pensait déjà plus à la prédiction, le brave
Pierre. En breton sincère et croyant, il se réjouissait de cette naissance qui resserrerait à jamais
les liens sacrés du mariage. Aussi se mit-il à rire
de ses alarmes, s'efforçant de la rassurer, en traitant de divagations la prophétie dont ils s'étaient,
d'ailleurs, moqués le soir même. Par la douceur
attendrie de ses paroles, par des baisers et des
baisers, il ferma la bouche de sa Gaby.

Ranimée, recouvrant un peu de raison et de
calme, dans la chaleur de cette étreinte protectrice, elle s'abandonna et lui confia les appréhen-
sions qui, pendant quelques jours, l'avaient tor-
turée. Jusqu'au dernier moment, elle avait espéré. Ce grand malheur pouvait-il se réaliser?
Non! Il s'agissait d'un détraquement passager,
d'un retard, elle voulait le croire encore.

L'après-midi, ils allèrent voir un médecin du
boulevard Dubouchage, à Nice, une célébrité. Le
docteur, ayant longuement examiné et surtout
interrogé Gaby, confirma la bonne nouvelle : elle
était enceinte, tous les symptômes y étaient; et
avec un père et une mère pareils, l'enfant ne pouvait être que superbe.

Il recommanda également à la jeune femme
d'être sage, d'éviter les émotions, les fatigues, les
trop longues marches, et tout irait pour le mieux
dans sept mois.

Pierre sortit de chez le médecin absolument
fou de joie; poussée par son amour, Gaby ne
voulut pas l'attrister et feignit de partager cette
allégresse. Pendant quelques jours, le bonheur
idéal sembla être revenu au « Paradou ». La
bonne nouvelle fut transmise à Penmarch et à

Saïgon à ceux qui, bientôt, seraient mariés et feraient souche à leur tour.

Mais une idée mauvaise continue toujours son œuvre néfaste. Tel le charançon rongeant le blé le plus beau, la sinistre prophétie du Caire rongeait le cœur de Gaby et commençait à empoisonner son existence. Bientôt, la jeune femme n'eut plus qu'une idée en tête : supprimer l'effet de la prophétie en en supprimant la cause.

Elle avait souvent entendu parler de ces matrones qui, moyennant une forte somme, mettaient en pratique les théories infâmes de Jacques Blue, et qu'on appelle des « faiseuses d'anges ». Il ne devait pas en manquer à Nice, ville de cosmopolitisme aigu, où tous les vices du monde semblent attirés. En s'y prenant adroitement, elle pourrait assez facilement obtenir le renseignement désiré et alors saurait faire la nique aux divagations d'Ahmed. Elle n'hésiterait même pas à risquer une opération afin d'anéantir complètement l'oracle.

Mais la joie de Pierre étant sincère, Gaby se garda de lui en parler ouvertement, elle risqua seulement quelques vagues allusions. Celles-ci firent bondir le gentilhomme breton. La possibilité d'une intervention coupable devait donc être écartée.

Elle se rappela alors les recommandations du médecin :

« Soyez sage, évitez les émotions, les fatigues, les trop longues marches... »

Pierre ne les avait pas entendues ces recommandations, il était déjà sorti du cabinet de consultation pour ne point gêner le docteur dans son examen. Eh bien! ce qu'une intervention ne pouvait obtenir, elle le réaliserait elle-même; seulement, il lui fallait dissimuler. Pierre ne devait se douter de rien.

Alors, elle feignit la tranquillité, l'insouciance de son état, elle redevint la maîtresse idéale, l'amante passionnée. Elle s'anéantit en des délices tellement aiguës qu'elle paraissait vouloir se tuer ainsi. Elle se donna comme elle ne s'était jamais donnée, disant à Pierre, ébahi parfois de ses transports :

« Vois-tu, m'ami adoré, il faut profiter de nos derniers moments si, par hasard, la prophétie du vilain sorcier venait à se réaliser. »

Il riait et, comme elle semblait une autre femme, qu'elle incarnait le désir en sa beauté, en sa chair vibrante, il se grisait autant qu'elle de ce vin d'amour et le buvait jusqu'à satiété.

Elle fut également prise d'une crise de chambardement, bouleversa la maison sous le prétexte de changer la disposition des meubles et des tentures. Dédaignant l'aide des domestiques, refusant celle de son mari, elle voulut tout faire par elle-même et passa des heures entières, les bras hauts levés, pour arranger rideaux et tableaux.

Pierre lui reprochait à tout instant de trop se fatiguer. Elle répondait alors avec un doux et désarmant sourire :

« Ne me gronde pas, mon chéri, j'aime tant cette maison; je veux la mettre à mon goût pour y mourir si, par hasard, tu sais, la prophétie...

— Mignonne, deviendrais-tu folle?

— Bon, bon, n'en parlons plus! »

Ensuite, ce furent les longues promenades.

Gaby se montra avide de connaître tous les environs et, prétextant que les cahots de l'automobile pouvaient être nuisibles à son état, elle voulut les faire à pied. Comme la plupart des hommes, Pierre ignorait les interdictions prononcées
par la thérapeutique pendant l'état de grossesse;
or, comme il faisait tous les caprices de sa femme,
il l'accompagna avec joie au cours de longues
marches où il la sentait peser amoureusement
sur son bras viril.

Il s'inquiétait parfois de la voir très fatiguée,
mais Gaby lui prenait la tête dans ses deux mains
et, en le baisant longuement, murmurait d'une
voix de caresse :

« Le bonheur ne peut faire de mal, mon adoré;
je suis si heureuse d'avoir connu avec toi ces
beaux coins. J'en emporterai le souvenir dans la
tombe si, par hasard, la prophétie du... »

Etait-il besoin d'achever?

Comme la simple goutte d'eau tombant toujours à la même place réussit à creuser la pierre
la plus dure, la phrase, répétée à tous les instants,
finit par ébranler la foi la plus robuste. Petit à
petit, Pierre en arriva à ressentir les mêmes
craintes que Gaby au sujet de la sinistre prédiction. Si sa femme adorée allait mourir?

Il regretta presque sa colère quand elle lui
avait timidement suggéré l'intervention d'une
matrone et il en arriva lui-même à penser à cette
intervention. Aussi, un soir, pendant une de ces
crises de passion qui les laissait pantelants l'un
et l'autre, il lui parla de la chose possible.

Dès le lendemain, Gaby se mit en quête d'une
sage-femme complaisante. La malheureuse glis-

sait tous les jours par des transes mortelles, en constatant les progrès de la maternité sur son corps délicat. Elle passait de longs moments devant sa psyché, dépourvue de tout voile, s'interrogeant : « Est-il encore temps? »

Vêtue très simplement, comme une femme d'employé, afin d'éviter un chantage possible, elle commença ses démarches. Elle eut la chance d'être renseignée presque immédiatement par une marchande de fleurs jeune et jolie, apôtre convaincue du malthusianisme, si serviable aux femmes de la galanterie victimes d'une paresse.

Elle lui avait parlé, par hasard, en achetant quelques fleurs. Nouvelle venue à Nice, elle avouait désirer connaître une bonne sage-femme pour la renseigner sur la date possible de la naissance de son enfant. Crûment, en termes vulgaires, la fleuriste avait émis les théories connues de Gaby : il était vraiment malheureux de voir une jolie femme comme elle abîmée par un cochon d'homme... Finalement, elle lui avait donné l'adresse d'une matrone experte. Celle-ci, pour une somme raisonnable, lui ferait passer cela en moins de temps qu'il n'en fallait pour le dire; elle pouvait y aller de sa part, elle serait bien servie.

En tremblant bien fort, Gaby s'était rendue dans le vieux Nice et, justement effrayée par la saleté et le grouillement de la populace, avait frappé, près de la rue Sainte-Réparate, à la porte de la femme Ricardi. Cette Piémontaise se parait avec orgueil du titre « La Providence des Pécheresses ».

La distinction de Gaby ouvrit sans doute les

yeux de la misérable, elle craignit des complications graves, en cas d'accident. Elle déclara tout
net :

« Votre état est trop avancé, ma belle, il m'est
impossible de me risquer; un docteur, seul, pourrait faire pareille besogne. »

Elle lui proposa de la mettre entre les mains
d'un praticien très adroit et serviable. Bien rétribué, il la délivrerait volontiers de son fardeau.

Affolée, la jeune femme s'enfuit, laissant un
billet de cent francs pour le renseignement de la
mégère et promettant de revenir le surlende-
main. Une fois dehors, elle fit des tours et des
détours, dans les petites rues en mosaïque, et
revint désespérée au « Paradou ».

L'intervention interlope, praticable deux mois
plus tôt, devenait extrêmement grave. En l'apprenant, Pierre prit peur. Il supplia sa femme
d'oublier leur moment de folie et d'attendre, avec
courage, la délivrance. Elle lui prouverait l'ina-
nité de la prophétie.

Gaby ne fit aucune objection, elle promit tout
ce que son mari voulut, mais, chaque jour, et
même plusieurs fois par jour, les allusions à sa
mort prochaine revinrent comme un leit-motiv.
Epouvanté, ne sachant qu'inventer pour l'arracher à cette mort funeste, qu'il finissait par croire
probable, le malheureux garçon se décida à l'emmener à Paris. Ignorant de ces complications, à
peu près inconnues à Penmarch, il croyait naïvement qu'un grand docteur ne refuserait pas d'intervenir. Aberration pardonnable à un pauvre
diable souffrant horriblement dans son amour.

*
**

Pierre poussa un cri de désespoir quand Gaby, revenue en hâte, lui narra fidèlement sa visite au vieux docteur, dont les paroles avaient été comme la paraphrase de celles du médecin de Nice, relatives à la complicité possible de son mari.

— Que faire maintenant? La prédiction du sorcier va-t-elle s'accomplir, fauchant ma vie, ma beauté, mon amour? Vraiment, dans ces conditions, l'enfantement ne serait-il pas un crime, ainsi que le prétendait Jacques Blue?

Jacques Blue, ce nom vint sans le vouloir aux lèvres de la pauvre Gaby, se lamentant sur sa pitoyable destinée et, à partir de ce moment-là, il ne la quitta plus. Jacques Blue pourrait peut-être la sauver, il le pourrait même certainement. Elle se rappelait, maintenant, avoir entendu Suzy Delsol dire : « Le Maître a sauvé nombre de ses adeptes, victimes de la volonté et de la traîtrise des hommes! »

Elle en parla à Pierre, d'abord timidement, puis avec plus d'insistance.

La volonté du gentilhomme breton était fortement annihilée, aussi put-il se figurer découvrir une aide propice dans l'homme infâme qu'autrefois il eût voué aux gémonies.

La visite au sinistre personnage fut donc décidée. Gaby irait d'abord voir Suzy Delsol et, par elle, retrouverait le chemin du studio.

Le crime était en marche.

9

II

Jacques Blue traversait alors une période de calme. Il avait terminé le roman, écrit spécialement pour Kriraschowski; par exemple, son placement avait été très laborieux.

Maxal, son éditeur habituel, s'était catégoriquement refusé à risquer les avatars d'une publication de ce genre. Il prévoyait la saisie de l'ouvrage, véritable appel à la révolution. Pour le décider, Jacques Blue avait dû couvrir les frais d'édition, et cela sans trop crier, admettant lui-même que, cette fois, il avait été un peu fort.

Naturellement, l'argent avait été versé par le Russe de la rue Saint-Jacques. Guy de Bernadi, le secrétaire du Maître, s'était demandé, une fois de plus, quelle pouvait être la personnalité de cet homme, disposant de tant d'argent.

Cet argent, il est vrai, n'était qu'une avance; un livre de Jacques Blue faisant généralement le maximum, il récupérerait rapidement les fonds donnés pour l'édition.

Mais le Sicilien avait le cafard. La sagesse momentanée du patron lui enlevait tous les moyens de faire suer l'argent, comme à l'accoutumée. Il n'avait même plus la ressource de Trinita, le romancier étant beaucoup moins généreux envers l'Arlésienne. Elle n'habitait même plus le studio du parc Montsouris.

Le grand coup de passion s'était effondré. Jacques Blue avait toujours beaucoup de plaisir à voir la jolie fille symbolique, l'illusion de la Colette tant désirée. Ils déjeunaient ou dînaient ensemble chaque jour. Là se bornaient leurs relations actuelles, un éminent docteur, ami, ayant rigoureusement recommandé à l'écrivain une abstinence complète de ses fougues pendant quelque temps.

Or, comme tous les athées et les matérialistes, l'Excessif avait une sainte frayeur de la mort; il obéissait donc à la Faculté. Décidé à ne point succomber à la tentation, il avait loué et meublé, à l'intention de Trinita, un petit appartement situé dans une rue voisine de son studio.

Bonne et brave fille, l'Arlésienne avait accepté sans récriminer. S'étant pris d'une réelle affection pour ce bienfaiteur peu exigeant, elle était prête à tout, par reconnaissance.

La plus satisfaite de cet état de choses était Suzy Delsol, la porte du Maître s'était rouverte devant elle; et si, dans le moment, la vie, chez lui, coulait, normale et morne, elle espérait bien voir revenir, avant longtemps, les « gymnogynies » et autres fêtes chères à l'écrivain.

Une ombre, pourtant, dans la satisfaction de la divorcée, la constatation que Jacques Blue tombait de plus en plus dans les mailles de Krirachowski. Celui-ci, autrefois rarement en rapport avec le maniaque, était devenu presque un familier du studio. Or, quand il était présent, Suzy Delsol préférait se retirer, sentant trop l'hostilité de l'étranger vis-à-vis d'elle.

En réalité, Krirachowski essayait de persuader

à Jacques Blue de l'introduire à la Société des Gens de Lettres, en qualité de collaborateur. Cette demande cachait l'espoir de pouvoir gagner à sa cause mauvaise d'autres écrivains peu fortunés ou célèbres, attirés par l'appât de mensualités fastueuses.

Trop perspicace, Jacques Blue s'était toujours dérobé. D'ailleurs, à aucun prix, il ne voulait entendre parler de cette Société, destinée, disait-il, à protéger surtout les amateurs.

Avec une fougue et une honnêteté, dont on aurait pu le croire incapable, il défendait ses arguments contre ceux de son interlocuteur. Krirachowski, avec sa parole légèrement mielleuse, essayait de l'attirer dans son piège :

— Vous avez tort, Blue, maintenant les Pouvoirs publics s'occupent de la question des écrivains. La « Caisse Nationale des Lettres, Arts et Sciences » que va créer le gouvernement m'a l'air de vouloir avantager énormément les artistes.

— Foutaise! cette Caisse Nationale! ripostait le Maître. Elle protégera surtout ceux qui ne foutent rien! Et puis, fichez-moi la paix avec cette stupide balançoire! Ils sont jolis les avantages promis, ils sont néfastes voilà tout. Tandis que, dans tous les pays, on essaye de protéger la propriété littéraire, ici on cherche à la spolier.

« Au Portugal, par exemple, il n'y aura plus de différence pour les écrivains portugais entre la propriété littéraire et tout autre genre de propriété; elle aura un caractère perpétuel et se transmettra héréditairement. N'est-il pas, en effet, choquant de voir qu'un industriel, un fermier, ayant fondé une usine ou un établissement agricole, dont le rendement n'aura fait que s'accroître avec le temps, lèguent aux leurs le fruit de leur labeur? Un artiste, seul, en est automatiquement frustré, dans la société moderne. Et notre protectrice particulière, la Société des Gens de Lettres, que vous vantez, ne trouve pas encore cela suffisant, au lieu de chercher à prolonger cette propriété, elle pousse à ce qu'elle soit *définitivement limitée.*

« Ah! la *Revue des Deux-Mondes* n'a pas mâché sa façon de voir : « Pour la première fois, a-t-elle dit dans un éditorial, une atteinte officielle est portée à la propriété littéraire. » C'est du beau travail!

« Au fond, je devrais m'en moquer, n'ayant ni enfants, ni suivants et n'ayant pas reçu mission de défendre mes confrères. Mais j'enrage de voir ce qui se passe. Tandis qu'aux Sociétés Dramatiques et Lyriques, on doit ne se présenter au Sociétariat que précédé d'un apport sérieux, aux Gens de Lettres, cette preuve monnayée n'est point requise depuis quelques années, de là la modestie des retraites et la médiocrité des recettes.

« Au lieu de protéger les producteurs, on estime surtout le nombre, composé de ceux dont le rapport est infinitésimal. Mais ils font majorité aux élections! Ils sont légion, ces amateurs du titre : « Membre de... », il fait bien sur une carte de visite ou sur un faire-part et comme on ne leur demande rien, ou pas grand'chose, vous pouvez compter sur eux pour vous envoyer au Comité où vous pourrez faire des discours...

« Ce qui me paraît être mieux compris, et je

suis d'accord en cela avec Fernand Vanderem du *Figaro*, c'est l'Association des Romanciers Français, Syndicat exclusivement professionnel, instrument de défense où aucun amateur n'est admis.

Des théories semblables surprenaient Krirachowski. Il ne pouvait admettre que Jacques Blue eut une conscience professionnelle et, cette conscience, il voulait l'abattre comme il avait abattu le reste. Efforts inutiles, malgré ses vices, ses tares, sa littérature inconsciente, le romancier entendait défendre les droits de l'ouvrier intellectuel, pour lequel la C. T. I. cherche à obtenir un régime égal à celui de la C. G. T.

Quand il se trouvait en face d'une telle énergie, l'occulte personnage de la rue Saint-Jacques regrettait la veulerie qu'il était accoutumé de voir chez le maniaque et qui le rendait malléable à souhait; il regrettait aussi les « gymnogynies ». Celles-là en faisaient un pantin désaxé. Aussi avec toute sa rouerie, toute son adresse, essayait-il de provoquer une nouvelle crise de passion, pour reconquérir son autorité sur lui.

Il avait encore besoin de sa plume, de son verbe, de son nom provocateur de scandale, pour continuer son œuvre mauvaise de ruiner le monde, d'abattre tout ce qu'il y a de beau et de sacré, pour installer à leur place le vice et l'anarchie.

Il avait d'abord pensé à intéresser à cela Suzy Delsol, femme moderne, dépravée, toujours à la recherche de nouvelles sensations. Mais son mépris et son ignorance complète de la femme et de son caractère avaient fait une ennemie de la divorcée. Très riche, elle ne faisait aucun cas de l'argent, pourtant levier du monde, dispensateur de toutes les puissances terrestres et, par conséquent, le Russe n'avait aucun moyen de l'attirer dans son orbe.

Au contraire, il sentait chez cette femme de la haine, réponse normale à l'hostilité qu'il lui avait montrée dès le début. Elle s'était, d'ailleurs, révélée supérieure à lui, en se servant de son influence afin de ramener Jacques Blue dans le droit chemin, et maintenant le Russe eût été mal inspiré de vouloir compter sur le concours de Suzy, pour l'aider à rejeter Blue dans l'ornière. Restait Guy de Bernadi, sur la mentalité duquel il était fixé. Un soir, ils sortirent ensemble du studio et un pacte fut conclu entre eux. Le Sicilien reçut, sans doute, des ordres sévères et précis, car le lendemain, il déposait à son compte en banque une somme assez coquette. La petite maison de Palerme ou de Messine s'augmentait, à chaque instant, de nouvelles pierres.

Suzy Delsol, elle, dans un but de satisfaction personnelle, cherchait le moyen de recommencer les distractions antiques. Elle servait ainsi sans le savoir les désirs du dangereux Krirachowski.

Quand Gaby, le cerveau dérangé, se présenta, un matin, chez la divorcée, à son superbe appartement de la rue de Prony, celle-ci broyait du noir. La veille, en proposant au romancier l'initiation d'une jeune amie, récemment arrivée de province, elle s'était heurtée à une fin de non-recevoir formelle, Jacques Blue avait peur de la mort.

En écoutant le récit désespéré de sa jeune visiteuse, la mondaine eut un sourire bizarre; elle venait de se rappeler, en un éclair, la passion morbide qu'éprouvait le maniaque à l'endroit de Colette, cousine et future belle-sœur de cette Gaby de Tréogat. Aussitôt, dans son cerveau diabolique, s'échafauda tout un plan. Pour ses besoins, elle allait utiliser cet appât unique, en bernant tout le monde.

Elle ne fit aucun reproche à la femme de Pierre de Kerverno, d'avoir si vite oublié les leçons si bien acceptées autrefois. Elle lui promit d'aller immédiatement chez Jacques Blue essayer d'arranger les choses.

— Le Maître, ajouta-t-elle, parle assez souvent de vous et de votre cousine Colette. Il serait même fort heureux d'avoir des nouvelles de la jeune fille; elle a fait sur lui une impression profonde et durable.

Dans son désarroi, Gaby ne vit que la faveur de cette heureuse coïncidence, une promesse d'aide, un espoir d'échapper à la menace terrible suspendue, au-dessus de sa tête, comme une épée de Damoclès : mourir en mettant au monde son premier enfant.

Un peu réconfortée par les paroles pleines de gentillesse de l'astucieuse mondaine, elle promit de revenir le lendemain, dans l'après-midi, et rentra chez elle un peu moins désespérée.

Il y eut une belle explosion de colère chez Jacques Blue quand, deux heures plus tard, Suzy Delsol lui fit part de la visite de Gaby, de *l'acci-*

dent qui lui était arrivé et du service important qu'elle attendait de lui :

— Vous êtes chabraque, s'écria-t-il, et bonne à servir aux études du dramaturge des fous! Comment avez-vous pu penser que je me prêterais à une turpitude pareille. J'ai déjà eu, en ce genre, deux histoires malheureuses et ces satanées histoires sont ma damnation ici-bas! Elles me mettent à la merci d'un type infernal; il en joue sans pitié.

— Voyons, Jacques, vous êtes en contradiction formelle avec vos opinions contre la natalité, que vous exposez d'une façon si belle, si magistrale. La femme est libre de se débarrasser du fardeau qui lui a été imposé par l'égoïsme marital. Serait-ce donc des paroles vaines et creuses, puisque, dès qu'il s'agit d'aider une de vos disciples ferventes à se libérer d'un enfantement maudit, vous vous récusez. Vous êtes-vous converti à l'opinion d'Ernest Legouvé? Lui disait : « La théorie de la femme libre me semble une théorie aussi fatale qu'insensée. »

— Le goût vain d'Ernest m'importe peu. Gaby n'est plus ma disciple. Souvenez-vous avec quelle désinvolture elle nous a laissé tomber, ce mariage fait presque clandestinement pour éviter justement que nous lui rappelions ce qu'elle avait promis. Vous, comme moi, lui avons souhaité les pires maux, même celui de mourir en couches. Non, Gaby n'est plus des nôtres, elle a dû consentir, avec tous ses sens, à la conception infâme et, maintenant, elle s'en mord les doigts. Raca sur elle, qu'elle aille au diable avec son arrondissement.

— C'était pourtant un moyen de vous rapprocher de Colette Verderier et de l'attirer chez vous, en vous attachant la reconnaissance d'une cousine qu'elle aime et écoute comme une grande sœur.

Au nom de Colette, l'attitude du semi-converti s'était complètement modifiée. Ses yeux brillèrent de l'éclat d'autrefois, sa taille un peu voûtée se redressa et ses lèvres se fermèrent comme sur un baiser.

Haletant, il demanda :

— Elle vous a parlé de Colette? Où est-elle, que fait-elle, va-t-elle revenir bientôt?

Le poisson avait mordu goulûment à l'hameçon, il s'agissait maintenant de le ferrer de main experte; Suzy Delsol s'y entendait merveilleusement. Elle ne craignit donc pas d'inventer, se réservant d'avertir Gaby, si la chose réussissait.

— Colette est en Cochinchine.

— Si loin?

— C'est sans aucune importance! Elle doit être sur la route du retour et passera plusieurs mois à Paris, chez sa cousine.

— N'avons-nous point entendu dire qu'elle devait épouser Jean de Kerverno?

— Je crois, en effet, qu'il a été question d'un projet de ce genre; projet en l'air, abandonné depuis longtemps, m'a dit Gaby. Le voyage à Saïgon le prouve assez; on ne quitte pas, pour plusieurs mois, un homme tendrement aimé. De plus, je vous l'ai dit, elle ne retournera pas à Penmarch, mais viendra à Paris, chez sa cousine.

— Croyez-vous Gaby disposée à me servir auprès d'elle?

— Que pourrait-elle vous refuser après le service rendu! Elle domine entièrement Colette et, pour se débarrasser de son fardeau encombrant, elle n'hésiterait pas à mettre, elle-même, sa cousine dans votre lit.

Le tremblement de passion avait augmenté chez le maniaque à la seule pensée du tableau évoqué par Suzy; il était redevenu le Jacques Blue d'autrefois, « l'Excessif », comme l'appelaient ses intimes. Il objecta pourtant :

— Vraiment, je ne puis me charger d'une commission aussi scabreuse. Que se passerait-il s'il survenait un accident?

— Rien du tout. Ne l'oubliez pas, le mari de notre Gaby est consentant. Il endosserait toutes les responsabilités, que son nom et sa fortune aplaniraient sans peine. Ce que demande cette malheureuse, c'est l'adresse d'un patricien susceptible de la délivrer tout de suite.

— Difficile à dénicher, ça!

— Allons donc! votre camarade Termonide est sans cesse à la recherche de quelques gros billets, et dans le moment plus que jamais, puisque vous-même, il y a trois jours, m'avez dit qu'il était venu vous taper de la forte somme pour une dette de jeu. Donnez-lui donc le moyen de vous rembourser, d'avoir un viatique utile à la continuation de sa partie, et vous gagnez Colette.

— Vous avez des arguments pour tout, charmante amie. Alors, le mari est à la page et paiera le prix demandé?

— Ce que l'on voudra; votre docteur, faiseur d'anges, n'aura jamais eu entre les mains une pareille poule à l'œuf d'or.

— Termonide est malheureusement rongé par la passion du jeu, il avait devant lui le plus bel avenir, il est en train de perdre tout. Allons, c'est dit, je vais le prier de passer ici demain soir. De votre côté, vous amènerez Gaby et son Petrus d'époux. Nous mettrons les deux parties en rapport. Mais il est bien entendu que nous nous laverons les mains de tout ce qui pourrait advenir par la suite.

— Naturellement. Je ne tiens pas plus que vous à être compromise. Avant la rencontre du soir, je vous amènerai Gaby, toute seule. Vous pourrez alors lui faire part de vos désirs concernant Colette.

— Vous pensez à tout, divine amie. Aussi, je vous promets la plus somptueuse et la plus belle des initiations, si je parviens à faire mienne cette exquise Colette dont la seule pensée me donne des titillations.

Suzy Delsol s'empressa d'aller prévenir Gaby du résultat heureux de sa démarche funeste. Pendant cela, Jacques Blue téléphonait à Termonide d'arriver d'urgence.

Une demi-heure après, le morticole était là. Encore relativement jeune, il portait sur ses traits fatigués, tous les stigmates des joueurs passionnés : yeux brillants de fièvre, tics répétés, alternatives de joies et de désespérances dans le regard.

Comme l'avait dit le romancier, il se trouvait acculé, dans le moment, et accepta sans hésitations de tenter l'opération, moyennant des honoraires de choix. Sans connaître le sujet, il garantissait déjà le succès.

Le crime prémédité précipitait sa marche.

Ce soir-là, le docteur inconscient, ayant tapé son complice de trois nouveaux billets de mille, avait au jeu une passe heureuse. Et Trinita, la jolie Arlésienne qui ressemblait à Colette, était tout éberluée d'entendre Jacques Blue lui proposer de rester en sa compagnie.

III

Saïgon, 4 juin.

« Mon Jean, mon amour,

« Si tu savais comme tes bonnes lettres sont attendues ici avec impatience. Dès qu'est signalé, au cap Saint-Jacques, le courrier de France, dès qu'il s'engage dans l'estuaire du Dong-Naï, la maison est en révolution. Maman ne tient plus en place, mon beau-père donne des ordres au bureau des Postes, réclamant la remise du courrier de toute urgence. Moi, Jean, je pleure de joie en pensant que, dans quelques heures, je presserai sur mes lèvres le coin du papier où tes lèvres se sont ardemment collées. Et je bois avidement les innombrables baisers que tu y as déposés.

« Tout le monde t'aime ici, mien chéri, maman parle à bouche que veux-tu de son gendre et *Paul Laurier*, mon beau-père, envisage déjà le voyage qu'il veut te proposer, en Cochinchine et les chasses qu'il te fera faire, dans ce pays où tout abonde, même les fauves.

« Il y a ici de bien jolies choses, mon Jean. Pour moi, elles ne valent pas notre terre d'Armor où je t'ai connu, où je veux vivre à tes côtés. Je viens pourtant de ressentir une violente émotion d'art et de beauté en visitant les ruines d'Angkor-Vaht.

« Mon beau-père devait assister officiellement à la fête sacrée de la crue, présidée par le roi Sissowath. Or, comme il cherche sans cesse à me faire plaisir et à égayer le plus possible mon séjour ici, si morose, si long, sans la chère présence de mon Jean, il m'a offert de l'accompagner, maman ayant un léger accès de paludisme sans gravité.

« Le matin, au petit jour, nous avons pris le train de Mytho, mon beau-père, moi, et... ton cher souvenir, qui ne me quitte pas. Quatre heures de trajet à peine à travers la grande plaine cochinchinoise, avec ses rizières verdoyantes, ses hectares d'hévéas producteurs de caoutchouc. Ces hévéas, admirablement rangés, ressemblent, avec leur boîte réceptrice du précieux *latex*, collée au flanc, à un régiment de soldats à la parade. Il y avait aussi des arroyos tortueux, bordés de palmiers d'eau, et des villages cachés sous les grands arbres, dans les bambous. L'air était lourd des plantes en végétation forcée, le ciel était chargé de nuages et l'on voyait, de-ci de-là, de grosses averses tomber en colonnes d'eau, comme dans les estampes japonaises. La saison des pluies venait, en effet, de commencer.

« Impossible de visiter Mytho. Il y a pourtant un petit temple qu'on appelle « Temple des Amoureux ». J'aurais voulu aller baiser la pierre blanche de l'autel à Bouddah qui donne du bonheur pour toute la vie, puisqu'il donne l'amour éternel, impossible! Nous n'avons eu que le temps de sauter du train sur l'appontement et le petit vapeur des Messageries Fluviales démarra aussitôt, refoulant de sa proue les eaux jaunes du fleuve.

« Au fait, ai-je à regretter de n'avoir pas fait mon pèlerinage au temple des amoureux? Est-il besoin de cette précaution avec mon Jean loyal, sans peur et sans reproche. Il m'a donné son cœur tout entier, je le sens qui bat dans ma faible poitrine qu'il emplit de sa force et de son amour. Le mien est resté à Penmarch dans sa large poitrine, à lui. J'espère que mon amour le fait battre aussi fort que le sien!

« Il était neuf heures du matin et nous ne devions arriver à Pnom-Penh que le lendemain. Le fleuve commençait à être en crue, il n'y avait plus de berges, les terres, émergées, se montraient presque au même niveau que les eaux limoneuses, moirées de tourbillons.

« Alors que mon beau-père s'entretenait, à l'arrière, avec les personnages officiels indigènes et européens, je m'étais assise sur l'avant et je relisais tes chères lettres. Elles ne me quittent jamais. Je lisais aussi la dernière lettre de Gaby, datant de trois mois. Gaby m'annonçait une grande nouvelle, mettant le comble à son bonheur parfait, elle aurait un enfant de son Pierre. Tu as sans doute reçu une même lettre du père, débordante de joie, elle aussi, et, comme moi, tu as dû penser aux chères petites têtes blondes qui viendront égayer notre nid à nous.

« Dans les bougainvilliers de notre jardin, à Saïgon, il y avait plusieurs nids d'un oiseau très familier appelé ici « koman-taï », ce qui signifie en français « manger dans la main ». Ils me connaissaient, car j'allais les voir chaque jour. Combien j'ai pensé à toi, Jean, à notre petite maison future, bien douillette, à nos chers petits. J'étais alors la maman oiseau, avec mes oisillons et, quand le père, son bec pointu chargé de nourriture, arrivait au milieu des piaillements joyeux, c'était toi que je voyais, mon adoré, mon cher mari.

« Nous avons touché Vinh-Long, Sadak, mais je m'en suis peu souciée, j'étais avec toi. Le Mékong n'est pourtant pas sans beauté, sans majesté. Sa largeur, surtout, est impressionnante, ainsi que le volume considérable de ses eaux limoneuses et bouillantes, mais les rideaux de verdure qui les encadrent, sur les deux bords, paraissaient maintenant beaucoup trop petits, à cause de l'éloignement.

« Les percées, d'ailleurs, sont rares, les cases très basses étant masquées comme les campagnes riveraines, aucune hauteur ne se silhouette à l'horizon, aucun pignon ne perce à travers les frondaisons. La vue est emprisonnée sur la nappe mouvante, elle ne peut qu'en suivre les méandres et, seuls, viennent la distraire le passage d'une chaloupe sifflant éperdument; la rencontre des lourdes jonques, se laissant dériver au fil de l'eau, ou les sampans minuscules qui, très loin, ressemblent à des araignées d'eau se hâtant le long des rives.

« — On dirait la mer! s'est exclamé une dame à mes côtés. Elle ne connaissait pas Penmarch, notre bel Océan que j'aime parce que tu l'aimes, mon Jean, ni nos rochers chaotiques, débris d'apocalypse.

« Au jour levant, le lendemain, nous avions déjà quitté la Cochinchine et, autour de nous, s'étendait la plaine cambodgienne. Les rives en sont plus découvertes, les deux épais rideaux de verdure qui nous cachaient la campagne sont maintenant beaucoup moins continus; les silhouettes particulières de certains arbres se détachent de la masse : manguiers, faux cotonniers ou palmiers à sucre..., etc. On distingue les cases qui, perchées sur de hauts pilotis, se rapprochent facilement de la rive; puis, enfin, des pagodes blanches, avec des toits multicolores superposés, mettent une note toute nouvelle dans le paysage.

« Enfin, vers dix heures du matin, Pnom-Penh, capitale du Cambodge, siège de la cour royale et des diverses administrations du Protectorat. Elle m'a fait l'effet d'une ville neuve, avec ses rues propres et ombragées, bordées de villas européennes élégantes ou de bâtiments publics, avec ses jardins, ses canaux, son quartier chinois très vivant.

« Aussitôt, s'est déroulée la cérémonie qui a

10

lieu chaque année, quand le fleuve commence sa crue. Ce cérémonial est, paraît-il, destiné à indiquer au fleuve qu'il devra laisser toujours le passage libre et sans danger. Un fil de coton était tendu entre les deux rives. Le roi, dans une embarcation de parade, escorté de nombreuses embarcations portant ses concubines et ses danseuses, et suivi d'une foule de pirogues, descendit vers ce frêle barrage, le coupa avec des ciseaux d'or, le franchit au milieu des cris de joie et, après lui, toutes les barques se lancèrent dans une course folle. C'était joli !

« Qu'elles sont loin nos petites régates de Saint-Guénolé où tu m'avais prise comme mousse. Nous avions à lutter contre les meilleurs loups de mer de Penmarch, je les voyais, la figure impassible, les traits tendus par la volonté de vaincre, réduisant ou donnant de la toile. Et j'obéissais à tes ordres lancés sur un ton de caresse, filant les écoutes ou les embraquant de toutes mes forces. Le soir, j'avais des ampoules qui me brûlaient bien fort, mais tes lèvres étaient le plus calmant des baumes et j'étais si heureuse, car nous avions gagné. Ton bateau, *La Colette*, avec son moussaillon d'eau douce, avait battu les vieux loups de mer. Ceux-ci riaient de bon cœur en voyant ma joie et le prix, gagné par toi, fut partagé entre eux.

« Ici, ils crient, ils hurlent, ils gesticulent sous le soleil de mai, qui a voulu être de la fête ; il tape très dur, ce soleil, par contre il donne une patine merveilleuse aux costumes de cérémonie et contribue à colorer le faste de l'Extrême-Orient.

« M. Laurier m'avait promis de me faire visiter Angkor, nous avons pris le bateau des Messageries Fluviales qui fait le service des Grands Lacs et nous nous sommes arrêtés à Kompong-Phlmong, à la lisière de la forêt noyée et à l'entrée de la rivière Siem-Reap, qui mène directement à Angkor.

« Une heure de chaland, vingt minutes de sampan (canot indigène) et j'ai voulu prendre un char à buffles, aussi peu confortable que bien couleur locale. C'est dans cette région que furent découvertes les plus belles ruines Khmer. Elles sont une preuve indéniable qu'un grand peuple a jadis habité ce pays.

« Bien entendu, ce que je transcris en ce moment n'est pas de moi, mais de mon beau-père, excellent cicérone, car il est très érudit. Aussi je lui laisse la parole.

« Les plus anciens de tous ces monuments sont ceux d'Angkor-Thom, dont la cité fut créée par le roi Préa-Thong, en 447 avant Jésus-Christ. Angkor-Vaht, mieux conservé, est plus moderne, sa construction ne fut entreprise qu'au commencement de notre ère par Préa-Kel-Maléa.

« Il serait superflu, mon Jean chéri, de te donner une description des ruines d'Angkor; il m'est permis, cependant, de te dire à quel point j'ai été frappée par le temple de la cité royale, à Angkor-Vaht. Ce temple est encore, de nos jours, un sanctuaire du bouddhisme; là campent des pèlerins dévots et un peuple de bonzes. Ce sont ces derniers qui sont chargés de l'entretien des ruines et de la garde des idoles.

« Au premier plan, une esplanade environnée

de grands dragons à neuf têtes et de lions fantastiques, puis une vaste nappe d'eau, limitée par des quais, un pont flanqué de colonnades, interrompues au milieu, pour faire place à de larges escaliers, descendant jusqu'au bassin. Toutes les allées sont bordées de serpents de pierre, tous les escaliers sont garnis de lions étagés. Enfin, comme fond, une belle galerie à colonnes avec trois entrées centrales, surmontées de tours énormes, aux étages dentelés, et deux grands porches ouverts aux extrémités, pour le passage des chars et des éléphants. Sur les côtés, des massifs de végétation; dans le lointain, le groupe des cinq plus hautes préasat (pyramides) du temple, presque perdues au milieu d'innombrables cimes de palmiers.

« Tel est, mon Jean, le spectacle imposant qui surgit, soudain, à mes yeux extasiés, comme par un coup de baguette magique, quand, débouchant de la voie tracée sous les sombres routes forestières, nous atteignîmes le fossé qui marque la limite de la haute futaie.

« J'ai voulu te faire connaître cette émotion, ton âme profondément artiste aurait communié avec la mienne devant tant de splendeur, devant tant de beauté, comme la mienne a communié avec la tienne devant l'unique et magnifique accueil rébarbatif de ta Bretagne farouche.

« Puis, nous sommes redescendus à Pnom-Penh, en nous arrêtant à *Kompong-Chang*, mot qui, en cambodgien signifie « Marche des Marmites ». Le village est presque entièrement flottant; par exemple, ce qui est construit sur la terre ferme est entièrement français.

« Une vaste excavation, réunie au fleuve par un étroit chenal, permet à la population lacustre de mettre en lieu sûr ses maisons flottantes, au moment des grandes crues, parfois dangereuses.

« Plus que jamais, j'ai pensé au cher pays qui a vu éclore notre amour, aux braves gens rudes et loyaux qui t'entourent; ils ont, eux aussi, un fatalisme semblable à celui des Orientaux et leur vie est toute de simplicité.

« Ah! vivre simplement aux côtés de l'être aimé! On est forcé d'y penser dans ce Saïgon compliqué, qui a pris tous les inconvénients de la grande ville et les a surchargés des mesquineries de la province. La vie de chacun y est passée au crible, avec exagérations *ad libitum*. On se vend, on se déchire, on se diffame, mais, le soir, on se salue, on se fait des gentillesses au *Tour d'Inspection*, le bois de Boulogne de la capitale cochinchinoise.

« Chacun y étale sa richesse, cherchant à épater les autres. On y voit des attelages de chevaux minuscules, joliment harnachés, emportant les riches fonctionnaires et leurs maîtresses, ou des Annamites de luxe, vêtues de soie légère, parées d'épingles gigantesques et de colliers d'or. Çà et là, quelques poneys attelés à des charrettes anglaises et enfin de nombreuses automobiles des marques les plus réputées, rivalisant de splendeurs dans la carrosserie.

« Ma chère maman s'est admirablement adaptée à cette vie coloniale, moi, je ne pourrais jamais m'y faire, elle est trop compliquée. Il faut le luxe ici, les magasins rutilent dans la rue Catinat, on y trouve de quoi tenter la femme la plus économe. Je n'aime pas ces quartiers trop aristocratiques, jeteurs de poudre aux yeux; j'aime mieux courir les quartiers indigènes; ceux-là ont conservé toute leur couleur, toute leur simplicité.

« Ainsi, mon grand plaisir du matin est d'aller flâner au marché. Naturellement, je dédaigne le marché magnifique, construit à grands frais, et accueillant aux élégantes qui, accompagnées de leur *bep* (cuisinier), y viennent papoter. Je vais vers le vieux marché fréquenté, lui, par les indigènes, les femmes de petits fonctionnaires, obligatoirement économes, et surtout par les boys et cuisiniers d'Européens, livrés à eux-mêmes; ils peuvent ainsi réaliser... *pour eux*... d'intéressantes économies.

« Dès sept heures du matin, tout y grouille d'une vie intense et bruyante. Ici, s'alignent en longue file les corbeilles de volailles. Tout auprès, s'entassent les légumes indigènes, parmi lesquels dominent les patates douces et les longs navets d'un blanc mat, si abondants dans les plaines sablonneuses d'Hoc-Môn. A côté d'eux, l'infinie variété que cette terre promise prodigue en toutes saisons : mangues juteuses aux tons dorés, fins mangoustans à la pulpe blanche si savoureuse, grosses oranges de Caï-bé, dont le zeste, vert et rugueux, contraste violemment avec le rutilant éclat des petites mandarines, pastèques ventrues à la chair vieux rose et goyaves parfumées. Il y a aussi les grappes de frais letchis indigènes qui sont, avec leurs inoffensifs piquants, autant de minuscules hérissons recroquevillés, et d'autres, et d'autres encore, sans oublier le royal ananas et les innombrables régimes de bananes vertes et jaunes. Plus loin, les maraîchers de la banlieue étalent complaisamment leurs menues verdures, pâles reproductions de nos légumes d'Europe, au milieu desquelles tranche, en note gaie, le rouge écarlate des piments mûrs. Là, dans un coin sombre, les étaux des bouchers chinois, voisinent avec les brocanteurs de vieilles ferrailles, de loques et d'innombrables détritus. Le marché aux poissons, très achalandé, et, enfin, tout au bout, les petits restaurants chinois en plein vent, sur les bancs raboteux desquels, les cuisiniers et les boys en maraude, viennent s'aligner à croupetons et savourer un *petit* noir fumant, arrosé d'une fine goutte de choum-choum.

« Je te raconte toutes ces choses, Jean chéri, pour que tu puisses vivre près de moi par la pensée. Cette lettre, il est vrai, sera la dernière. Le prochain courrier emportera vers la France ta Colette et ses parents. Une Colette folle de joie, ardemment désireuse de trouver, à son arrivée à Marseille, le cher et mâle visage tant aimé, avec encore des larmes dans les yeux, mais larmes de bonheur cette fois.

« Oui, je voudrais te voir, à notre arrivée, mon amour, car nous n'irons pas à Penmarch tout de suite, maman ayant de nombreux achats à faire dans la capitale. Or, comme bientôt, je la quitterai encore une fois, pour longtemps, elle voudrait me voir rester auprès d'elle. Tu en souffriras peut-être un peu, mon aimé, mais tu devras te dire que des jours seulement te séparent de notre bonheur parfait, que ces jours-là deviendront des heures et ces heures des minutes.

« Alors, je tomberai entre tes bras et tu m'emporteras dans notre petite maison de Penmarch. Là, à tous les deux, nous ne ferons plus qu'un, mon Jean chéri, mon fiancé, mon mari.

« D'ici, je te tends mes lèvres, puissent-elles se joindre à tes lèvres et ne se désunir que sur les quais de Marseille, pour se reprendre encore et toujours.

« TA COLETTE. »

IV

« *Gaby n'est plus! Viens vite, je voudrais mourir*
« PIERRE ».

Ce télégramme laconique fut remis à Jean au moment exact où, dans son bureau, il terminait la lecture de la lettre de Colette, arrivée le matin même, au premier courrier. A la grande joie succédait une peine profonde. Jean de Kerverno pensait à la violente douleur de son aîné.

Immédiatement, il fit venir ses chefs de service et, tout en leur faisant part du deuil cruel qui frappait son frère, il leur annonça son départ pour Paris, le soir même. Il ne pouvait, en effet, abandonner Pierre en un pareil moment, il savait à quel point l'amour de son aîné était violent et il redoutait une détermination fatale.

Il donna tous ses ordres. Il ne ferait, d'ailleurs, qu'aller et venir. La saison sardinière s'annonçait particulièrement brillante et, de ce fait, sa présence devenait indispensable, ses concurrents paraissant, une fois de plus, vouloir lui déclarer la guerre.

Le soir même, il prit le train à Quimper, emportant, pour son frère, tous les sentiments émus que l'usine entière adressait à l'aîné des Kerverno, si douloureusement frappé.

La sinistre prophétie du mendiant égyptien s'était-elle accomplie, puisque Gaby venait d'être fauchée en plein bonheur, en plein amour, en pleine jeunesse?

Oui et non. La jeune femme mourait, en effet, de son premier enfant, mais, non naturellement. Des manœuvres abortives très graves avaient provoqué une issue fatale.

Quand Jacques Blue avait reçu Gaby, le lendemain de l'intervention de Suzy Delsol, il lui avait signifié crûment ses intentions sur Colette, lui mettant le marché en main; ou il l'abandonnerait à son sort, ou elle consentirait à le servir de toute son influence, de son amitié de grande sœur, pour lui livrer la jeune fille.

Alors, horrifiée, en proie à une peur intense de la mort, la jeune femme avait cédé. Elle n'était pas infâme, non, mais envoûtée. Elle avait sans cesse présente à l'esprit la scène de la terrasse du *Shepheard's hôtel*, au Caire, et la phrase du vieil égyptien martelait ces mots sur son tympan enfiévré : « Tu mourras à ton premier enfant ».

Suzy Delsol lui ayant formellement assuré que Jacques Blue, seul, pouvait la sauver en la mettant entre les mains d'un docteur adroit, n'ayant rien à lui refuser, elle s'était reprise à espérer un peu. Aussi, pour ne point voir envoler cet espoir, elle était prête à tout.

Elle promit formellement de chambrer Colette, dès son retour de Cochinchine, de lui peindre la maternité avec tant d'horreur qu'elle ne voudrait jamais enfanter. Et elle s'engagea également à la préparer à l'initiation.

Du mariage prochain avec Jean, elle ne souffla mot, Suzy Delsol lui ayant fait la leçon avant la visite au studio. Elle confirma même l'abandon de ce projet et eut aussi la présence d'esprit de recommander à l'intermédiaire carnassier de ne pas en parler à son mari, alors très peiné de la douleur de son frère. Jacques Blue se crut déjà vainqueur, et la malheureuse jeune femme emporta la promesse formelle d'être, bientôt, *délivrée de ses transes.*

De toutes façons, il parlait à coup sûr.

Le soir, elle revint au studio avec son mari. Le gentilhomme breton eut une longue hésitation, au moment de pénétrer dans cet antre de la licence. Les derniers sursauts de sa conscience loyale lui disaient qu'il allait commettre une action abominable, en supprimant la vie d'un petit être, chair de sa chair.

Mais il vit aussi la figure contractée de sa femme tant aimée, ses beaux yeux dilatés par l'effrayante angoisse de la mort qu'il apercevait, lui aussi, horrible et grimaçante : alors, il entra.

Le docteur Termonide était déjà arrivé. Il avait hâte de conclure cette affaire infâme, certes, mais qui devait lui donner les moyens de tenter de nouveau la chance; celle-ci ayant l'air de vouloir lui devenir momentanément favorable.

Les présentations furent faites par Suzy Delsol, le Maître du lieu s'étant, par avance, retiré dans une pièce voisine, car il voulait pouvoir déclarer qu'il ignorait tout. D'ailleurs, la divorcée s'éclipsa à son tour.

Voyant l'hésitation de ses futurs clients, le morticole attaqua le premier, en personnage adroit, âpre au gain et décidé.

— Madame, dit-il tout de suite, pressé de gagner la partie, on m'a laissé entendre ce que vous désirez; avant de vous donner une réponse, je dois vous examiner en présence de votre mari; c'est votre état qui me la dictera.

En tremblant très fort, Gaby obéit et, les doigts enchevêtrés dans ceux de son mari, ses grands yeux apeurés fixés sur les siens, elle se livra à l'examen du misérable.

Quand il se releva, il dit sèchement :

— Ma réponse est négative. Il s'agissait, m'avait-on dit, d'une grossesse à peine définie. Sur la prière instante qui m'a été faite, je me serais peut-être risqué à empêcher son développement. Dans le cas actuel, c'est impossible.

— Il y aurait donc du danger à...

Pierre avait balbutié cette phrase inachevée d'une voix pleine d'angoisse, pleine de désespoir. Cette question était prévue par le gredin, dont la seule préoccupation semblait être de faire augmenter le prix convenu. Il répondit donc d'un ton assez grave, admirablement nuancé.

— Dans des cas spéciaux, l'opération réclamée par vous se fait fréquemment : faiblesse de la mère, enfant mort, etc... Ici, au contraire, le cas est des plus normal, faire l'opération serait justement et sévèrement puni par la loi. Je ne veux pas me fourrer dans une pareille aventure.

Les deux époux échangèrent un regard désespéré et baissèrent la tête, accablés. Le morticole les examinait avec une certaine inquiétude. Avait-il été trop loin et les clients allaient-ils maintenant se résigner, laisser les choses s'accomplir selon la loi humaine. Alors, adieu le geste fructueux et les avantages entrevus, il s'attirerait, en outre, l'hostilité de son ami, qui avait l'air de tenir à une intervention.

Il fallait, à tout prix, rattraper cela. Il prononça d'un ton un peu plus doux :

— Vous avez l'air navré de mes paroles, il y aurait donc un motif puissant contre cette naissance.

Alors, Pierre parla, racontant, d'une voix étranglée, leur navrante histoire. Le gredin, ravi, put constater qu'il avait devant lui un pauvre diable, imbécilement crédule, sans force, sans volonté, ayant tout oublié, honneur, loyauté, pour ne voir que celle qu'il aimait et dont la vie avait été limitée par un jettatore de contrebande. Il sentit également qu'il en obtiendrait ce qu'il voudrait, à condition de savoir manœuvrer habilement.

Il reprit, quand l'époux eut cessé de parler :

— Certes, une telle suggestion, au moment

d'un accouchement, serait fatale et tuerait votre malheureuse femme, aussi sûrement qu'une balle en plein cœur. La délivrance anticipée serait presque un devoir, s'il n'y avait la loi! La loi n'autorise même pas la suppression d'un monstre, à plus forte raison d'un être normal. Malgré tout l'intérêt que je vous porte, je ne puis risquer une situation brillante pour...

— Je suis disposé, docteur, à vous donner la somme que vous pourrez réclamer, quelle qu'elle soit. Voulez-vous cent mille francs?

Le docteur vacilla devant l'importance du chiffre. Comme il ne répondait pas tout de suite, Pierre crut à un nouveau refus de sa part. Or, il fallait l'avoir, l'avoir!...

— Cent cinquante! cria-t-il. Voulez-vous cent cinquante mille francs?

Cette fois, le morticole répondit :

— Je vois à quel point vous tenez à mon intervention. J'accepte! A cette acceptation, je joins pourtant une condition *sine qua non*. Vous allez me donner votre parole d'honneur, parole de gentilhomme que mon nom ne sera jamais prononcé, quoiqu'il arrive, et que vous vous engagez à prendre toutes les responsabilités, en refusant de donner le nom de l'opérateur...

— C'est qu'il y a du danger?

— Aucun, mais je dois prendre toutes mes précautions. Jurez-vous de ne jamais parler de cette intervention à qui que ce soit... A qui que ce soit... Vous m'entendez?

Le loyal descendant d'une illustre famille n'hésita pas à prononcer le serment sacrilège, assurant, par avance, l'impunité au misérable qui

mettait sa science au service d'une besogne criminelle.

A la dignité du ton, le morticole comprit que
cette parole, tenue pour sacrée, serait respectée.
Il se fit alors familier, presque jovial et donna
les instructions indispensables.

— Il est impossible de pratiquer la chose chez
vous; chez moi, pareillement. Faites une chose
bien simple, dès demain, louez une villa aux environs de Paris, le plus isolé possible; installez-y
immédiatement madame et j'arriverai. Pour ne
pas éveiller de soupçons, vous resterez quelques
semaines dans cette villa, repos d'ailleurs indispensable à la malade. Il sera utile également
d'avoir près de vous une domestique de tout
repos. Notre ami vous trouvera certainement
cela.

Rien ne pouvait plus, maintenant, empêcher
l'acte odieux. Il fut encore convenu que le salaire
en serait remis en billets de banque, un chèque
laissant des traces.

Deux heures après, Jacques Blue ayant été consulté par Suzy Delsol sur le choix d'une domestique, crut avoir un trait de génie. Il demanda
ce service à Trinita, entièrement à sa dévotion,
par la reconnaissance et par l'affection, et l'Arlésienne, heureuse de se dévouer pour lui, accepta sans hésitation.

Dès le lendemain, la villa était trouvée aux
environs de Paris, à la Malmaison, très isolée
dans la partie du pays qu'on appelle « Le Parc ».
Gaby s'y installait, le soir même, avec Trinita,
qu'elle prit immédiatement en amitié.

Quand l'infâme Termonide vint accomplir sa

besogne, il commença par demander si le prix convenu avait été apporté. Sur une réponse affirmative, il se mit à l'œuvre, ayant Pierre pour seul témoin.

La prophétie sinistre eut-elle une influence? La joie de la somme promise agit-elle sur les nerfs du morticole? On ne sait. Toujours est-il que son habituelle sûreté de main l'abandonna une seconde. A une contraction violente de la patiente, il comprit qu'il venait d'atteindre un organe essentiel et que le danger menaçait.

Décidé à ne point voir la jeune femme lui passer dans les mains, il abandonna net et se redressa, en s'imposant un sourire :

— Là, voilà qui est fait! Sans trop de souffrances. Maintenant, de l'immobilité et, dans quelques jours, libération obligatoire sans aucun concours. Je reviendrai, d'ailleurs, vous voir d'ici là. Ne vous effrayez pas de cette légère hémorragie. C'est une conséquence naturelle.

Il s'empressa, néanmoins, de l'arrêter au moyen de réactifs violents.

Après s'être fait remettre l'argent et avoir obtenu répétition du serment de silence farouche, il se retira le plus vivement possible, sachant fort bien qu'il avait mortellement blessé une malheureuse femme et que son acte odieux supprimerait deux vies.

Après le départ du morticole, Gaby, que son mari tenait dans ses bras, comme une enfant, s'engourdit peu à peu et tomba dans une sorte de coma. Inerte, léthargique, elle n'avait plus la force ni de crier, ni de se plaindre; aussi, par crainte de l'arracher à ce sommeil, qu'il se figurait être réparateur, Pierre ne se dégagea pas de cette étreinte et, retenant son souffle, il demeura immobile, raidi.

Durant quelques jours, la malheureuse femme éprouva d'atroces souffrances. Subitement, son état s'aggrava; une violente hémorragie s'étant déclarée, sa plainte, ininterrompue, devint insoutenable.

N'y comprenant rien, affolé, Pierre courut chercher Termonide. Le misérable avait fui à l'étranger, non qu'il craignit une dénonciation de M. de Kerverno, mais il redoutait une colère terrible et peut-être sa vie en danger. Ne s'illusionnant pas sur l'issue de son intervention tardive, il avait tout abandonné.

Le mari de Gaby se rendit en hâte chez Jacques Blue, là, également, porte close. Tenu au courant de l'état de la malade par Trinita, l'instaurateur des gymnogynies avait jugé prudent de s'absenter.

Ne sachant à quel saint se vouer, le malheureux revint à toute allure à la Malmaison et fut effrayé de voir le ravage causé, par cette crise, sur le visage tant aimé. La pauvre femme était complètement exangue et sentait, qu'avec l'hémorragie, la vie s'en allait de son corps.

Trinita, violemment émue par ce drame, soignait la patiente avec un dévouement méritoire.

En voyant revenir son mari, Gaby lui murmura dans un souffle :

— Téléphone au docteur Bernaud, c'est un vieil ami, lui seul peut me sauver. Dis-lui: « Gaby va mourir ». Il viendra tout de suite.

Marchant comme un automate, Pierre obéit :

il fut quelques minutes avant d'obtenir la communication. Mais, dès qu'il eût entendu le nom de Gaby, le vieux docteur promit de tout abandonner et d'accourir en accélérant la vitesse de son automobile.

De retour dans la chambre de la malade, le mari trouva celle-ci évanouie, paraissant même morte. Trinita lui expliqua :

— Pendant votre absence, elle m'a demandé de quoi écrire; sa main tremblante avait déjà tracé quelques mots quand elle s'est effondrée, tombant en arrière, sans connaissance.

Dans son désarroi, Pierre ne demanda même pas à voir ce qu'avait écrit sa femme. S'il avait été vers la table sur laquelle le papier, tout ouvert, était disposé, il aurait pu lire ces mots, tracés d'une pauvre écriture brouillée :

« Colette, au nom du ciel, au nom de notre amitié, *ne fais pas ce que j'ai fait,* je t'en conjure, *on en meurt...* Je... suis... »

Pas autre chose. Le destin l'avait empêchée de finir la phrase et ne devait jamais lui permettre de l'achever, car elle ne reprit pas connaissance.

Quand le docteur Bernaud arriva, une demi-heure après, cette créature de charme avait laissé s'envoler son âme d'amoureuse et son visage, quelques instants avant, horriblement torturé, avait repris sa délicate beauté.

Le docteur Bernaud, en constatant le décès, fronça les sourcils. Il pria Pierre et Trinita de le laisser quelques instants seul dans la chambre. L'examen ne fut pas long pour un œil exercé comme le sien. Au bout de cinq minutes, il sortit en

11

demandant au veuf de lui accorder un entretien.

Saisi d'une frayeur bien compréhensible, Pierre le fit entrer dans un petit salon et, sans force, se laissa tomber sur un fauteuil, pendant que la voix sévère du professeur le secouait violemment :

— Monsieur de Kerverno, je veux votre parole d'honneur. Ignorez-vous, n'avez-vous point soupçonné les manœuvres criminelles à la suite desquelles cette malheureuse enfant vient de succomber ?

Seul, un sanglot déchirant répondit à cette sommation. Le docteur y vit l'aveu de la faute, car il éclata :

— Et vous avez laissé commettre cette infamie! Vous, un gentilhomme breton, vous qui portez un des grands noms de cette Armorique, si jalouse de son honneur, vous qui avez la croix des braves!

S'affaissant de plus en plus, le malheureux finit par tomber à genoux, la tête cachée dans ses bras, le corps secoué par les sanglots, pendant que le docteur criait encore :

— Mon devoir est de signaler le fait à la justice. Si vous êtes un grand coupable; il en est un autre plus condamnable encore. Indiquez-moi le nom du misérable qui a commis ce double assassinat.

Nouveau silence, nouveaux sanglots. Exaspéré, le professeur Bernaud saisit Pierre par les épaules et, le secouant de toutes ses forces, lui cria avec colère :

— Le nom de ce misérable, entendez-vous, son

nom, ou je téléphone à la Police de venir vous arrêter immédiatement?

Pierre avait fini par se redresser un peu et, comme les questions du docteur se faisaient plus pressantes, plus menaçantes, il finit par dire d'une voix basse et entrecoupée de larmes :

— Faites-moi arrêter, si vous le voulez, je suis un monstre d'avoir permis cela. Quant à l'autre, il m'est défendu de vous donner son nom, j'ai engagé mon honneur de gentilhomme, je dois garder le silence.

Cette réponse fit exploser la bombe.

— Fichtre, permettez-moi de vous le dire, votre honneur de gentilhomme est bougrement mal placé. D'abord, peut-il être question d'honneur vis-à-vis des renégats du devoir qui pratiquent un pareil métier? Les dénoncer est un bienfait social, car le mal qu'ils font est incommensurable. Allons, voyons, n'hésitez pas, dites-moi ce nom?

Mais Pierre était buté, rien ne pouvait faire fléchir cette volonté. En plus de la parole donnée de garder le secret, il voulait éviter un scandale qui ternirait la mémoire de la chère disparue. En dénonçant Termonide, il mettrait en branle tout l'appareil judiciaire, compromettant Jacques Blue, Suzy Delsol, et déchaînant la meute de la presse avancée.

Le docteur le comprit, sans doute, puisqu'il dit avec plus de douceur :

— Au fond, mieux vaut peut-être ne point parler. Non que je puisse avoir la moindre pitié pour l'infâme boucher, mais je viens de penser à mon vieil ami Ducastey, le père de cette malheureuse, à elle aussi. Mieux vaut ne pas troubler son dernier sommeil. Je vous crois un honnête homme, entraîné par la fatalité. Eh bien! voulez-vous le conseil d'un autre honnête homme: Quand vous rencontrerez le misérable qui a, sciemment et par cupidité, poignardé celle que vous aimiez, mettez-le hors d'état de nuire en lui cassant les reins.

« Maintenant, je vais établir le certificat de décès de façon à ce que le médecin de l'état civil ne soit point trop curieux. D'ailleurs, il se gardera bien de mettre en doute mon diagnostic. Encore une fois, Monsieur de Kerverno, pensez à ce que je vous ai dit au sujet de ce répugnant personnage. Je n'ai pas besoin de vous recommander, sur tout ceci, le secret le plus absolu; votre liberté en dépend.

Jean, arrivant de Bretagne, mit sur le compte de sa douleur immense le mutisme de son aîné. Les funérailles ayant eu lieu dans l'après-midi, le soir de ce même jour, il reprit le train. Sur son insistance, Pierre lui avait presque promis d'aller le rejoindre à Penmarch.

Caractère d'une volonté farouche, Jean ne sentait même pas la fatigue, car il avait non seulement à défendre ses intérêts, mais ceux d'un tas de braves gens qui se confiaient à lui.

V

Le paquebot *Fontainebleau*, des Messageries Maritimes, entrait dans le port de Marseille, retour d'Extrème-Orient. Sur le quai, de nombreuses personnes attendaient les voyageurs et ceux-ci, massés le long des bastingages, s'efforçaient à reconnaître dans la foule métropolitaine un parent ou un ami.

Appuyée sur le bras de sa mère, Colette cherchait avec anxiété celui qui, dans deux mois à peine, devait être son époux. Soudain, elle poussa un cri de joie, elle venait de distinguer la haute silhouette de Jean, dépassant tout le monde. Le jeune homme, lui aussi, avait reconnu, plus par le cœur que par les yeux, celle qu'il était venu attendre si loin de sa Bretagne.

En un tel moment, les minutes paraissent des siècles. La patience des amoureux était soumise à une rude épreuve. L'énorme paquebot, avant de se ranger contre les quais, ne doit les accoster que lentement pour éviter des accidents possibles. Les amarres étant envoyées et tournées sur les bornes spéciales, les passagers sont enfin autorisés à débarquer.

Faisant chacun la moitié du chemin, Colette et Jean furent bientôt dans les bras l'un de l'autre et leurs lèvres se joignirent dans un baiser sans fin. Le jeune homme le rompit le premier pour passer dans les bras de la mère de Colette, qui lui disait, pleine d'une joyeuse émotion :

— Laissez-moi vous embrasser, Jean, avec tout le cœur d'une mère reconnaissante du bonheur véritable que vous donnez à son enfant chérie.

M. Laurier serra, à son tour et avec énergie, la main du jeune homme dont la belle physionomie franche et ouverte peignait toute la loyauté de son âme. Il lui raconta, en quelques paroles affectueuses, l'impatience de Colette, s'énervant contre la lenteur du navire, pourtant un des plus fins marcheurs de la Compagnie.

A un moment, la jeune fille remarqua le vêtement noir de grand deuil, discrètement porté par Jean. Alors, elle devint pâle et demanda d'une voix haletante :

— Vous avez perdu quelqu'un dans la famille, quelqu'un de très proche?

Il ne répondit qu'en faisant de la tête un signe affirmatif, il n'osait révéler le nom, craignant de la frapper trop cruellement, son affection pour Gaby étant celle d'une sœur.

Ce fut elle qui s'écria d'une voix pleine de larmes :

— C'est Gaby, n'est-ce pas? Sa dernière lettre était pleine d'une tristesse qu'elle s'efforçait de dissimuler sous la joie d'être bientôt mère. Voyons, Jean, il faut me dire la vérité.

— Oui, c'est elle, dit-il sourdement. Il y a aujourd'hui un mois, nous l'avons enterrée, fauchée en pleine jeunesse.

— De quoi est-elle morte, Jean, de quoi?

— Je n'ai pu le savoir exactement : la douleur de Pierre était telle qu'il lui a été impossible de me dire trois paroles pendant mon trop court séjour près de lui. Mais Trinita, la femme de chambre installée auprès d'elle au moment suprême, m'a fait entendre que tout provenait d'un accident consécutif à son état.

Les larmes coulaient abondantes sur les joues de Colette, elle murmura avec une sorte d'effroi :

— C'est horrible, horrible de partir ainsi si jeune, si jolie, en plein bonheur.

Tous partageaient cette douleur profonde. Enfin, faisant trêve à ses larmes, la jeune fille prit les mains de Jean, dont elle remarquait les traits contractés, et lui demanda affectueusement :

— Et Pierre? Quel affreux vide pour ce pauvre garçon, il doit avoir un chagrin immense.

— Immense, en effet. J'espérais le voir venir en Bretagne près de moi, près de nous. Notre affection aurait peut-être fait sa douleur moins amère, moins profonde. Il m'avait promis de me rejoindre quelques jours plus tard. Hélas! au lieu de lui, c'est une lettre qui est arrivée, pas longue, lourde de désespoir. Il paraissait s'accuser d'être la cause de la mort de sa femme chérie. Il annonçait, en même temps, son départ pour le Congo, où il allait solliciter, disait-il, une concession afin de trouver dans le travail acharné un soulagement improbable.

— Pauvre Pierre! Personne n'a donc pu empêcher cet exil si lointain?

— Non, sa lettre était expédiée de Bordeaux, au moment d'embarquer sur le paquebot des « Chargeurs Réunis », faisant le service de l'Afrique occidentale et équatoriale.

Il y eut un long silence, tous étaient douloureusement affectés par ces tristes nouvelles. M. Laurier, lui, s'occupait des bagages nombreux et les faisait transporter à la gare Saint-Charles. Leur intention était, en effet, de prendre le soir même le train pour Paris.

L'amour est tant soit peu égoïste. Jean et Colette oublièrent assez vite les événements malheureux et ne pensèrent qu'à leur bonheur. Après dix mois d'absence, on a tellement de choses à se dire, de jolies paroles à se murmurer à l'oreille, de serments à se confier dans un bruit de baiser.

Pour ces deux êtres également jeunes et beaux, dont l'âme était saine et le cœur sincère, la vie semblait s'ouvrir magnifique, idéale. Tendrement appuyée sur le bras de l'aimé, Colette babillait, parlant avec enthousiasme des belles choses qu'elle venait de voir. Et comme la joie grise parfois, comme un vin capiteux, elle bavardait à tort et à travers, se répétait, ne parvenait pas à raconter jusqu'au bout les péripéties de son voyage, à ressaisir le fil de ses idées. Bref, elle avait l'air d'une grive qui s'est abattue, à l'aube, en une vigne renommée où les grappes mûres ont des luisances d'améthyste.

Le jeune usinier riait de tout son cœur de cette gaieté, de cette exubérance, de cette multitude de faits impossibles à classer. Ainsi, Colette mêlait un bal à bord avec un accident de machine, l'accident de machine avec une pêche au requin, et cette pêche au requin avec une violente tempête.

Alors, la jeune fille lui dit, dans une moue mi-fâchée, mais adorable :

— Ne ris pas, méchant, nous avons été pris par une queue de mousson dans l'Océan Indien, deux jours avant notre arrivée à Colombo. J'ai bien cru que tu ne reverrais jamais ta Colette.

— Cette tempête était-elle donc plus terrible que nos tempêtes de Penmarch à l'époque des équinoxes?

— Bien plus terrible pour moi, puisque je faisais partie des victimes livrées aux éléments furieux. Pourtant, je n'ai pas été surprise à l'improviste; mon beau-père avait deviné la tempête, en voyant le beau soleil de l'Inde changer d'aspect et de couleur, enfin traverser le ciel de grands rayons semblables à des jets de lumière atténuée. Nous tombions dans la *mousson*, ces vents périodiques qui, sur la mer des Indes, soufflent six mois d'un côté et six mois du côté opposé.

— Pour ne point faire de jaloux?

— Peut-être bien, moqueur... En quelques heures, tout fut labouré, bouleversé dans cette région, la veille si calme, et, au lieu du silence d'avant, on fut assourdi de bruit. *Le Fontainebleau* avait pris la cape, son allure de mauvais temps; tous ses hublots vissés à bloc, les toiles de tente roulées pour ne point donner prise au vent; il bondissait souple et léger.

« Oh! mon Jean, je n'avais jamais vu chose pareille! En haut, c'était devenu sombre entièrement, une voûte fermée, écrasante, avec quelques charbonnages plus noirs, étendus dessus en taches informes. Vrai, cela semblait presque un dôme immobile, et il fallait bien regarder pour comprendre que c'était, au contraire, en plein vertige de mouvement : grandes nappes grises se dépêchant de passer et sans cesse remplacée par d'autres, arrivant du fond de l'horizon, tentures de ténèbres se dévidant comme d'un rouleau sans fin.

« Une clameur géante sortait des choses comme un prélude d'Apocalypse, jetant l'effroi des fins du monde. On y distinguait des milliers de voix; d'en haut, il en venait de sifflantes et de profondes, qui semblaient presque lointaines à force d'être immenses. C'était le vent, la grande âme de ce désordre, la puissance invisible menant tout. Il faisait peur, mais il y avait d'autres bruits plus rapprochés, plus matériels, plus menaçants de détruire, que rendait l'eau tourmentée, grésillant comme sur des braises et jaillissant, eût-on dit, des profondeurs abismales.

« Eh bien! je n'ai pas tremblé, Jean, je me suis souvenu de tes paroles : « Regarder tout en face dans la vie ». J'ai donc regardé tout cela en face : les embruns fouettant de l'arrière, les paquets de mer déferlant avec une force à tout briser; les lames, qui se faisaient toujours plus hautes, plus follement hautes; elles étaient déchiquetées à mesure et on en voyait de grands lambeaux verdâtres que le vent empoignait et dispersait avec fureur. En plus de cela, une grosse pluie chaude était venue, passant en biais, horizontale et cinglante.

« Le Fontainebleau a vaillamment tenu le coup. Le lendemain, nous avons trouvé le paradis de Colombo, accueillant et merveilleux... Et maintenant, je suis au bras de mon Jean chéri, prête à partir pour Paris, d'abord, puis pour le bonheur idéal.

En arrivant dans la capitale, Colette eut une grande désillusion : Jean venait de lui apprendre qu'il ne pourrait rester auprès d'elle pendant quelques jours, comme elle le désirait.

— Je t'accorde encore la journée de demain, mon aimée, lui dit-il avec tendresse; des intérêts capitaux m'obligent à regagner Penmarch dans le plus bref délai. La coalition des concurrents a recommencé, plus menaçante que jamais. Des ordres impératifs sont venus des différents Conseils d'administration, ils veulent m'abattre à n'importe quel prix et ils attendent une défaillance de ma part. Pendant mon absence, à l'époque de l'enterrement de Gaby, ils ont essayé d'acheter mes chefs de service. Heureusement, ils se sont heurtés à leur loyauté. Dieu sait ce qu'ils oseront demain pour me lasser et m'obliger à vendre mon usine.

— Ne fais pas cela, Jean, tu dois leur tenir tête. Bientôt, je serai à tes côtés et t'aiderai dans la lutte. Comme toi, j'aime la bataille. Notre amour nous donnera une force invincible.

Cette journée fut charmante aux fiancés. Leur premier soin fut d'aller porter des fleurs sur la tombe de la malheureuse Gaby et de rendre visite à M. Ducastey, son père, encore sous le coup de ce deuil foudroyant. Là, ils trouvèrent Trinita. Le professeur de Droit l'avait prise à son service, après la mort de sa fille, ému qu'il avait été par le chagrin sincère de cette jeune femme de chambre.

Colette dut promettre à ce père douloureux de venir le voir souvent. Elle le fit d'autant plus facilement qu'elle voulait interroger la jeune Arlésienne sur les circonstances du décès de sa cousine.

Jean devait prendre le train le soir, à huit heures, à la gare d'Orsay. C'était un jeudi. Ils en profitèrent et allèrent en matinée à l'Opéra-Comique entendre *La Tosca*. Musicienne hors ligne, la jeune fille connaissait un grand nombre de partitions sans pourtant avoir vu représenter les ouvrages. C'était donc une occasion unique d'entendre l'œuvre magistrale de Puccini, aux côtés du fiancé si tendrement aimé.

A huit heures, Jean partait, ayant encore reçu un télégramme, quelques instants avant, lui annonçant que les concurrents essayaient, par tous les moyens, de débaucher les ouvrières. Il n'y avait donc pas de temps à perdre. La réponse à cette provocation devait être rapide, aussi, toute la nuit, le jeune homme rumina son plan de conduite. La fatigue n'avait pas de prise sur lui.

L'auto l'attendait à Quimper avec un de ses collaborateurs, venu le mettre au courant pendant la route. Les choses commençaient à s'aggraver, quelques défections s'étaient produites la veille parmi les ouvrières récemment engagées, d'autres étaient à craindre pour le jour même. Il fallait empêcher cela, car le travail donnait en masse, la grande majorité des pêcheurs ne voulant vendre leur pêche qu'à l'usine Kerverno.

Menée rondement par Jean lui-même, l'auto arriva à Saint-Guénolé quelques minutes avant l'heure de la prise du travail. Le jeune homme vit tout de suite un important rassemblement devant son usine. Là, de nombreuses ouvrières écoutaient un homme d'une trentaine d'années, grand, bien bâti, véritable orateur de syndicat, qui essayait de les décider à quitter cette maison où, sous le prétexte de les traiter en privilégiées, on les exploitait honteusement.

Les vieilles sardinières haussaient les épaules et pénétraient sans s'attarder dans l'usine où elles étaient depuis plusieurs années. Les jeunes, par contre, sensibles à l'éloquence et peut-être aussi à la prestance de l'orateur, hésitaient; quelques-unes approuvaient.

— Qui est cet homme? demanda Jean à son employé.

— Un Parisien communiste, envoyé par la maison Boulint; il est ici depuis trois jours et je vous prie de croire qu'il gagne son argent. C'est un homme très dangereux.

— Ainsi, pour me mettre à leur merci, ces insensés n'hésitent pas à employer des professionnels de la grève, du chambardement, de la destruction et de l'assassinat. Ils introduisent les loups dans la bergerie, sans se douter qu'un jour ils seront débordés par eux.

Descendu de son auto, il s'approcha du rassemblement, au moment où l'orateur s'écriait avec force :

— ... non seulement vous devez abandonner l'usine de cet aristo, gorgé du fruit de votre labeur et de votre sueur, mais encore vous devez y mettre le feu et le faire griller dedans, comme un porc enragé.

— Ce n'est toujours pas toi qui m'y mettra, canaille! cria Jean. Je te donne le conseil de déguerpir au plus vite!

Traversant les rangs des auditrices, le jeune patron était arrivé face à face avec le propagandiste funeste et plantait dans les yeux de l'homme l'éclat de son regard loyal. Les ouvrières l'avaient reconnu. Plusieurs d'entre elles esquissaient le mouvement de se diriger vers l'usine, mais elles voulaient voir la suite de l'affaire.

Un moment interloqué par cette intervention

imprévue, le disciple de Moscou, reprenant son aplomb, riposta, gouailleur :

— Ah! c'est vous le patron! Je suis ravi si vous avez entendu ce que je pense de vous et de tous les autres mangeurs de la sueur du peuple.

— Excepté de ceux qui t'engraissent pour faire cette sale besogne! Eh bien! devant toutes ces braves filles que tu voulais entraîner, je vais te dire, moi, ce que je pense de ton odieuse personne et de celle de tous les braillards de réunion publique. Vous êtes des fainéants, des jouisseurs! vous qui vous faites nourrir par tous les pauvres bougres qui se laissent prendre à vos paroles pleines de vide. Votre communisme n'est qu'un moyen de vivre aux dépens des gobe-mouches, de leur soutirer leur argent, de les envoyer se faire casser la figure, pour satisfaire vos appétits et votre orgueil. C'est bien vous les mangeurs de la sueur du peuple; des paroles, jamais d'actes. Vos députés, vos conseillers municipaux, qui poussent au Grand Soir, se terreraient bien vite si cette lutte fratricide survenait. Ils sont prêts à réclamer la gloire et les honneurs, si le branle-bas réussissait, mais aussi prêts à vous abandonner et même à vous trahir, si l'ordre triomphait. Maintenant, je te redonne le conseil de nous montrer les talons de tes souliers, si tu ne veux recevoir l'un des miens dans ta poupe.

Il y eut un murmure d'approbation dans l'assemblée; d'autres ouvriers s'étaient arrêtés en entendant parler le patron. Ils lui donnaient pleine raison; les derniers commençaient à fléchir, constatant le terrain perdu par l'étranger et voyant des sourires plus ou moins ironiques sur les lèvres de quelques belles filles. L'envoyé des concurrents crut pouvoir reprendre une partie de son public en criant :

— Vous crânez parce que vous voyez autour de vous quelques-uns de vos vendus, prêts à me tomber dessus. Un jour prochain, vous plastronnerez moins. Ce jour-là, c'est moi-même qui viendrai vous casser la gueule!

— A quoi bon attendre ce jour lointain? Tu viens de promettre un dessert à ces braves gens, il faut le leur donner; moi, je suis prêt à y mettre ma part. Je pourrais te faire arrêter comme excitateur au meurtre et à l'incendie, les témoins ne manquent pas, mais j'ai l'habitude de régler mes affaires moi-même. Allons, défends-toi si tu es un homme et non un phonographe inconscient.

En même temps, le jeune homme souffletait légèrement l'agent provocateur. Il y eut dans l'entourage un éclat de rire. Il fit bondir le Parisien. Fou de colère, il se jeta sur Jean. Celui-ci le reçut magistralement. Aux applaudissements quasi-unanimes, il administra à l'envoyé de ses concurrents une volée mémorable. Enfin, le saisissant au collet et au bas des reins de ses mains d'acier, il l'entraîna au bord de la mer toute proche et le jeta dans le flot montant en disant avec un bon rire :

— Rien de tel qu'un bon bain de mer pour calmer les cerveaux en ébullition! Tu pourras aller dire à tes commanditaires que Jean de Kerverno en a autant à leur service. Et à tes amis de Paris et de Moscou, il faudra rapporter : « A part quelques rares écervelés, les gars de par-là ne sont pas encore mûrs pour le grand chambardement et il se trouve parfois des patrons qui comprennent l'humanité mieux que vos humanitaires, semeurs de mort et de ruines. »

Puis, sans plus s'occuper du personnage, venu pour le combattre, il retourna à l'usine, suivi de la totalité des ouvrières, prêtes maintenant à l'acclamer.

A l'heure du déjeuner, la correction dont le patron avait gratifié l'agent provocateur fut racontée, commentée, peut-être même amplifiée. Aussi, la rentrée de l'après-midi s'opéra en masse, tout le monde étant à son poste, même celles qui avaient déserté la veille.

Une fois de plus, Jean venait de gagner la bataille contre ses concurrents exaspérés. Il tint cependant à passer dans les ateliers et à dire en termes énergiques, aux hésitants, que ce pardon était le dernier accordé par lui. Il était menacé de nouvelles attaques et voulait n'avoir autour de lui qu'un personnel sur lequel il pouvait fermement compter.

Il se rendit ensuite dans ses bureaux et écrivit une longue lettre à Colette, lui racontant avec humour l'histoire du matin et lui répétant surtout son grand amour.

VI

Trinita, la jolie Arlésienne, avait été péniblement impressionnée et déprimée par la fin tragique de celle chez qui Jacques Blue l'avait placée. Les violentes souffrances de la malheureuse, le dénouement si rapide étaient restés gravés en son esprit, au point qu'elle avait été prête d'en accuser son initiateur.

Celui-ci, ayant encore besoin d'elle, entendait la garder à sa merci. Dans cette intention, il continuait à la traiter en enfant gâtée; il n'en fallait pas plus pour lui assurer la reconnaissance de cette brave fille au cerveau peu compliqué.

Par elle, tenu avec régularité au courant des phases du drame, il avait cru sage de s'absenter dès les premières grandes souffrances. Le départ subit de son complice, Termonide, filant secrètement à l'étranger, l'avait mis en éveil. Si le morticole s'était mis hors d'atteinte, c'est qu'il y avait danger. Le renégat de la science utile avait dû prévoir la catastrophe aux premiers symptômes ressentis par la malade, symptômes fort bien décrits par Trinita.

Un coup de téléphone à Suzy Delsol, pour la prévenir de la mauvaise tournure prise par l'affaire, et ils étaient partis, le soir même, vers une

12

destination connue de la seule Trinita. Bernadi, lui-même, ignorait tout de ce coup monté.

Après l'enterrement de sa femme, Pierre de Kerverno, nous le savons, avait prié l'Arlésienne de rester auprès de lui jusqu'à son départ très prochain. Cette fille lui avait été fournie par le propagateur d'une religion antihumaine, le pauvre garçon ne le savait que trop! mais il avait pu apprécier son dévouement, ses soins de tous les instants et enfin son chagrin sincère.

Il espérait peut-être obtenir par elle des nouvelles du second fugitif. Il ruminait, en effet, le conseil donné par le vieux docteur Bernaud d'empêcher les misérables de nuire plus longtemps à la société. Ah! si ces bandits, responsables de son deuil, étaient tombés entre ses mains, ils n'en seraient pas sortis vivants!

Hélas! les complices demeuraient introuvables. La grande colère, qui avait un moment surmonté la douleur profonde du veuf, tomba peu à peu. Bientôt, il n'eut plus qu'une idée : s'expatrier, aller au loin oublier le crime dont il se croyait le principal artisan.

Esclave de la parole donnée et des recommandations du docteur Bernaud, il n'avait pas révélé à son frère les causes véritables de la grande catastrophe de sa vie. Jean savait seulement celles notifiées sur l'acte de décès. Pourrait-il toujours garder le même mutisme? Pourrait-il éviter les questions continuelles de ce frère affectionné? Un jour, dans une crise de désespérance, ne laisserait-il pas échapper le douloureux secret : celui de sa honte et son remords éternels?

Le hasard d'une rencontre lui suggéra l'idée

de partir au Congo, où les initiatives, doublées d'argent et d'énergie, ont de grandes chances de réussite. Il possédait l'un et l'autre, il devait donc réussir.

En moins d'une heure, sa décision fut prise. Une visite à son notaire pour l'inviter à tenir à sa disposition les fonds nécessaires. Une autre à un ami, attaché au cabinet du ministre des Colonies, afin d'obtenir des renseignements et quelques recommandations pour les gens de Brazzaville. Son billet pris immédiatement à Paris, Pierre de Kerverno partit, sans une défaillance, vers l'inconnu, peut-être vers l'oubli.

Avant son départ, il s'était longuement entretenu avec son beau-père, le prévenant qu'il laissait une somme importante à un fleuriste pour que la chère morte eût toujours dans son caveau les fleurs qu'elle aimait tant. Il lui avait également parlé de Trinita, que son départ devait laisser sans emploi.

Le brave professeur Ducastey n'avait pas été sans remarquer le dévouement de la jolie femme de chambre, aussi avait-il obéi à son gendre en la prenant à son service.

L'Arlésienne répugnait à continuer ce métier occasionnel, mais elle n'osait l'abandonner avant d'avoir consulté son grand ami qui le lui avait fait prendre.

Dès le départ de Pierre, elle prévint donc le Maître. Alors, soulagé et n'ayant plus rien à craindre, celui-ci s'empressa d'accourir. Il avait hâte d'obtenir des explications de vive voix et surtout des nouvelles de l'arrivée prochaine de Colette. Car il ne pouvait oublier les paroles de

Gaby : sa cousine était sur le point de quitter Saïgon pour rentrer en France.

Trinita, profitant de son jour de sortie, retourna au studio. Jacques Blue voulait obtenir un compte rendu complet; il la traita donc presque en amante chérie, et c'est en la tenant tendrement dans ses bras qu'il l'interrogea avec adresse. Que pouvait l'âme simple de l'Arlésienne contre cette rouerie?

Elle lui fit le récit fidèle de ce qui s'était passé. Avec sa loyauté de brave fille, elle alla jusqu'à lui reprocher d'avoir été la cause indirecte de cette mort.

Il feignit d'en être très peiné. En termes affectueux, savamment imprégnés d'amertume, il se plaignit de n'être jamais récompensé de sa serviable bonté.

— Les femmes sont toutes les mêmes, déclara-t-il, jouant la tristesse, elles dédaignent les recommandations les plus essentielles, se croyant sûres de l'impunité. Hélas! elles ne sont pas à l'abri de la traîtrise et de l'égoïsme du mari ou de l'amant. Quand l'accident s'est produit, elles n'ont plus qu'une idée : se débarrasser de cette marque de servitude, de ce boulet rivé à leur chaîne. A ce moment-là, elles sont prêtes à tout. J'ai pourtant fait tout ce que j'ai pu pour protéger cette malheureuse Gaby, avant et après la faute. Son mari, rallié trop tard à mes théories, a passé outre. Je suis désespéré du résultat. Ma pauvre petite chérie, crois en ma grande affection, ne t'expose jamais à un malheur pareil. La douce morte a dû maudire amèrement son moment d'oubli.

Avec sa franchise native, Trinita répondit vivement :

— Elle a surtout maudit l'intervention criminelle, toi, Suzy Delsol et le docteur assassin. Elle a maudit la crainte folle qui l'a poussée à cet acte odieux, criant, à travers ses sanglots et ses plaintes affreuses, qu'elle eût mieux aimé s'éteindre en créant une nouvelle vie.

— Sornettes tout cela! divagations d'un cerveau en délire.

—Non, remords sincères d'une malheureuse consciente d'un moment de folie. Elle a même écrit quelques mots à ce sujet à sa cousine Colette...

A ce nom, qui le hantait, Jacques Blue avait tressailli. Sa voix se fit subitement rauque pour demander :

— Qu'a-t-elle écrit? Où est cette lettre?

— J'ai conservé sans le vouloir ces lignes inachevées, dans lesquelles, au nom du ciel, elle suppliait sa cousine de ne pas l'imiter. Avant d'écrire, elle m'avait parlé de cette cousine qui revenait épouser en France le frère de M. de Kerverno.

— Tu te trompes, ce mariage est rompu depuis longtemps.

— Je ne me trompe en aucune façon. J'ai entendu le jeune Kerverno dire à son aîné : « Colette va rentrer avec sa mère. Notre mariage aura lieu dès que possible, avant la fin du deuil, car nous avons assez attendu notre bonheur. »

Jacques Blue était devenu livide. Ainsi, cette adorable jeune fille allait lui échapper, devenir une chair à maternité entre les bras de ce stupide hobereau, grand apôtre des portées nombreuses? Elle serait à jamais perdue pour lui. Il souffrirait tout le reste de son existence de cette passion inassouvie. Suzy Delsol s'était donc trompée, ou l'avait-elle fait sciemment afin d'obtenir son aide en faveur de Gaby?

Il fallait à tout prix ou empêcher ce mariage ou, s'il s'accomplissait, provoquer une rupture. Quel moyen employer? Parbleu! il fallait commencer par inculquer à la jeune fille les préceptes malthusiens, puis les soutenir envers et contre tout, jusqu'au moment où le repopulateur, déçu dans ses espoirs de pullulante progéniture, se séparerait tout à fait de celle qui se refusait avec acharnement à la conception.

Ah! il saurait alors lui faire la vie belle! Il la choyerait comme une petite idole et lui montrerait qu'il existe sur terre des joies célestes. Quand la procréation réserve ses souffrances aux seules femmes, l'homme n'y rencontre, lui, que satisfaction.

Il aurait laissé son esprit vagabonder encore longtemps si Trinita, surprise de son attitude, ne lui avait demandé s'il dormait. Par un effort de volonté, il reprit possession de son calme. Pouvait-il révéler sa passion à cette fille dont il avait besoin? Non, car elle n'était point femme à servir les nouvelles amours d'un amant qu'elle aimait toujours.

Il se contenta de répondre d'un ton plein de haine :

— Je pensais à ce Jean de Kerverno, il m'a insulté publiquement. Profitant de l'hospitalité de son frère, il a flétri mon œuvre devant une réunion d'imbéciles. Je le hais de toutes mes forces. L'annonce de son mariage prochain avec la cousine de Gaby me met en rage. Je voudrais détruire le bonheur de ce fat et surtout l'empêcher d'immoler une nouvelle victime sur l'autel de la maternité.

Comme l'Arlésienne, abasourdie, ouvrait de grands yeux, il continua avec l'intention d'abuser de sa grande candeur :

— Jean est, comme son frère, de cette race bretonne si imbue des principes religieux, périmés par ailleurs. Les Bretons écoutent encore les conseils de l'Eglise qui dit avec emphase : « Croissez et multipliez! », alors que ses ministres s'empressent de rester célibataires. La petite Colette, entre les mains de ce rétrograde, deviendra une machine à pondre et à couver; si son frère était veule, lui possède une implacable volonté.

— Qu'est-ce que cela peut te faire que Colette ait des enfants ou non?

— Le triomphe des théories par moi défendues depuis si longtemps, d'abord. Le désir d'empêcher le bonheur et la satisfaction de cet homme, ensuite. Enfin, une grande pitié pour cette enfant. Je serais navré de la voir condamnée à une mort prochaine ou à une vie d'enfer.

Trinita paraissait assez ébranlée. La parole hypocrite du Maître agissait sur son esprit confiant. De plus, elle s'illusionnait beaucoup sur l'affection de cet homme. Sa méprise reposait sur cette constatation : du jour de son arrivée chez Blue, il avait mis trêve à ses fêtes païennes.

Devinant cette indécision, il redoubla ses caresses affectueuses et eut bientôt la joie d'entendre la brave fille lui dire :

— Je ferai ce que tu voudras, Jacques, commande, j'obéirai.

— Voici : il faut rester encore quelque temps au service de M. Ducastey, au moins jusqu'à l'arrivée de Colette. Celle-ci ne saurait manquer de visiter le père de sa cousine pour parler avec lui de la disparue. Alors, ce sera à toi d'agir avec adresse, car il te faudra entrer au service de cette jeune fille. Fais en sorte de m'apporter, demain si possible, les lignes inachevées de Gaby. Elles pourront peut-être nous servir.

— Que veux-tu donc faire, Jacques?

— Empêcher de nouveaux malheurs, tout en me vengeant. Maintenant, laissons de côté ces gens et pensons un peu à nous. Tu es de sortie, profitons-en.

Ce soir-là, Trinita put croire revenus les beaux jours d'autrefois. Quand, le lendemain matin, elle quitta le studio de Montsouris, elle était très décidée à servir la cause de son amant. Bien stylée, elle en était arrivée à la juger morale.

Colette ne tarda pas à lui en donner la facilité. La visite faite par elle à M. Ducastey, en compagnie de Jean, fut rapportée le soir même au mauvais apôtre. Celui-ci eut toutes les peines du monde à refréner un hurlement de joie et il s'empressa de donner des instructions à l'Arlésienne. Le billet inachevé de la pauvre Gaby, loin d'empêcher ses manœuvres, devait au contraire les servir, mais il s'agissait d'en jouer adroitement.

Avec un tel maître et toute la sincérité inconsciente dont elle disposait, Trinita devait être à nouveau une auxiliaire précieuse et dangereuse. Le bonheur de deux êtres liés par le cœur était désormais en grand péril.

Deux jours après le départ de Jean, ayant hâte d'avoir des explications très détaillées sur la mort tragique de sa cousine, Colette se présenta chez le professeur Ducastey. Elle venait à l'heure précise où elle savait le père de Gaby absent, occupé à son cours de la Sorbonne. Elle désirait, en effet, se trouver seule avec la femme de chambre.

Celle-ci, croyant agir dans l'intérêt de la jeune fille, lui donna de terribles détails sur les derniers moments. Bien entendue, l'intervention criminelle fut passée sous silence. Mais elle répéta les phrases dictées par Jacques Blue, expliquant à Colette, anesthésiée d'épouvante, que ce dénouement tragique, d'après le médecin, était une solution assez fréquente de la grossesse chez les époux s'aimant avec fougue, avec passion.

— Ah! Mademoiselle, elle pensait bien à vous dans sa souffrance, elle suppliait Dieu de la conserver jusqu'à votre retour, disant, au milieu de ses cris de douleur : « Pauvre Colette, elle aime Jean avec autant de passion que j'aime mon Pierre; sera-t-elle aussi la victime de cet amour? » Elle a même commencé une lettre à votre intention, mais ses forces l'ont trahie, la plume échappant à ses doigts, elle-même est tombée évanouie. Elle n'a pas repris connaissance.

— Qu'est devenu ce billet, j'aurais été heureuse de l'avoir.

— Je vais aller vous le chercher, Mademoiselle, il est dans ma chambre. Monsieur Pierre de

Kerverno me l'a donné avant son départ en me chargeant de vous le remettre. Le pauvre homme était si déprimé qu'il n'a pas eu la force d'y joindre un mot de sa main.

Trinita alla tout aussitôt dans sa chambre chercher l'ultime prière de la morte et elle la remit à Colette avec, dans les yeux, des larmes qui n'étaient point feintes.

Mlle Verdurier, en proie à une émotion profonde, lut la pauvre écriture tremblée :

« Colette, au nom du ciel, au nom de notre amitié, ne fais pas ce que j'ai fait, je t'en conjure, on en meurt... je... suis... »

— Que voulait-elle dire? demanda la jeune fille d'une voix pleine de sanglots contenus, que veulent dire ces mots : ne fais pas ce que j'ai fait?

— Au moment où elle a voulu écrire cette lettre, Madame venait de parler de vous, une fois de plus, dans un court moment de calme : « Je sens que la fin approche, m'avait-elle dit; je ne verrai pas ma chère petite Colette, j'aurais voulu la mettre en garde contre les dangers de la maternité. Seules, les femmes qui n'aiment pas d'amour peuvent être mères impunément. Nous autres, amoureuses de nos maris, comme ils le sont de nous, détruisons, dans nos élans, l'œuvre créatrice et cela nous tue. »

— Ce n'est pas possible, Gaby n'a pu dire une chose pareille, elle était si heureuse d'avoir un enfant de son Pierre.

— Je le sais, Mademoiselle, sa joie était grande et celle de son mari de même : mais quand s'est produit l'accident, Monsieur a été chercher un médecin et ce médecin a dit ce que je viens de répéter.

— Quel était ce médecin?

— J'ignore son nom; un célèbre spécialiste, certainement. M. de Kerverno avait été le chercher en voiture. Après son départ, la maison n'était plus que désespoir, Monsieur s'accusait d'être la cause de cet accident mortel et Madame ne pensait plus qu'à vous en préserver. Ces lignes sont le reflet de ses toutes dernières pensées.

Colette sanglotait et se trouvait dans l'incapacité de réfléchir. Ce que rapportait cette femme de chambre semblait être corroboré par la lettre inachevée de Gaby et aussi par les paroles prononcées par Jean à Marseille. En effet, son fiancé lui avait dit : « Dans la lettre annonçant son départ pour l'Afrique, Pierre s'accusait d'être la cause de la mort de sa femme ».

Jacques Blue pouvait se réjouir du parfait mécanisme de sa messagère : le premier jalon de sa machination diabolique était posé dans cette âme de jeune fille, droite et pure, incapable de discerner le mal. Il devait maintenant s'employer dans l'ombre à poursuivre son triomphe, en se servant d'une autre âme aussi sincère que terrible par son inconscience. A aucun moment, Suzy Delsol ni lui ne devaient paraître avant la victoire, leur tour d'agir viendrait plus tard.

Colette était revenue chez ses parents, le cœur en détresse, ne pensant qu'à cette mort et surtout à ses causes, de la réalité desquelles elle ne pouvait douter.

Avec une insistance morbide, elle revint presque chaque jour en parler avec Trinita. Or, un

matin, celle-ci lui ayant fait entendre que
M. Ducastey la gardait plutôt par charité, Colette
l'engagea immédiatement, comme femme de
chambre, en la prévenant qu'elle devrait vivre en
Bretagne.

Ce soir-là, Jacques Blue lança vers le plafond
de son studio un nouvel hosanna! la biche étant
lancée, l'hallali sonnerait, un jour, pour lui. La
goutte d'eau allait tomber sans arrêt, accomplis-
sant lentement mais inexorablement son action
destructive.

VII

Le mariage de Jean de Kerverno et de Colette
fut célébré, sans pompe aucune, dans l'église de
Pont-l'Abbé. Le deuil récent des jeunes gens commandait cette simplicité. Malgré cela, l'assistance
était nombreuse, l'énergique usinier étant encore
tenu en plus haute estime que son frère.

Après le défilé à la sacristie et un déjeuner au
château, les jeunes époux regagnèrent la petite
maison de Saint-Guénolé, non sans avoir fait
leurs adieux à la mère et au beau père de Colette. Ceux-ci, en effet, s'empressaient de gagner
la Côte-d'Azur. L'air vif et froid de la pointe de
Penmarch ne pouvait convenir à ces coloniaux,
accoutumés à une température tropicale et, depuis huit jours qu'ils étaient en Bretagne, ils

avaient essuyé deux ou trois accès de fièvre palu-
déenne.

M. et Mme Laurier se seraient fait un plaisir
d'emmener à Nice les jeunes époux. Malheureusement, pour Jean, il ne pouvait être question de
voyage de noce. Le jeune homme continuait à lutter avec ténacité contre la mauvaise foi et les
scélératesses de ses concurrents, acharnés à sa
ruine.

Il répondait coup pour coup. Quelques jours
avant son mariage, il avait remporté une victoire éclatante en installant, dans son usine, la
fabrication des conserves de langoustines.

Depuis trois ou quatre ans, en effet, les pêcheurs de Penmarch s'adonnent, l'hiver, à cette
pêche rémunératrice; ils peuvent ainsi occuper
les mois où la sardine a abandonné les côtes de
Bretagne.

Ne s'illusionnant nullement sur les dépenses
très fortes qu'il aurait à supporter et éprouvant
le besoin de se sentir un peu soutenu, sinon par
des capitaux, tout au moins par l'estime, Jean de
Kerverno avait réuni, à Quimper, dans un déjeuner à l'*Hôtel de l'Epée*, quelques amis de sa
famille.

Ceux-ci, grands noms de Bretagne, avaient tous
répondu à son appel. Avec clarté, avec précision,
il leur exposa ses idées, la lutte qu'il soutenait
en défendant les intérêts des gars de chez eux
contre les appétits de capitalistes avides. Il ter-
mina en leur demandant leur appui moral.

— Quand on est certain d'avoir l'estime de ses
pairs, dit-il, on est prêt à tout, même aux entreprises les plus difficiles. Afin de pouvoir sou-

tenir la lutte, messieurs, je sollicite de vous cette estime, rien de plus.

— Ce n'est point suffisant, répondit un Kernoël au nom des amis présents. Notre estime vous étant acquise, nous vous offrons les capitaux dont vous pourriez avoir besoin. La Bretagne était autrefois, géographiquement, une petite patrie dans la grande patrie, elle n'a cessé de l'être par le cœur et la solidarité de ses fils. Agissez, Kerverno. A cette grosse industrie maladroite qui cherche à tout asservir, montrez ce dont sont capables les gars de chez nous. Pas un de vos amis, ni des amis de vos amis ne se dédira, demandez sans crainte et vous nous ferez honneur.

Avec cet appui important et solide, le jeune homme se sentait prêt à tout affronter. Or, il allait avoir encore un autre levier puissant : l'amour de sa compagne bien-aimée.

La jeune fille n'était arrivée à Penmarch que huit jours avant le mariage, accompagnée de ses parents et de sa femme de chambre. Elle avait compté sur la présence de la bonne tante Jenny; malheureusement, celle-ci ne pouvait se déranger, même pour assister au mariage, son mari étant au lit avec une crise de sciatique aiguë. De là, le retard de Colette.

L'importance de la lutte acharnée qu'il soutenait avait empêché Jean de trop ressentir l'absence de sa fiancée. Mais son arrivée lui avait donné un nouveau courage.

Il avait pourtant remarqué de graves modifications de son caractère, elle était moins expansive, plus réservée dans ses élans. Mon Dieu, il n'y avait là rien d'inquiétant, ce devait être l'appréhension, bien naturelle, qui saisit toute jeune fille à la veille de son mariage et que l'époux est chargé de dissiper.

Maintenant, c'était fait : il y avait foi jurée. Dans la voiture qui les ramenait vers la petite maison de Saint-Guénolé, bâtie dans l'usine même, Colette était blottie entre les bras de son mari devant Dieu et devant les hommes. Les yeux clos, elle écoutait la chanson d'amour que des lèvres ardentes lui murmuraient.

Dans l'intention d'associer ses ouvriers à son bonheur, malgré le deuil ,aux lieu et place d'une fête, Jean avait doublé la journée de tout son monde et Colette s'était appliquée à se faire aimer·en offrant à chacun un cadeau personnel, ainsi que des jouets et des objets utiles à tous les enfants.

Cette petite cérémonie intime avait eu lieu à la fin de la journée de travail et la jeune patronne s'était fait acclamer. Son geste devait lui gagner tous les cœurs.

Un petit dîner intime, succulent, préparé avec un soin jaloux par la vieille bonne de Jean, fut une véritable dînette où les baisers furent des condiments délicats.

Cependant, plus cette dînette avançait et plus le front de Colette paraissait s'assombrir. A part lui, l'époux s'amusait fort de cette préoccupation. Il la prenait pour une anxiété de jeune vierge à la porte de la chambre nuptiale.

Il arriva ce moment tant attendu du : « Enfin seuls » illustré par l'image, chanté par les chansonniers, mais surtout tant désiré, pendant les heures de supplice que l'étiquette, la cérémonie, l'amitié, imposent à deux êtres brûlant du désir d'être l'un à l'autre. Or, Colette et Jean attendaient cette heure depuis près d'un an.

Avec tout son amour, le cadet des Kerverno avait préparé la chambre où son union devait être réalisée. Depuis ses fiançailles, il y entrait chaque jour, la meublant de ce qu'il pouvait acquérir de plus joli et de plus ancien, afin d'en faire l'écrin douillet, digne de recevoir le joyau précieux qu'était cette divine Colette.

Jusque-là, il ne l'avait pas laissée pénétrer dans ce sanctuaire réservé à l'amour, et maintenant, il jouissait de la surprise joyeuse qui semblait avoir écarté, momentanément, le récent trouble de la jeune épousée.

Leurs lèvres se joignirent dans un baiser de feu, dont ils restèrent pantelants. En ce moment, Colette oubliait tout, elle était dans les bras de son Jean, enfin!

Selon les usages, un mari ne doit point assister à la première toilette de sa femme. Pour obéir à cette coutume désuète, s'étant dégagé de cette étreinte, le jeune homme se retira dans la pièce contigüe, laissant à Trinita le soin de déshabiller sa maîtresse.

Cela dura à peine quelques minutes. Ces quelques minutes, hélas! devaient suffire à changer la face des choses.

L'Arlésienne n'eut pas à prononcer une parole. A quoi bon? sa seule présence rappela à Colette la mort tragique de Gaby et la promesse formelle faite par elle, quelques jours avant son départ pour la Bretagne, sur la tombe de la pauvre disparue.

Ah! elle avait bien travaillé l'inconséquente Trinita, son sinistre maître pouvait se montrer satisfait. Stupide au point de croire arracher sa maîtresse à un danger terrible, chaque jour, elle lui avait rappelé les souffrances endurées par la pauvre victime d'amour, l'ultime supplication de ne pas l'imiter, le chagrin violent du mari s'accusant, trop tard, d'avoir causé cette mort et sa fuite lointaine, à la recherche de l'oubli, sans doute aussi du repos éternel terminant ses remords.

Malheureusement, Colette était seule, alors, à Paris. Sa mère, heureuse de se retrouver en France, après plusieurs années de colonie, courait avec son mari tous les endroits mondains. D'autre part, les lettres de Jean parlaient surtout de difficultés qu'il avait à surmonter, chaque jour, pour résister à l'attaque de ses rivaux.

Abandon fatal! Il devait conduire Colette à un état morbide que la chère présence eût facilement dissipé. Cette disposition maladive précéda une crise de mysticisme, dans laquelle Colette osa prononcer le serment solennel, et sacrilège, de se refuser à toute maternité.

De ce moment, venait la réserve de la jeune fille depuis son arrivée. Il la plongeait maintenant dans un embarras compréhensible, comment Jean allait-il prendre cette décision?

Il entra enfin, athlète magnifique moulé dans son pyjama coquet et resta comme ébloui devant Colette. Elle était exquise dans sa toilette de nuit d'épousée, provocante et chaste à la fois. Mme Laurier l'avait faite, elle-même, du plus fin linon et des plus jolies dentelles.

13

Incapable de résister à l'appel de l'amour, elle lui donna ses lèvres. Ce baiser long, passionné, communion de deux âmes, devait conduire obligatoirement à la solution autorisée. Or, au moment précis où Jean allait pouvoir s'enorgueillir de sa victoire légale, la phrase fatale fut prononcée :

— Jean, mon Jean chéri, surtout pas d'enfant !

Comme un choc léger peut arrêter la force d'une puissance formidable, le grain de sable la marche d'un bolide, la plus petite émotion paralyser l'inspiration d'un génie, Jean demeura brisé.

Croyant rêver, il murmura à son tour :

— Voyons, Colette adorée, que signifie cette parole? N'es-tu pas mon épouse? Une épouse peut-elle dire une pareille chose à un mari?

— Un mari est-il obligé de penser à la conception, quand il devient l'époux de la femme qu'il aime?

— Non, mais il ne doit supporter aucune arrière-pensée, aucune restriction de cette femme, le mariage ayant été institué dans ce but.

— Serait-ce donc si difficile d'être amants au lieu d'être époux?

— Comment oses-tu formuler semblable énormité? Vraiment, je ne te reconnais plus, ce n'est plus ton âme saine, ton esprit loyal et beau qui faisaient mon bonheur. Que veut dire ceci?

— Rien, Jean chéri, une volonté de ta petite poupée de ne pas, tout de suite, livrer son corps à la maternité!

— Qui peut te faire croire qu'une maternité

suivra? Rien, n'est-ce pas, mais j'entends également ne rien faire pour l'entraver si elle doit venir; et tu dois m'imiter en cela.

Cette dernière phrase était dite d'un ton plus sec, plus autoritaire. Il irrita immédiatement la jeune femme. Jusque-là, elle avait parlé câlinement, amoureusement, espérant l'amener à ses idées par la persuasion. La révolte gronda soudain dans la jolie tête. Elle répliqua, d'un ton acerbe, fait pour déplaire à son mari :

— Ah! le voilà bien votre égoïsme masculin, pour vous, la femme doit devenir tout de suite une machine à enfanter.

Il la regardait, abasourdi, retrouvant dans sa bouche les paroles qu'elle avait elle-même tant réprouvées, un an plus tôt, venant de la cynique Suzy Delsol, lors de la noce de son aîné.

— Colette, reviens à toi, je t'en conjure, dit-il encore avec une grande douceur, souviens-toi de tes lettres de Cochinchine, quand tu me parlais des nids blottis dans les bougainvilliers de ton jardin saïgonnais. Je les connais par cœur ces phrases; je les relisais avec amour, elles peignaient la beauté de ton âme : « Je vais les voir chaque jour, mais ils ne s'effraient pas, car ils me connaissent. Il me semble être la mère et les oisillons sont nos enfants. Et quand le mâle arrive, son bec pointu chargé de nourriture, il me semble que c'est toi, mon Jean, mon mari chéri! » Voilà ce que tu m'écrivais, Colette, l'as-tu donc oublié?

— C'est possible, j'ai pu écrire cela; maintenant, j'ai complètement changé d'idées. Après tout, *mon corps est à moi*, il m'appartient et j'ai le droit de le refuser pour une œuvre que je réprouve, que...

Elle s'arrêta soudain, Jean lui fit peur; il s'était dressé, le regard ardent, plein d'indignation, superbe dans sa réprobation :

— Tu te trompes, Colette, depuis notre passage devant M. le Maire et devant M. le Curé, *ton corps est à moi*, à moi, entends-tu! Le sacrement du mariage l'a fait ma propriété. Jusqu'à la majorité, le corps de l'enfant appartient à ceux qui lui ont donné la vie, aux parents. La loi le prouve puisqu'elle a établi une majorité et que le consentement des parents est obligatoire, jusque-là, pour tout acte de la vie. Au mariage, le corps de la femme appartient à l'époux. Il est son bien, sa propriété. *Ton corps est à moi*, Colette, je te le répète encore et, dans les limites fixées par la loi, pour les intérêts du pays et la continuation de ma race, je peux, je dois en disposer!

Elle s'était dressée à son tour, les yeux brillants. Elle prit sur un fauteuil un magnifique kimono de soie, pièce rare et authentique offerte par le mari de sa mère, elle s'en drapa avec un air de rêve et dit, semblant le défier :

— Les lois ont été faites par les hommes, cela se voit, ils se sont donnés tous les droits, réduisant la femme à l'esclavage! Eh bien! mon maître, puisque mon corps t'appartient, que le mariage te l'a donné, prends-en livraison!

Il ferma les yeux pour cacher sa colère et surtout sa douleur, puis, d'une voix grave, il prononça avec tristesse :

— Je pensais m'être mieux fait connaître de

toi, Colette. Il est profondément regrettable que cette explication pénible ne soit pas venue avant les cérémonies civile et religieuse, qui ont fait de nous deux époux; ces cérémonies auraient été inutiles. Nous nous sommes trompés, notre marché a été un marché de dupes, comme celui établi entre deux parties dont l'une refuse de tenir les engagements promis. Mes sentiments religieux réprouvent le divorce, tu continueras donc à porter mon nom, tu seras ma femme, sans avoir été mon épouse, et je te laisserai libre de tes actions, à la condition de ne point salir mon nom!

Elle eut le pressentiment d'un grand malheur et voulut essayer d'empêcher cette rupture. Elle s'efforça de dire en souriant :

— Voyons, Jean, ne dramatise pas, nous pouvons très bien...

— Je ne dramatise rien, Colette; je viens de subir une désillusion immense, une peine incommensurable. Dans mon âme, peut-être un peu fruste d'Armoricain du Finistère, je t'avais élevé un autel de métal précieux, dont tu étais l'idole de pur diamant; le piédestal de cette idole était trop fragile, il vient de se briser et l'autel est dévasté.

Accablé maintenant, il s'était laissé tomber sur un siège. Colette sentit son amour lui monter, comme un étouffement; elle rejeta son peignoir et vint auprès de son mari. Lui mettant autour du cou ses beaux bras nus de la forme la plus pure, elle murmura d'une voix ardente :

— Est-il besoin de toutes ces complications dans l'amour? Je t'adore de toute mon âme, mes sens tout entiers vibrent à se briser; fais de moi ta maîtresse chérie, ton amante, mais ne me contrains pas à la maternité, je n'en veux pas!

Doucement, il la repoussa, se dégageant de cette étreinte qui l'affolait, le grisait, le brûlait comme un alcool trop fort. Vainqueur de soi, se raidissant dans sa volonté, il dit avec une infinie tristesse :

— Oui, hélas! voilà bien le triste raisonnement de la femme moderne, de l'amour, de la volupté, mais point d'enfants. Ces paroles font mal dans une bouche de vingt ans, sur les lèvres de la vierge délicieuse et tendre que j'adorais à l'égal d'une sainte. Non! mon honneur d'homme se refuse à une telle compromission. *Ton corps est à toi*, m'as-tu dit tout à l'heure, pauvre victime de quelques conseils infâmes, garde-le, j'en refuse l'offrande, je n'en ai que faire. Pour cela, il y a des femmes tarifées dont c'est le triste métier, auxquelles on ne doit aucune reconnaissance de s'être livrées... Ma dignité, l'amour que j'éprouve encore pour toi, m'interdisent de te rabaisser au rang de ces malheureuses. Mon cœur avait rêvé de faire de toi ma compagne chérie et la *mère de mes enfants*. Cette chose, jamais tu ne pourras la comprendre. Avec les idées modernes que des dévoyés s'ingénient à propager dans le monde, les mots « mère de mes enfants » resteront pour toi un langage secret. Non, jamais tu ne pourras t'imaginer ce qu'il peut contenir d'amour, de respectabilité, de reconnaissance et de dévouement, car il définit toute une existence. Il représente pour un époux celle qui a donné la vie à ces petits êtres : la chair de leur chair. Celle qui les a portés dans ses flancs, les a nourris de son lait, qui a veillé avec lui sur leur chère santé, qui a contribué de toutes ses forces à créer ceux qui, à leur tour, créeront l'œuvre de vie, celle que l'on doit adorer à genoux parce qu'elle personnifie *la Famille!*... LA MÈRE!

« Eh bien, moi, je les plains, les femmes modernes. Jamais leurs oreilles ne seront frappées par l'exquise musique du mot : Maman! N'est-ce donc rien pour vous, pauvres folles, que ce mot si doux de Maman? C'est le premier que balbutie le cher petit être dès que ses lèvres mignonnes peuvent formuler un son; c'est aussi le mot que murmure le pauvre gars quand la mort vient le faucher prématurément; c'est celui qui calme dans les suprêmes souffrances, qui adoucit les plus grandes douleurs. Maman! mot si doux, mot si tendre que les tout petits prononcent avec adoration, mais aussi, mot magique, capable de tous les héroïsmes, de tous les dévouements.

« Que vous importe cela à vous, femmes modernes? Vous n'avez pas même l'instinct puissant qu'ont les femelles des animaux. Car vous osez lancer cette profession de foi : Mon corps est à moi, je suis une femme libre, une femme dans le « mouvement! » Insensées! Vous ne voyez même pas le péril, de plus en plus grand, qui guette ce pays : le vôtre. Crise de la natalité! disent les journaux, crime féminin devraient-ils dire. Notre belle France se dépeuple, des départements entiers sont envahis par les étrangers : Polonais et Tchécoslovaques, dans le Nord, Italiens dans le Sud. Ceux-là font souche, ils ignorent vos théories criminelles. Le département qu'ils ont commencé à envahir devient petit à petit à eux. Ils ont des journaux imprimés dans leur langue, défendant leurs idées à eux. Ils ont des écoles et réclament maintenant des maires de leur race. Si un jour, le malheur voulait une nouvelle catastrophe guerrière et que leur pays soit contre nous, nous aurions derrière nos lignes des ennemis à l'intérieur, car ils restent toujours, et farouchement, tels qu'ils sont nés.

« Colette, j'ai tort d'évoquer devant toi ces faiblesses sociales, elles ne peuvent t'intéresser, peut-être y verras-tu le grand chagrin qui me dévore. Il y a une demi-heure à peine, je suis entré dans cette chambre en homme dont le bonheur n'avait rien d'égal, car il allait rejoindre et tenir dans ses bras la femme follement aimée. Je vais en sortir vieilli de dix ans, avec l'impression d'être le mari trompé, bafoué, abandonné. J'ai encore trop d'amour pour te faire l'injure d'informer ta mère ou ta bonne tante Jenny du malheur qui vient de nous séparer. Pour le monde, pour les braves gens qui nous entourent, nous feindrons de rester des époux très unis. Pourraient-ils comprendre la cause de notre dissentiment, ces gens frustes et rudes comme le granit de leur pays. Ils triment dur pour nourrir leur famille, aussi ont-ils la joie d'avoir autour d'eux de chers petits êtres et d'entendre des voix semblables à celles des anges, balbutier le mot qui paye de toutes les peines, celui de « papa »! Comme je vais les envier, ceux-là, pourtant, ils me croient divinement heureux!

Il vit des larmes jaillir des yeux de Colette. A ce moment, peut-être, était-il encore possible d'éviter la catastrophe? La jeune femme sentait combien son mari avait raison. Ah! si les lèvres de Jean avaient su s'emparer des siennes, le miracle se fût produit, le corps virginal se fût offert, sans condition.

Non! Jean avait été blessé dans son orgueil d'homme, dans son amour sacré, dans son rôle d'époux. Il ne vit rien ou ne voulut rien voir. Il se pencha sur la main tremblante d'émotion et brûlante de fièvre, la baisa respectueusement et s'en fut.

Il regagna son ancienne chambre de garçon et se laissa tomber, anéanti, dans le fauteuil où, bien souvent, il avait évoqué la nuit de bonheur qui le ferait l'époux de la plus délicieuse des créatures.

Alors, l'homme si fort, si énergique, qui tenait tête, en souriant, à la coalition puissante des concurrents, qui luttait pied à pied pour empêcher le communisme d'envahir son cher pays, ce garçon, plein de courage, pleura tel un enfant.

De son côté, dans la chambre meublée avec amour, dans ce nid douillet fait pour les étreintes les plus douces, comme pour les plus passionnées, Colette sanglotait. N'avait-elle pas brisé sa vie?

Un mauvais génie avait passé par là.

VIII

Presque à la même heure, au loin, sur la terre d'Afrique, une autre victime du sinistre « Exces

sif » continuait son douloureux calvaire, imposé
par le remords d'un moment de faiblesse.

Pierre de Kerverno quittait Brazzaville, en
route pour aller prendre possession d'une concession aux environs d'Ouesso, sur la Haute-Sangha,
au sud de l'ancien Cameroun.

L'aîné des Tréogat, autrefois, gai, insouciant
et sans volonté, avait bien changé. Le malheur
est une rude école, à laquelle on doit se plier,
sous peine d'être brisé. Une fois de plus, il avait
montré sa force, en faisant du veuf inconsolable,
un tout autre homme.

Certes, l'image sacrée de la chère disparue
était plus que jamais gravée dans son cœur,
pourtant, il avait abandonné ses idées funestes
de refuser la lutte. Au cours du voyage, dédaignant la société trop bruyante de la plupart des
passagers, il s'était lié avec un vieux colon, depuis longtemps en Afrique Equatoriale. Cet
homme, venu en France avec l'espoir d'y trouver
les capitaux nécessaires à l'augmentation de sa
concession, s'en retournait, navré de son échec
et surtout de n'avoir rencontré que dédain et
insouciance chez les capitalistes, dédaigneux de
l'effort colonial.

Deux peines sympathisent toujours, les deux
hommes devinrent vite amis. Le vieux colon
confia à Pierre sa rancœur, son désespoir de ne
pouvoir tirer, faute d'argent, le prix mérité par
des années de durs travaux. Pierre lui avoua son
violent chagrin, sa détresse, la volonté qu'il avait
eue de venir essayer d'oublier par le travail, mais
aussi le découragement qui l'envahissait peu à
peu.

Talereau, le colon, était un homme simple, sans grande instruction, par contre d'un caractère profondément droit et d'un jugement sain. Dans sa bonhomie, il sut trouver les paroles utiles, bien faites pour remonter le moral défaillant et pour panser un peu la plaie saignante du cœur.

A son contact, Pierre reprit l'énergie de sa race, comprit le fatalisme des gens de son pays. Si bien qu'en débarquant à Matadi, ce port du Congo Belge, — dont nous sommes encore tributaires pour monter à Brazzaville, — il était devenu l'associé de Talereau et mettait à sa disposition les sommes importantes qu'il avait envisagées nécessaires à l'achat d'une concession.

L'âme bretonne se donne difficilement, étant défiante d'instinct, mais cet instinct la trompe rarement, quand elle doit faire le choix d'une amitié. Pierre de Kerverno n'aurait pas voulu faire l'affront à son nouvel associé, de prendre, à Brazzaville, des renseignements sur sa moralité. Il n'en eut pas besoin. Ayant été voir les personnes auxquelles son ami du ministère des Colonies l'adressait et ayant parlé de cette association contractée à bord, il ne reçut que des félicitations. Talereau était le vrai type du colon français honnête et travailleur, et sa concession, munie maintenant du nerf de la guerre, c'est-à-dire, de capitaux, devait, sous peu de temps, devenir une des plus importantes de la belle colonie de l'Afrique Equatoriale.

Autrefois, pour monter jusqu'à Ouesso, les colons empruntaient la voie terrestre, sentiers taillés au sabre d'abatis dans la brousse vierge, en passant par les pays des Sanga-Sanga et les territoires Pahouins, à ce moment farouchement anthropophages.

Le progrès a doté, à l'heure actuelle, les fleuves congolais de ferry-boats, à l'imitation des lacs et rivières yankees. Ceux-ci ont quarante-cinq mètres de long, sept de large, et une coque plate qui cale un mètre vingt seulement.

Tout en avant, sur le pont intermédiaire, pour équilibrer la machinerie, est la chaudière, chauffée au bois, dont les piles s'étagent de chaque bord jusqu'à l'arrière. Là, une machine actionne directement deux grandes roues.

Sur le pont inférieur, grouille un équipage de soixante-dix noirs qui, ainsi que tous les passagers indigènes, sont commandés par un capitaine et un mécanicien blancs. Puis, sur le vaste pont supérieur réservé aux Européens, et occupant toute la longueur du bateau, la passerelle du capitaine, tout à l'avant; presque sur l'étrave, une chambre salon, un roof comportant un certain nombre de belles cabines; à l'arrière, un autre vaste roof formant salle à manger-salon.

Pour gagner la concession, dont il était devenu le copropriétaire, Pierre de Kerverno embarqua avec Talereau sur un de ces ferry-boats et, pour la première fois, depuis la mort de sa chère Gaby, il s'intéressa à quelque chose.

Pendant des heures, le bateau suivit les dédales du Pool, entre les îlots de sable. Aux hautes eaux, lorsque tout est couvert, le fleuve atteint là 42 kilomètres de largeur.

Peu à peu, les rives s'étranglèrent entre deux chaînes de hautes collines. C'était le couloir, où deux jours de navigation lui montrèrent le Congo sous l'aspect d'un torrent redoutable, dans lequel le puissant vapeur avait peine, par instants, à étaler.

De place en place, sur la rive belge, comme sur la rive française, apparaissait une case entourée de quelques huttes; le pavillon français, congolais, parfois portugais, y était arboré. Sur un terre-plein, des piles de bûches, mesurées au cordeau : le Poste-à-bois où toutes les huit ou dix heures, les vapeurs doivent venir renouveler leurs provisions de combustible.

Et, chaque fois, la même scène, toujours divertissante, recommençait : sitôt le bateau rapproché de la rive, les nègres, nageurs exraordinaires, sautaient du bord, plongeaient, gagnaient le rivage avec les amarres et établissaient une passerelle légère. La chaîne s'organisait en toute hâte, car chaque capitaine accorde une prime à la rapidité.

Voyage un peu monotone par la répétition des mêmes sites, des mêmes incidents, au moins pendant plusieurs jours. Les indigènes, à peu près semblables, sauf les différences de tatouage et de mutilations, semblaient inoffensifs et parfois familiers. Chaque soir, quand venaient la nuit, le bateau choisissait une crique pour stopper. Le plus souvent, la brume chaude du jour, née de l'évaporation intense, s'était dissipée, le ciel brillait, dans l'admirable éclat du tropique austral. Mille bruits venaient de la forêt, de la brousse profonde. Les feux électriques du ferry-boat crevaient l'obscurité de leur lumière puissante. En bas, les noirs dormaient, roulés dans leurs couvertures et leurs nattes, tandis que l'un d'eux, parfois, jouait quelque mélopée primitive sur un instrument à lames métalliques.

Pierre aimait ces moments propres à la rêverie. Alors sa pensée allait vers sa terre natale, la mélopée indigène lui donnant l'illusion des binious. Son cœur, encore douloureux, s'emplissait du souvenir de ceux qu'il aimait, restés là-bas. Son frère Jean, si brave, si loyal, il devait être marié, maintenant, avec cette mignonne Colette, dont sa regrettée Gaby lui avait vanté toutes les qualités.

Comme ils devaient être heureux, dans ce pays de Penmarch, si beau dans sa sauvagerie; ils devaient vivre l'un pour l'autre et couler des jours de délices.

Pauvre Pierre! Il était loin de se douter du drame intime qui se jouait là-bas. Deux êtres, dont le cœur était plein d'amour, souffraient infiniment et rien ne paraissait pouvoir les rapprocher l'un de l'autre.

Un mois s'était écoulé depuis le mariage. Les choses en étaient au même point et semblaient devoir durer toujours ainsi.

Devant les tiers, Colette et Jean donnaient l'impression d'être le couple le plus uni de la terre, le mari ayant pour sa femme toutes les gâteries, toutes les gentillesses. Il en était, d'ailleurs, de même quand ils étaient seuls. La jeune femme n'avait pas un désir qui ne fût exécuté aussitôt par lui; et elle s'ingéniait à flatter toutes ses petites manies.

L'accord s'arrêtait, par exemple, à la porte de la chambre, digue infranchissable, élevée par la volonté de Jean. Il n'avait plus passé son seuil depuis la grande scène de la nuit de noce. Quand l'heure du repos journalier arrivait, il accompagnait sa femme jusqu'au seuil de cette chambre, qui aurait dû vibrer sans cesse de la plus belle chanson d'amour, la baisait affectueusement sur le front et rentrait chez lui.

Jamais ils n'avaient reparlé du motif de leur dissentiment. A quoi bon, ils s'étaient dit le premier jour tout ce qu'ils avaient à se dire à ce sujet, le mari avait émis toutes les objections que lui dictait son cœur loyal, la femme avait exposé les raisons de son attitude.

Or, Jean n'eût pas été de son pays s'il ne se fût entêté dans ses décisions, surtout quand elles étaient justes. De plus, il était religieux, sans pourtant être dévôt; et cette religion qui fait rire aujourd'hui beaucoup de gens de la ville, est, pour celui qui la pratique sans excès, une source d'énergie et de droiture. Elle apprend également le sentiment de la famille et dicte aux mariés le devoir sacré d'en créer une, sans compromission possible. L'usinier n'était pas un puritain, il était simplement un homme sain, voyant la vie dans sa beauté réelle et dédaignant toutes les complications inventées par le vice et les passions de la génération nouvelle.

Colette, non plus, n'était pas une corrompue. Bien souvent, elle maudissait son entêtement et les paroles absurdes qu'elle avait prononcées, au moment où elle allait appartenir à l'homme qu'elle adorait.

Pouvait-elle aller lui dire, maintenant, qu'elle regrettait cette folie, qu'elle consentait à tout, même à la maternité? Elle craignait de le voir se moquer d'elle, de l'entendre lui dire qu'il était trop tard, qu'un homme bafoué dans ses droits d'époux ne peut oublier. Il y avait aussi le serment sacrilège fait sur la tombe de Gaby. Il y avait enfin Trinita qui, chaque jour, à tout instant, lui rappelait ce serment et, d'après les instructions fréquemment reçues de Paris, entretenait les théories malsaines.

Non, Colette ne pouvait aller de soi-même demander à Jean d'oublier ce qui s'était passé, elle ne pouvait, non plus, s'offrir à lui comme une courtisane Ce qu'elle souhaitait de tout son cœur, de tous ses sens, c'était un acte de volonté de son mari. Avec quelle joie, avec quel sincère cri de délivrance, elle se fût abandonnée à son étreinte virile, oubliant serments et théories absurdes, lui donnant ce qui lui appartenait, en somme, mais bien décidée à rechercher l'espoir de ce qu'elle refusait si obstinément naguère.

Dans l'intention de le pousser à cela, elle essayait de multiplier les occasions. Les chefs de service étaient invités à sa table à tour de rôle, prétextes à dîners fins et à vins généreux. Peine inutile, Jean étant sobre. Son appétit robuste, sans dédaigner la bonne chère, n'y apportait pas d'attention exagérée. Il goûtait fort le bon vin, sans en approuver l'abus. Colette devait donc abandonner tout espoir de ce côté.

Elle essaya également de la musique qui passionnait Jean. Le soir, après le dîner, dans l'intimité du salon aux vieux meubles authentiques, elle se mettait au piano, seul meuble moderne, et ses doigts, guidés par son désir, couraient sur les touches d'ivoire, détaillant les plus belles pages de musique amoureuse.

Puis, sa voix pure s'élevait dans le décor familier, allant chercher l'oreille attentive de celui pour qui elle nuançait les airs les plus connus des opéras-comiques célèbres : *Tosca, Manon, Werther.* Elle cherchait les passages où l'amour était exalté et y mettait tout son talent, toute son âme. Un soir même, elle chanta l'œuvre sublime : *Les Enfants,* et crut lire dans les yeux de son mari une certaine émotion, tempérée, hélas! par quelque chose comme un sourire d'ironie. Les larmes lui montèrent aux paupières et, quand elle le quitta à la porte de sa chambre, ses lèvres cherchèrent les siennes ardemment, pendant qu'elle murmurait presque dans un sanglot :

— Viens, Jean, oh! viens, mon cher amour!

Doucement, il se dégagea et, la baisant assez longuement sur les cheveux, murmura d'une voix un peu émue, malgré tout :

— Bonne nuit, Colette, j'ai à travailler, un rapport urgent à mes amis, au sujet de nouvelles machines.

Elle alla se jeter sur son lit, désespérée, et, à partir de ce soir-là, sembla en proie à une tristesse profonde. Elle passait des journées entières à errer sur les rochers, ou à contempler la mer toujours plus ou moins agitée.

Elle avait espéré que Jean consentirait à l'accompagner dans quelques-unes de ces promenades et que, pris par le souvenir d'autrefois, il donnerait l'occasion du rapprochement ardemment désiré. Non, le jeune usinier n'avait pas le loisir d'une telle fantaisie, alors que, lui aussi,

14

l'aurait sans doute faite avec plaisir et espoir.

La campagne sardinière était très dure, le mécontentement grondait, entr'ouvrant la porte aux fauteurs de désordre toujours prêts à profiter des moindres incidents.

Le poisson, sans être trop abondant, donnait bien; en revanche, les commandes donnaient mal. La continuation de la vie chère empêchait le stockage des grosses maisons d'épicerie, sans cesse à la merci des fluctuations.

Tributaires de ces commandes, les usines sardinières devaient restreindre leurs achats et leur fabrication. Les malheureux pêcheurs, victimes réelles de cet état de chose, ne trouvaient pas la vente régulière de leur pêche, même à l'usine Kerverno, qui achetait pourtant trois ou quatre fois plus que les autres.

Loyalement, avec son désir constant d'aplanir les difficultés et de venir en aide aux travailleurs, Jean avait demandé à ses concurrents de se réunir et de discuter la situation. Là, il avait essayé de les convaincre, avec sa franchise coutumière.

— Oublions nos différends, messieurs; agissons pour le bien de tous. Ne croyez pas que je veuille faire de la philanthropie. Nous avons besoin des pêcheurs, comme ils ont besoin de nous. Certes, je suis d'accord avec vous pour constater que les commandes ont baissé, dans une proportion assez inquiétante, alors pourquoi n'esseyons-nous pas de faire le stockage que les maisons d'épicerie n'osent risquer. Vous avez reçu, comme moi, les délégués des pêcheurs, et vous savez qu'ils sont disposés à baisser momentanément leurs prix, plutôt que d'être obligés de jeter leurs sardines à la mer.

« Répondons par le même geste de conciliation, entendons-nous pour acheter le plus possible.

Un des concurrents l'interrompit avec ironie :

— Pourquoi n'achetez-vous pas toute la pêche? Vous êtes déjà un fanatique et un habitué de l'accaparement.

— Et vous un fanatique et un habitué des imbécillités. Je n'accapare rien du tout, je travaille simplement pour le bien de tous, même pour le vôtre, en vous protégeant contre la colère de ceux que vous avez le devoir de faire vivre. Cette colère, sachez-le, conduit au communisme, à la grève, à la révolution. Vous ne voyez pas l'intérêt de la masse, vous ne voyez que le vôtre et la satisfaction de vos rancunes personnelles. Actuellement, j'achète trois fois ce que vous achetez. Eh bien, je suis disposé, malgré tout, à faire une entente avec vous et à régler mes achats sur les vôtres, au prorata de l'importance des usines, à condition que nous achetions tout.

Malgré l'obstruction de l'interrupteur si vertement relevé, cette démarche raisonnable fut adoptée. Jean et l'un de ses concurrents furent chargés de s'entendre avec les pêcheurs et de s'occuper de la répartition des poissons.

Cet arrangement, dû entièrement à l'initiative du jeune usinier, se trouva ratifié par les pêcheurs et leur reconnaissance s'en augmenta. Encore une fois, il avait empêché le malheur.

Le souci de la vie des autres captait tout le temps de Jean, l'empêchant de s'occuper de la

sienne. Colette prit pour une indifférence totale
l'absence de son mari et son manque de curiosité au sujet de ses promenades. Elle pensa qu'il
s'inquiétait fort peu de ce qu'elle pouvait faire
et d'un accident possible si vite arrivé.

Elle ne se doutait guère que le vieil Yvon, un
des plus anciens ouvriers de l'usine, très alerte
et très sportif, malgré son âge, avait été chargé
par le patron de la suivre et de la protéger. Il
s'acquittait, d'ailleurs, fort bien de sa tâche,
avec discrétion.

Il parcourut donc derrière Colette tous les
coins de rochers, sans essayer de percer les
causes de cette ambulante mélancolie, qui amenait très souvent des larmes dans les beaux
yeux. Peut-être même ne s'en apercevait-il pas,
croyant fermement, comme les amis, que la
femme de M. Jean devait être idéalement heureuse.

Il ne s'étonna pas non plus de la voir aller
presque chaque jour au Toul-an-Ifern. Naïvement, il pensa : « Cette caverne paraît beaucoup
lui plaire! » Il la voyait entrer dans la grotte et,
en se dissimulant derrière les rochers, il attendait patiemment sa sortie.

Sa curiosité aurait pourtant été mise en éveil
par le manège de celle qu'il était chargé de
suivre.

Comme toutes les personnes broyant du noir,
Colette était devenue superstitieuse. Un jour
qu'elle passait près du Toul-an-Ifern, elle se
rappela soudain la légende racontée par Jean :
La sorcière Ar-mer-noz exauçait presque toujours les vœux des jeunes vierges. L'idée d'es-

sayer lui vint, tenace, n'avait-elle pas tout pour réussir, puisqu'elle était neuve, épouse théorique seulement?

Elle pénétra dans la grotte immense et, se plaçant à l'entrée du plus grand des couloirs, cria par trois fois, en tremblant un peu :

— Ar-mer-noz, Ar-mer-noz, Ar-mer-noz, rends-moi le cœur de celui que j'aime. Vois, je suis une vierge et on dit que tu exauces toujours leurs vœux. Ar-mer-noz, Ar-mer-noz, Ar-mer-noz, rends-moi le cœur de mon Jean bien-aimé!

L'écho répéta plusieurs fois, en se mourant, les deux mots : Jean aimé, mais c'est en vain qu'elle attendit la réponse de la sorcière.

Presque chaque jour, elle revint et répéta sa prière.

Ah! pourquoi la destinée s'obstine-t-elle à se jouer ainsi des sentiments humains; plusieurs fois, Jean, intrigué par les visites fréquentes de sa femme au Trou de l'Enfer, et racontées par Yvon, avait été sur le point d'aller l'y surprendre. Chaque fois, un motif sérieux l'en avait empêché, continuant ainsi le jeu de la fatalité.

Aurait-il pu résister à cet appel vibrant d'un cœur en détresse? Sans doute pas, et puis Ar-mer-noz, la femme de la nuit, l'ancienne druidesse de l'île de Sein, serait, sans doute, intervenue et aurait poussé dans les bras l'un de l'autre ces deux êtres faits pour s'aimer.

Le mal triomphait encore.

Jacques Blue, fidèlement tenu au courant de ce qui se passait chez Colette, se réjouissait et espérait avec impatience le moment d'intervenir.

Pauvre Colette! Pauvre Jean!

TROISIÈME PARTIE

I

Colette était à Paris depuis quinze jours. Elle habitait dans l'ancien appartement de Gaby. En effet, avant de s'éloigner, Pierre en avait laissé la libre disposition au jeune ménage pour les voyages qu'il aurait à faire dans la capitale.

Cet appartement était délicieusement meublé. Pendant leurs fiançailles, Pierre et Gaby en avaient soigneusement choisi chaque meuble, chaque tenture, chaque tableau, cherchant à en faire un cadre digne de leur bonheur, qui devait être si tragiquement fauché.

Il était situé rue de Prony, à cent mètres à peine de la rotonde du parc Monceau. Comme tout y était un souvenir précieux. Pierre n'avait pas voulu s'en débarrasser. D'ailleurs, plusieurs termes étant payés d'avance, par lettre, il avait prévenu son cadet de cet arrangement.

Ce retour de la jeune femme était consécutif à une violente discussion des deux époux, discussion amenée, surtout, par l'état de nervosité de Colette. Jean n'avait pas voulu comprendre son repentir, il continuait à la traiter, avec affection certes, mais nullement en épouse; cela la désespérait.

Rien n'avait eu prise sur la volonté de fer du Breton têtu, ni les fins dîners aux vins généreux,

ni la musique, ni les tentatives de rapprochement : ce Jean paraissait ne rien voir! Il s'absor-
bait de plus en plus dans la défense de ses intérêts, particulièrement de ceux des pêcheurs et
ouvrières. C'est par la bonté et la philanthropie
qu'il entendait combattre le désordre possible et
l'anarchie.

Ces principes humanitaires avaient, tout
d'abord, soulevé l'enthousiasme et l'admiration
de Colette. Maintenant, ils commençaient à lui
devenir odieux. En effet, ils lui enlevaient la présence de son mari pendant toute la journée;
c'était ainsi la priver de la plus grande partie des
moyens à employer pour reconquérir cet amour
ardent, si sottement et si profondément brisé par
elle.

Trinita, l'Arlésienne, n'ayant pas la moindre
idée du rôle néfaste que Jacques Blue lui faisait
jouer auprès de cette charmante jeune femme,
s'était prise pour elle d'une véritable affection.
En son for intérieur, elle se persuadait que son
intervention sauvait Colette d'un très grand danger, aussi rendait-elle fidèlement compte au romancier de tous les événements dont la maison
de Penmarch était le théâtre. Trahison plus
grave, elle lui dévoilait les sentiments les plus
intimes de sa maîtresse. En effet, celle-ci, dans
son besoin d'être un peu consolée, confiait à sa
femme de chambre ses chagrins particuliers.

Le nouvel état d'âme de celle qu'il convoitait
inquiétait fort le maniaque. Ah! s'il allait échouer
au moment de toucher à la réalisation? A la
vérité, un rapprochement prochain entre les deux
époux paraissait inévitable. Il le pressentait en

enrageant. A son sens, le mari de cette femme divine, n'ignorant rien de son violent repentir et de son amour exacerbé, ne pouvait la faire languir longtemps. Au surplus, Jacques Blue le savait, Colette était prête à renier la révolte qui l'avait dressée contre Jean, le soir du mariage. Il savait qu'elle appelait cette étreinte de toute sa chair vierge, maintenant enfiévrée.

Il fallait empêcher cela à tout prix.

Séparer les jeunes gens était le seul remède à envisager. Comment y parvenir? Un moment, il avait pensé suggérer à Trinita d'essayer de son charme pour séduire Jean et de se faire surprendre dans ses bras. A la réflexion, il avait compris sa stupidité. Ordonner une aussi douteuse démarche à la brave fille, si dévouée à sa personne, c'eût été la mettre en défiance, la fâcher, la rendre hostile, car elle l'aimait et se croyait payée de retour.

De plus, Kerverno, avec ses principes austères de droiture, de rigide loyauté, ne ferait pas l'injure à celle qui portait tout de même son nom de la tromper sous son toit. Enfin, dernier et solide argument, après une pareille trahison de sa femme de chambre, Colette la chasserait avec horreur et il perdrait, de ce fait, le seul allié qu'il avait dans la place.

Un autre résultat était encore possible, cette perfidie, dévoilée, serait de nature à précipiter les événements et à amener ce qu'il s'efforçait d'empêcher par tous les moyens.

Le hasard complice devait, encore une fois, servir ses tortueux desseins.

Afin d'arracher Jean à l'emprise de ses buts

sociaux, Colette eut l'idée de voyager. La promiscuité constante du chemin de fer et de l'hôtel, les moments très fréquents d'intimité, qui sait même, l'obligation d'une chambre commune pour cause d'abondance de voyageurs. étaient des occasions uniques de tenter le miracle.

Un soir, elle aborda donc la question au moment où Jean l'embrassait affectueusement sur le front, en remerciement de lui avoir chanté le grand air de *Manon* et la prière de *La Tosca*.

S'efforçant de mettre dans sa voix toute la séduction possible, elle lui dit, avec la moue diaboliquement engageante d'une Korrigane :

— J'ai rencontré tantôt la femme du notaire de Pont-l'Abbé, elle m'a demandé si j'étais souffrante. Ai-je donc si mauvaise mine?

— En effet, Colette, depuis quelque temps, tu es un peu pâlote. Après-demain, le médecin de Quimper vient faire sa visite à notre dispensaire, veux-tu le consulter?

— Merci, Jean. Je ne me crois pas malade, j'éprouve simplement le besoin de changer d'air, je voudrais voyager.

— C'est une excellente idée. Va, à Nantes, voir ta tante Jenny, elle en sera ravie, n'ayant pu venir à notre mariage; ou bien encore, va voir ta mère à Nice avant qu'elle ne parte en Algérie avec son mari. Au fait, tu pourrais l'accompagner dans ce voyage, il t'intéresserait fortement, j'en suis certain.

— Certes, s'il était fait avec toi. Autrement, il ne me dit rien. Pourquoi ne m'accompagnerais-tu pas? La saison sardinière est close ou à peu près, tu peux donc t'absenter facilement.

— Erreur, Colette, ma présence est plus que jamais nécessaire ici. J'ai à surveiller l'installation et la mise en marche des conserves de langoustines. Nos braves pêcheurs vont se livrer avec ardeur à cette pêche fructueuse. Ce que je n'emploierai pas partira sur Quimper où un mareyeur débrouillard les expédiera de tous les côtés. Une pareille organisation est assez délicate à mettre en train.

— Toujours tes idées de bonheur universel, mon pauvre Jean. Tu sacrifies celle qui porte ton nom à tes utopies humanitaires.

— Celles-là me donnent au moins la satisfaction de penser qu'elles contribuent un peu à créer de la joie autour de moi. En les appliquant, je remplis mon devoir de Français et d'homme de cœur.

— Espères-tu une reconnaissance quelconque de la part des gens pour lesquels tu te donnes tant de mal, oubliant même ton repos.

— Ils l'ont déjà prouvé, et quand je t'ai parlé autrefois de ce qu'ils avaient fait, tu n'as pas pu t'empêcher de t'écrier, avec ton cœur de bonne petite fille : « Oh! les braves gens! ».

— Alors, oui!... Ils ont bien changé. Maintenant, ils montrent les dents et ont des exigences sans cesse croissantes. Sois-en bien assuré, le jour où ils auront les dents trop longues pour tes moyens, ils n'hésiteront guère à t'abandonner, toi et tes belles idées.

— J'aurai fait, au moins, ce que ma conscience me dicte. En tout cas, je n'abandonnerai pas ces malheureux, au moment où de mauvais bergers cherchent à s'emparer du troupeau désemparé.

— Bref, tu joues l'office du chien!

— Pourquoi non? Le chien est un brave animal courageux et dévoué, même à celui qui le roue de coups. Je fais, si tu veux, l'office de chien, mais je saurai montrer aux loups que mes crocs sont solides. Je ne crains nullement de me mesurer avec eux.

— Jean, pourquoi t'exposer ainsi? Il y a eu un malentendu entre nous, nos idées se sont heurtées; je suis prête à faire amende honorable, mais je voudrais, au moins, entourer ma défaite de quelques illusions. Faisons tous deux un voyage délicieux, d'où nous reviendrons époux.

— Je le regrette, ma petite Colette, je viens de te le dire; il m'est impossible de quitter Penmarch dans le moment.

— Alors, ma santé t'importe peu, tes ouvriers passent avant ta femme!

— Ma femme peut faire le voyage qu'elle désire, mes ouvriers sont tenus ici.

— Tu la laisserais partir seule, sans t'inquiéter d'elle?

— Elle s'appelle Colette de Tréogat de Kerverno, cela me suffit. Puis, elle a les meilleurs chaperons que l'on puisse rêver : une bonne tante Jenny, le dévouement fait femme, ou une mère aimante et un beau-père attentionné, rempli d'affection. Nos ouvriers, par contre, nos pêcheurs n'ont personne pour réfréner leurs mauvais instincts.

Devant ce calme, une colère froide, mélangée de dépit, commençait à envahir le cerveau de la jeune femme. Jean était bien le maître, il savait imposer sa volonté ferme et rien ne pourrait le faire fléchir, ni le faire revenir en arrière. Cet état de nervosité empêcha la pauvre Colette de faire le geste qui, inévitablement, les eût jetés dans les bras l'un de l'aûtre : avouer à son mari qu'elle renonçait à ce voyage, désirant l'aider dans son œuvre, et renier franchement, dans un baiser, les théories malsaines émises par elle en un jour mémorable.

Au contraire, elle tint tête et dit avec vivacité :

— Soit, je vais partir seule; cependant, je n'irai ni chez ma mère, ni chez ma tante, sauf si tu m'imposes ton autorité maritale pour m'obliger à rester ici, ou à voyager sous une surveillance impitoyable. Je veux aller à Paris.

Le calme de Jean ne se démentit point.

— Tu devrais le savoir, Colette, dit-il avec un bon sourire, je n'ai qu'une parole. Le divorce répugne à ma conscience, mais je te laisserai libre de tes actions, sous le nom qui est le nôtre. Cela me suffit, ma chère amie, c'est pour moi la meilleure des surveillances. Va à Paris, amuse-toi, profite de ta belle jeunesse, regarde bien autour de toi la vie atrocement vide de toutes ces poupées mondaines. Après cela, peut-être verras-tu plus clair dans ton âme, qui est restée, malgré tout, celle d'une enfant brave et sincère. Décide toi-même la date de ton départ; dès demain, je ferai virer à ton nom, dans une banque parisienne, l'appoint nécessaire à toutes tes fantaisies. Je préviendrai en même temps la concierge de la maison où Pierre et Gaby avaient leur appartement. Tu y seras à merveille, il est très luxueux, admirablement situé et mon pauvre aîné sera heureux d'apprendre que tu y as passé de bons jours.

Ce calme affectueux aggravait l'irritation de la jeune femme, elle se leva et quitta la pièce en disant :

— Je partirai demain soir! Ton indifférence vis-à-vis de moi va crescendo et me devient insupportable. Je te donnerai de mes nouvelles une fois par semaine, cela te suffira, car je suis bien peu de chose pour toi.

Elle sortit en claquant la porte, laissant Jean abasourdi de cette nervosité extrême. Le sourire affecteux, qu'il avait gardé sur les lèvres, disparut subitement pour faire place à un hochement de tête profondément triste.

— Colette, ma Colette chérie, murmura-t-il avec un soupir, ne reviendras-tu pas l'âme si tendre que j'adorais avec tant de ferveur. Je souffre encore plus que toi de notre vie séparée; mais ne le devines-tu pas, je ne puis faire abnégation du devoir sacré de tout homme qui se respecte : perpétuer la race.

Trinita, comme chaque soir, attendait sa maîtresse pour la mettre au lit, elle réprima avec peine un cri de joie en apprenant le départ à destination de Paris. Aussitôt, les deux femmes se mirent à préparer les malles.

Colette emportait peu de toilettes, car elle comptait s'en faire faire à la dernière mode. Profondément vexée de l'insouciante confiance de son mari, elle s'en allait avec l'intention de ne point se priver de distractions.

Entendons-nous : l'idée de mal faire ne lui venait même pas à l'esprit, son âme loyale s'y serait opposée. Elle voulait seulement se donner l'illusion d'être tout à fait libre.

Le lendemain, dès l'ouverture de la poste, un télégramme partit à l'adresse de Jacques Blue, Trinita lui annonçait *leur arrivée*. Aucun nom, des indiscrétions pouvant être commises. D'ailleurs, le Maître devait comprendre, l'Arlésienne n'en doutait pas.

Dans l'intention d'éviter une nouvelle scène ou des reproches acidulés, Jean avait dit à Colette :

— A notre dernier déjeuner, ma chérie, nous ne pourrons pas être en tête-à-tête, je me suis vu dans l'obligation de retenir à notre table un ingénieur, qui doit installer le matériel destiné aux conserves de langoustines.

Cet ingénieur, homme d'une cinquantaine d'années, était très versé dans les questions sociales et parfait patriote.

Au cours du déjeuner, il s'efforça de parler de choses et d'autres; pourtant, au dessert, la conversation s'aiguilla sur le terrain de la natalité, assez gênant pour la jeune femme.

Ignorant le différend survenu entre le jeune couple, il se laissa aller à traiter ce sujet, avec virulence.

— Hélas, Monsieur de Kerverno, la dépopulation de la France augmente de jour en jour; les naissances se font de plus en plus rares, et notre pays se laisse même distancer par les plus petites nations. Je viens de passer deux mois en Bourgogne, dans la Côte-d'Or, pays de ma femme; eh bien, je puis vous l'affirmer, ce sont les familles d'immigrés, d'étrangers au pays, qui apportent le plus fort contingent de nouveau-nés. Un très grand nombre de fermes sont achetées, tout autour de notre propriété, par des Belges, des Luxembourgeois, des Suisses et de soi-disant Lorrains. Presque tous les garçons de culture sont Polonais. Tous les ouvriers engagés pour l'exploitation des forêts sont des Italiens ou des Espagnols. On refaisait un chemin dans la commune, eh bien, les pierres en étaient cassées par des Portugais! Nous vivons positivement dans une France de Babel. C'est l'invasion partout : or, nous avons fait la guerre pour l'empêcher! Le Gouvernement parle de politique coloniale, comment exploiterions-nous des colonies, puisque nous ne sommes même pas assez nombreux pour exploiter la France. C'est elle qui devient la colonie la plus chérie des Etrangers.

« Heureusement, votre belle Bretagne ne connaît pas encore ce danger de la dépopulation. Il en pousse ici de ces vaillants petits gars et de ces superbes fillettes qui deviendront, un jour, elles aussi, de bonnes mères de famille. Ah! ils ne boudent pas à la besogne chez vous, j'en suis persuadé, vous leur donnerez le bon exemple, Monsieur de Kerverno.

Une telle conversation mettait Colette sur des charbons ardents; elle ne voulut pas en entendre davantage, se leva de table, et, tendant la main à l'ingénieur, s'excusa aimablement :

— Vous me pardonnerez, Monsieur, de vous fausser compagnie; sur le point d'aller prendre le train à Quimper, je dois me hâter.

Quelques heures après, Jean l'installait dans

le sleeping qu'il avait retenu par téléphone, les adieux furent brusqués, et le rapide les emporta, elle et Trinita, vers la capitale.

La séparation des époux ne parut empreinte d'aucune émotion, mais tous deux avaient le cœur extrêmement serré. Pendant le voyage, Colette ne put fermer l'œil, le regret de sa conduite la hantait. Quant à Jean, il trouva la maison bien vide et travailla une partie de la nuit.

A huit heures du matin, le rapide entrait en gare d'Orsay. Les deux femmes firent porter leurs bagages dans une automobile de la compagnie, retenue également par télégramme : Jean pensait à tout.

Ni l'une, ni l'autre ne virent un homme caché parmi les gens attendant les voyageurs. Jacques Blue venait repaître ses yeux de la victime qu'il pensait déjà tenir.

■

— Enfin, une lettre de Pierre !

Jean poussa ce cri de joie en cueillant dans son courrier matinal une lourde enveloppe, portant le cachet de l'Afrique Equatoriale, et sur laquelle il reconnaissait l'écriture ferme de son aîné.

Depuis sept mois qu'il s'était expatrié, c'étaient les premières nouvelles de l'absent. Ce long silence contribuait, pour une bonne part, au chagrin de Jean.

Après le départ de Colette, il s'était mis à broyer du noir, son entourage commençait à s'en apercevoir. Lui, toujours si vivant, si plein d'entrain, paraissait, maintenant, profondément triste; il restait parfois des heures entières, assis dans son bureau, les yeux dans le vague.

C'est qu'il se sentait bien isolé, le brave garçon : son aîné parti à l'aventure et gardant un mutisme absolu; Colette, installée à Paris et qui, butée dans son mouvement de rancune incompréhensible, donnait à peine de brèves nouvelles.

La lettre de Pierre venait apporter un peu de joie dans cette quasi-solitude. En de longues pages, d'où la gaîté était naturellement exclue, mais pleines de courage et de volonté, le veuf contait sa vie avec quelques élans d'humour.

Il était maintenant installé à Ouesso, après une randonnée pour ainsi dire dépourvue d'incidents, mais où ses qualités d'observateur avaient pu se donner libre cours. L'indolence et la paresse des indigènes l'avaient surtout frappé. Il s'expliquait assez bien leur misère physiologique en voyant leur promiscuité, leur indifférence à toute culture autre que le nécessaire.

En un style élégant et précis, il peignait sa visite à Loukolela, où son compagnon et lui avaient été les hôtes de l'Administrateur colonial. Là, comme partout ailleurs, il avait été frappé de la difficulté d'inculquer un peu d'hygiène à ces êtres semi-primitifs.

Sur le seuil d'une case, assise dans une attitude d'absolue passivité, une vieille montrait ses jambes couvertes de répugnants ulcères, d'autres promenaient des enfants étiques, et, à la ques-

15

tion qui leur était posée, répondaient, en montrant l'abdomen des pauvres êtres : dysenterie.

Accroupies, une pipe de fer aux dents, les femmes, le torse nu sous d'affreux « avantages », regardaient à peine passer les Européens, sans doute pour ne point s'éveiller de leur torpeur physique et morale. La coquetterie féminine survivait en elles, cependant, car il en était deux qui y sacrifiaient : L'une, assise, maniant avec dextérité une longue aiguille métallique, peignait l'autre couchée. Opération où à l'agréable se joignait une utile élimination insecticide. Près d'elles, une affreuse bonne femme nue, le corps saupoudré de rouge en signe de veuvage, minaudait, en quête d'un cœur.

Encore plus loin, une « très vieille » montrait son phénomène, à l'âge rare de cinquante ans.

Parmi les indigènes, en effet, devenir vieux est une anomalie. Les cheveux blancs sont une rareté. Lorsque l'un d'eux est malade, quand ses proches ont perdu l'espoir de le guérir, on le porte dans la forêt; là, les fourmis rouges et les fauvres ont tôt fait de solutionner le cas.

Jean lisait tous ces détails avec avidité et aussi avec satisfaction, n'y voyait-il pas la preuve certaine du sauvetage de son frère? Oui, il avait remonté le courant fatal, conduisant au suicide, après la mort de l'être aimé. Il reprenait goût à la vie, puisqu'il observait celle des autres.

Une autre preuve, et celle-là, indéniable, l'aîné des Kerverno parlait de chasse, d'exploits cynégétiques dignes de lui; n'avait-il pas été désigné, trois ans avant, comme le premier fusil de Bretagne, à un concours de tir régional.

Il racontait donc à son frère une chasse à l'hippopotame en chaloupe à vapeur. Tir assez difficile. En troupe, éparpillés sur un vaste espace, les animaux montrent leurs énormes mufles à des distances très variables. Il faut choisir, pour tirer, les quelques secondes où la tête sort de l'eau, heureux encore quand, au moment de presser la détente, le Noir qui, armé d'un chasse-mouches, a pour mission de vous éviter les piqûres des insectes, et surtout de la redoutable mouche tsé-tsé, ne vous envoie pas un coup de son instrument.

La bête, lorsqu'elle est touchée à mort, coule pour ne reparaître que quelques heures après.

Il parlait aussi d'une femelle de chimpanzé, tuée par lui à Boyeuge, une belle factorerie en plein pays de chasse; cette femelle exposée près d'une case. Le petit, presque nouveau-né, avait été pris vivant. Bercé dans les bras d'un jeune employé européen, il glapissait lamentablement en grimaçant de sa bouche édentée. Il réclamait le sein. On allait le lui donner artificiellement, à la cuiller, afin d'essayer de l'élever. La mère était là, adossée à un arbre, ses yeux intelligents, toujours grands ouverts, comme si elle eût été encore vivante.

« Et railleras-tu, mon cher Jean? continuait-il. Je ne pouvais me défendre d'une certaine émotion à contempler ce cadavre presque humain. Au milieu de ces noirs à face camarde, et souvent d'une bestialité cruelle, la grande bête se rapprochait encore plus du profil de l'homme. Ses oreilles, brunes et développées, étaient régulières. Ses lages incisives entartrées et ses ongles mal tenus étaient ceux de bien des gens. Les attaches se révélaient fines, la poitrine peu saillante, les pieds aussi perfectionnés que les mains; supériorité dont aucun de nous ne saurait se targuer. La peau, rose bleuté, était peu velue. L'ensemble dénotait la force, la souplesse, l'énergie.

« J'ai éprouvé quelque satisfaction à ces constatations, dans le cas où, comme des savants l'affirment, j'avais là, devant moi, une cousine éloignée, issue d'un ancêtre commun.

« Seulement, nous, nous avons pour nous l'éducation, ou tout au moins, nous nous en vantons.

« Pendant plusieurs jours, dans un paysage uniforme et grandiose, nous avons remonté la Sanga, la rivière sans rives, aux centaines de grandes îles recouvertes d'une impressionnante végétation vierge : arbres gigantesques, lianes en rêts, fougères monstres, essences inconnues, fleurs paradoxales.

« De temps en temps, la muraille de la forêt s'entr'ouvrait et laissait apercevoir les sombres profondeurs de la voûte évocatrice de mystère et d'effroi. Quelle faune prodigieuse devait vivre là, à peine révélée, de temps en temps, par quelques singes, huchés au faîte dépouillé des troncs géants, par un caïman entr'aperçu, ou bien de grands oiseaux.

« Le blanc est déjà redouté. Tout fuyait à l'approche de notre ferry, décelé, de loin, par le bruit de ses aubes. Mais je sais qu'on trouve là, éléphants, buffles et bœufs sauvages, ces derniers les plus redoutés, des antilopes cheval et des caïmans innombrables.

« Pas d'habitants. Quelques rares postes à bois. Un seul village très sauvage. D'autres existèrent. Une invasion pahouine les détruisit, dans la seconde moitié du siècle dernier. Et maintenant, c'est la solitude grandiose, troublante, vraisemblable image de ce que fut le monde aux temps préhistorique.

« Parfois, le soir, quand la terre répandait ces senteurs violentes particulières aux tropiques, nous stoppions en un point favorable. A la lumière électrique, un menu « bien parisien » nous était servi par un maître d'hôtel, très occupé de ses servants noirs, demi-sauvages et fort appliqués à se céder la besogne les uns aux autres. La conversation était celle d'une maison dans le train. Peut-être, dans l'ombre, quelque pachyderme, quelque fauve, ou bien un terrifiant grand saurien nous regardait-il, étonné, à travers les tamis métalliques nous protégeant des bestioles, beaucoup plus redoutables que les monstres.

« Et de se sentir si « confortable », comme disent les Anglais, et si proche de la nature primitive dans ce qu'elle a de redoutable, on éprouvait une indéfinissable et très spéciale jouissance. »

Jean relut plusieurs fois les nombreuses pages; il aimait tant ce grand frère si bon, si brave, et maintenant si malheureux. Comme cette lecture aurait également intéressé Colette, surtout la Colette d'autrefois, tandis que celle d'aujourd'hui lui paraissait complètement changée.

A quoi pouvait-elle s'occuper à Paris, depuis un mois qu'elle y était?

Dans ses lettres courtes, elle parlait de théâtre, de concert, de courses, de réunions mondaines; le tout, sans aucun détail. Les missives étaient dépourvues d'affection, d'abandon, on y devinait comme une intention de faire de la peine.

S'il en était ainsi, elles réalisaient amplement leur but, car le pauvre Jean souffrait beaucoup. Lorsqu'on a cru avoir rencontré sur sa route la femme rêvée, celle qui sera passionnément aimée jusqu'à la mort, et qu'on en a fait la compagne de sa vie, avec l'idée de subir, presque à genoux, sa despotique influence, une quasi-rupture avec cette femme, à laquelle on appartenait corps et âme, est la pire, la plus effroyable des souffrances.

Jean sentait son cerveau s'obscurcir, se fêler comme s'il eût été ébranlé par un coup de poing furieux. Son cœur débordait de fiel et d'amertume. Par moments, il vaguait de droite et de gauche, comme un aveugle privé de son chien et ne sachant plus où aller. Il se sentait peu à peu devenir fou, chaque pas le faisait se heurter à quelque souvenir délicieux ou mauvais.

Avec une rage de souffrir plus encore, il envenimait lui-même la plaie saignante de son cœur.

Il ne voulait plus croire à rien et, maintenant, tout dans l'existence lui semblait odieux, frelaté, malsain, artificiel et faux. Il aurait voulu être mauvais, à son tour, faire souffrir la femme qui avait renié ses serments, menti à son idéal.

Comme il n'en pouvait plus, comme il doutait de tout, comme il était persuadé que jamais plus il ne serait heureux, une idée se mit à germer dans son esprit tourmenté : vendre tout, usine, château, terres et partir rejoindre son frère là-bas, au fin fond de l'Afrique Equatoriale. Là, tous deux, ermites des solitudes tropicales, y attendraient paisiblement la mort.

Voilà où en était réduit le pauvre Jean au cinquième mois de son mariage : conséquence bien imprévue de la prophétie d'un mendiant égyptien, sur la terrasse du *Shepheard's Hotel*, au Caire.

Il ne voulait pourtant donner à personne le spectacle de sa détresse et s'occupait fiévreusement de sa nouvelle affaire de langoustines.

De ce côté, au moins, il aurait pu se réjouir, la pêche donnait merveilleusement et les bateaux ramenaient des quantités intéressantes de ces petits crustacés. Un moment même, il craignit d'être débordé.

Ses concurrents, devenus raisonnables, semblaient vouloir signer avec lui un traité de paix. Ils ne pouvaient manquer de reconnaître la loyauté de ce garçon courageux et honnête. Avec sa droiture habituelle, il les avait invités à venir visiter ses nouvelles installations et leur en avait fait les honneurs sans orgueil, sans vanité, leur donnant toutes les indications nécessaires, le prix des machines, leur rendement, leur fonctionnement.

Cette façon d'opérer plut infiniment à ceux qui étaient venus avec l'intention de se moquer. Des rapports détaillés partirent pour toutes les sociétés, vantant les profits à réaliser et parlant également de l'initiative et de l'amabilité de M. de Kerverno.

Deux de ces sociétés seulement envisagèrent la création de ce nouveau produit alimentaire, mais toutes, sans exception, recommandèrent la trêve avec le jeune industriel, reconnu pour avoir une autorité énorme sur les ouvriers et sur les pêcheurs.

Heureux du résultat obtenu par la création de ces nouvelles machines, Jean se mit encore à la disposition de ses rivaux, s'offrant à les aider dans la mise en marche et encourageant les bateaux à redoubler d'ardeur dans cette pêche nouvelle.

Pourquoi fallait-il que ce garçon si dévoué, si bon, fût à ce point malheureux, par celle dont il attendait la plus grande félicité. Pourtant, le pauvre Jean ignorait un fait inquiétant et s'en serait affolé s'il l'avait connu : Colette était devenue l'amie de Suzy Delsol.

Cette amitié nouvelle était le résultat d'un long et patient travail dont Trinita, toujours le jouet de son initiateur, avait été la cheville ouvrière.

Dès son retour à Paris, profitant de la grande liberté que lui accordait Mme de Kerverno, l'Arlésienne s'était précipitée chez Jacques Blue, avec l'espoir d'être payée en amour par le Maître reconnaissant. Faux calcul : elle s'était heurtée à une froideur hostile. Dans sa candeur, elle n'avait pu en deviner la raison. Au vrai, sachant Colette à Paris et se croyant tout près du but, le maniaque se sentait hors d'état de faire une infidélité à son idole des prochains jours.

Ne pouvant croire à la durée de cette nouvelle attitude, Trinita revenait, chaque jour, au studio de Montsouris et se laissait facilement tirer les vers du nez par le cynique personnage. Colette ne se cachait pas de sa femme de chambre. Dès le matin, elle lui disait ses projets concernant la journée et ne lui dissimulait rien de ses sentiments.

Tout était rapporté à Jacques Blue. Celui-ci n'ignorait donc pas que l'attitude de froideur, tenue par la jeune femme vis-à-vis de son mari, était feinte et qu'elle souffrait énormément de leur séparation. Ses lettres brèves et rares étaient uniquement destinées à intriguer Jean et à l'attirer à Paris. Elle saurait alors lui prouver que son amour était toujours aussi vivace qu'avant son départ pour la Cochinchine, et que cet enfant refusé par elle, dans un moment de folie, elle l'appelait de tout son être.

En effet, la pauvre petite pleurait, sans cesse, de ce qu'elle appelait : « la grande indifférence de son Jean ». Son accès de révolte s'était évaporé dès le premier tour de roue du rapide l'emportant vers la capitale; elle avait même eu l'idée de repartir, immédiatement, se jeter aux pieds de Jean, de lui crier sa peine profonde et sa volonté arrêtée d'être à lui : la mère de ses enfants!

Mais la crainte de se voir encore repoussée avait arrêté cet élan. D'ailleurs, les conseils de Trinita, cette autre novice, lui enseignant que le meilleur moyen de faire accourir un homme était de paraître l'oublier, avaient aussi leur part dans ce *statu quo.*

Ces histoires de théâtres, de concerts, de courses, de réunions mondaines n'étaient qu'inventions destinées à faire accourir plus vite le mari indifférent. En réalité, Colette ne sortait pour ainsi dire pas, elle avait assisté, tout au plus, à trois ou quatre concerts, où son tempérament musical trouvait le plus agréable et le plus sain des divertissements.

Chaque jour, elle écrivait à Jean une lettre pleine de tendresse, livrant son état d'âme réel, faisant sa confession complète. Hélas! cette lettre ne partait pas, elle la rangeait soigneusement dans un coffret et ce coffret était enfermé dans son armoire.

Jean lirait, sans doute, un jour, ce courrier secret de la Colette d'autrefois et il ne regretterait pas de lui avoir pardonné un moment de folie, ou plutôt de peur de la mort et de mysticisme, créé par la fin tragique de la pauvre Gaby.

La lettre qui partait à Penmarch — car il y avait deux lettres! — était écrite à contre-cœur, et si le style en était sec et indifférent, la page avait été couverte de baisers.

Après la rencontre de Suzy Delsol, rencontre voulue et admirablement machinée, ce programme devait changer.

Une fois, Colette avait projeté de se rendre, le lendemain, à un concert de musique russe, organisé au bénéfice d'anciens personnages de la cour du tzar, tombés dans le dénûment. Le nombre des billets était limité, la réunion, à peu près privée, ayant lieu dans un hôtel particulier de Passy.

Le soir-même, Trinita en avait parlé chez Jacques Blue, devant Suzy Delsol. Celle-ci était justement en excellentes relations d'amitié avec les propriétaires de l'hôtel particulier; c'était donc un moyen unique de rencontrer Colette et peut-être de la circonvenir.

L'échange rapide d'un coup de téléphone apprit à la divorcée qu'il y aurait toujours une place pour elle au concert. Quand Trinita fut retournée chez sa maîtresse, les deux fervents des théories antiprocréatrices purent établir leur plan d'action.

Et le soir de la réunion musicale, pendant l'entr'acte, Colette fut présentée par la maîtresse de maison, grande amie de M. Ducastey, à Suzy Delsol. L'amie du romancier sut jouer la surprise joyeuse et s'écria :

— Parbleu, je connais parfaitement Mme de Kerverno. J'assistais, il y a près de deux ans, au mariage de son beau-frère Pierre avec notre pauvre et chère Gaby.

Sa voix trouva, juste à temps, une intonation douloureuse, à laquelle se laissa prendre la naïve Colette. D'ailleurs, pour se la rendre tout à fait favorable, la divorcée lui dit encore, en souriant :

— Je suis d'autant plus heureuse de votre mariage avec Jean, que j'avais, moi, prévu ce mariage le jour même de celui de Pierre, en vous voyant si jeunes, si beaux tous les deux, si bien faits l'un pour l'autre. Comme vous devez être heureux !

Et l'état d'âme de son interlocutrice étant à sa merci, elle se lança dans un éloge dithyrambique de Jean. Cela mit la jeune femme tout à fait en confiance et la poussa à se livrer à quelques confidences, sur la raison de sa présence à Paris.

En stratège adroite, Suzy Delsol se garda bien d'émettre la moindre réflexion, ni d'exposer la plus petite de ses idées néfastes. Elle se contenta de plaindre sa nouvelle connaissance de tout son cœur, de lui souhaiter un prompt retour au bonheur conjugal et de lui offrir son concours le plus dévoué, s'il pouvait lui être utile.

Après le concert, elle offrit à Colette de la déposer chez elle avec son landaulet, ce que la jeune femme accepta volontiers. Quand elles se quittèrent, quelques minutes plus tard, l'épouse de Jean avait accepté d'accompagner Suzy Delsol, le lendemain, à une exposition de peinture.

Dès lors, ce fut tous les jours une nouvelle sortie, à la grande joie de Jacques Blue, car il croyait son heure sur le point de sonner. Aussi écoutait-il avec peine la sage Suzy Delsol lui conseiller de ne pas encore se montrer.

La rencontre eut pourtant lieu à l'Opéra-Comique, pendant une représentation de *Carmen*. Colette, ayant accepté une place dans la loge de Suzy Delsol, dut se trouver en présence du romancier polémiste, qu'elle n'avait pas rencontré depuis le mariage de Gaby. Comme la première fois, le voisinage du néo-malthusien lui causa une grande répulsion.

Avec toute sa franchise, elle ne put cacher à la divorcée l'impression pénible que lui procurait son ami, et elle la pria de lui éviter toute nouvelle rencontre avec cet homme, dût-elle pour cela cesser de la voir.

Après le spectacle, Jacques Blue, venu aux renseignements chez Suzy Delsol, afin de connaître l'effet produit et les dispositions prises pour une nouvelle rencontre, entra dans une violente colère. Il déclara tout net que Colette serait à lui de gré ou de force.

Et l'audacieuse Suzy lui promit d'arranger cette partie.

III

Jean de Kerverno ayant quitté la table vers vingt et une heures, allait se mettre au travail dans le petit bureau de sa villa, quand on sonna violemment à la porte de la grille. Ce coup de cloche provoqua les aboiements sonores des deux chiens bas-rouges affectés à la garde de l'usine.

Devançant la vieille bonne, toujours lente à se remuer, Jean alla recevoir ce visiteur nocturne et se trouva en présence du sous-officier de la marine, chef télégraphiste au sémaphore de Saint-Pierre-de-Penmarch, à côté du célèbre phare d'Eckmühl.

— Je vous demande pardon, Monsieur de Kerverno, de vous déranger à cette heure tardive. Le bureau du télégraphe de Quimper m'a exceptionnellement passé une dépêche pour vous, en me priant de vous l'apporter sans retard.

— Une dépêche pour moi? Je croyais que le bureau de l'Etat était interdit aux télégrammes privés et civils?

— Il l'est, en effet, monsieur de Kerverno, sauf, pourtant, dans un cas grave. Le receveur de Quimper a sans doute jugé celui-ci tel, car, vu l'urgence, il n'a pas voulu attendre à demain pour vous le communiquer; or, le bureau de

Pont-l'Abbé étant fermé à cette heure et, à plus forte raison celui de Penmarch, il m'a chargé de ce soin.

Le jeune industriel était devenu subitement pâle, une dépêche urgente au point de lui faire emprunter la voie d'un bureau de l'Etat, l'inquiétait : quel nouveau malheur allait-il apprendre?

Sa main tremblait légèrement en prenant le papier que le sous-officier lui tendait, en ajoutant :

— Je me mets à votre disposition pour la réponse, Monsieur, et j'attendrai ici que vous en ayez pris connaissance.

— Pas du tout, mon ami, entrez prendre un bon verre de cognac, votre obligeance vaut bien cela, je suppose.

Le marin pénétra dans la cour, mais il ne put suivre le jeune homme qui, en trois ou quatre enjambées, était dans son bureau et lisait le télégramme décacheté en hâte. Il ne put réprimer un cri de violente douleur et dut se cramponner à la table pour ne pas s'effondrer.

Le télégramme était de Trinita et disait ceci :

« *Venez toute urgence Paris, premier train possible, Madame court grave danger demain soir, en grâce ne laissez pas commettre pareille chose, accourez immédiatement rue de Prony ou télégraphiez-moi heure d'arrivée, irai attendre gare.*

« TRINITA. »

Que pouvait signifier pareil appel de secours, quel grave danger courait Colette et quelle horrible chose ne devait-il pas laisser commettre?

Jean était, avant tout, un homme d'action, le danger l'aiguillonna, une fois de plus, et dissipa complètement l'espèce d'abattement morne qui l'avait envahi depuis quelques jours.

Il fit entrer le marin, resté en station dans l'antichambre et, lui ayant offert un bon verre de vieux cognac, il lui dit d'une voix redevenue calme :

— Merci encore, mon brave ami. Pour ma réponse, elle n'a pas besoin d'emprunter la voie du Gouvernement. Je la mettrai moi-même à Quimper, en prenant le train de sept heures du matin, c'est le seul qu'il me soit permis de prendre. Si, par hasard, le receveur de Quimper vous demandait s'il y a une réponse, transmettez-lui ma reconnaissance. J'irai le voir à mon retour.

Jean était complètement redevenu le Kerverno des jours de bataille. Après avoir chargé sa vieille domestique de lui préparer un modeste bagage, il se rendit chez son fondé de pouvoirs et lui donna des instructions précises; les autres ne devaient point pâtir de sa peine, les rouages de la machine ne pouvaient pas s'arrêter par suite d'un dérangement de celui qui la faisait marcher.

Commandant à ses nerfs, il prit cinq heures de repos et se fit conduire à Quimper où, ayant mis un télégramme à l'adresse de Trinita, il prit le rapide. Il s'efforçait d'être calme : à quoi bon se casser la tête et s'affoler puisqu'il ne pouvait savoir exactement ce qui se passait?

*
**

Au fait, que signifiait cette dépêche de la femme de chambre et quel était le grave danger qui menaçait Colette? Tout simplement celui d'être livrée à l'*Excessif*, au cours d'une de ces gymnogynies qui faisaient sa joie.

L'Arlésienne trahissait-elle donc, maintenant, celui qui l'avait tenue à sa dévotion, pour lequel elle avait une grande affection reconnaissante et qui l'avait placée chez Colette? Oui! la malheureuse savait maintenant n'avoir été qu'un jouet entre des mains impures, et son honnêteté native se révoltait de s'être rendue la complice d'une pareille infamie. Elle pouvait réparer sa faute, en empêchant le mal, et voulait s'y employer de tout son cœur.

Comment Trinita s'était-elle aperçue de la duplicité du vieillard, auquel, dans sa candeur, elle avait presque dressé un piédestal, pour ce qu'elle avait cru être de l'amour et de la bonté à son égard?

Le hasard, maître des choses, avait, d'un coup de cartes, retourné la situation. Après avoir donné de nombreux atouts au vice il allait distribuer au bon droit des atouts égaux pour les combattre.

Le soir de cette révélation, Colette étant invitée à dîner chez son oncle Ducastey, Trinita, libre de son temps, s'était rendue chez Jacques Blue plus tôt que de coutume. Au moment d'entrer, elle avait surpris entre Suzy Delsol et Bernadi, le secrétaire du Maître, une conversation édifiante, qui devait l'éclairer sur le rôle qu'elle jouait.

Le romancier, mandé d'urgence par Krirachowski, étant absent, et Colette ne pouvant tenir compagnie à la divorcée, celle-ci était venue trouver le metteur en scène habituel des fêtes païennes. Elle voulait régler avec lui celle qui allait être offerte au maniaque, lors de l'admission de cette mijaurée, qui se refusait à comprendre les beautés du corps libre et se languissait d'amour pour son sardinier breton.

Pervertie comme un véritable démon, Suzy Delsol considérait en ennemis et poursuivait de sa rancune ceux ou celles qui n'abondaient pas dans ses théories désagrégeantes. La ridicule honnêteté de Colette (ridicule à son sens!) devait pousser cette Euménide, jamais hésitante, à la sacrifier honteusement, afin de satisfaire ses mauvais instincts.

Convoqué par elle, Guy de Bernadi s'était rendu chez le Maître, en l'absence de ce dernier, car Suzy Delsol, ayant ses faiblesses, trouvait opportun de donner à ce beau garçon l'intérim.

Désirant profiter de l'influence prise par cette femme sur son patron, le Sicilien en oubliait ses principes : « Rien pour rien », et se prêtait sans déplaisir à la fantaisie de la belle créature.

C'est donc ce soir-là que Trinita, en possession d'une clef du studio, y pénétra comme d'habitude, avec l'espoir de surprendre le Maître au travail et de passer quelques instants assise à ses pieds. Ces instants lui paraissaient charmants, qui lui rappelaient ses illusions d'un récent passé.

Elle ne fit aucun bruit à la porte extérieure, mais, comme elle allait franchir le seuil du studio, elle entendit la voix de Bernadi :

— Mica s'occupera de réunir, demain, toute la grande figuration, disait-il avec son léger accent italien, rien que des numéros de choix.

16

« L'Excessif » aura un cadre bien assorti à son nouveau Greuze, la Colette.

Trinita n'ignorait pas le surnom de « L'Excessif » adopté par les intimes pour désigner Jacques Blue. Celui de Colette qui lui était accolé dans cette phrase lui mit l'esprit en éveil. Au lieu de se montrer, comme elle se disposait à le faire, tendant toute son attention, elle écouta.

Bernadi continuait avec un peu d'appréhension dans la voix :

— Dites-moi, Suzy, croyez-vous qu'aucune complication n'est à craindre? Cette Colette ne paraît guère consentante, elle peut se défendre, briser, hurler, ameuter le quartier, enfin créer un joli scandale.

— Mon pauvre Guy, tu baisses décidément; mes précautions seront prises, la Colette en question ne pourra ni crier, ni ameuter le quartier, elle acceptera ce second mariage sans le moindre geste.

— Alors, ce sera un attentat à...

— A ce que tu voudras... Il le faut bien, puisqu'à aucun prix, elle ne veut entendre parler de notre grand homme. Or, moi, j'ai décidé qu'elle lui appartiendrait, pour ma satisfaction personnelle d'abord, pour la haine que je lui porte ensuite, et afin de coiffer son idiot de mari. J'aurai soin de lui verser une préparation savamment composée, qui en fera une chose vivante mais absolument inconsciente.

— Si elle te dénonce à son mari, si elle porte plainte?

— Aucun danger, tout est prévu. Premier point, la scène étant artistement truquée, elle aura l'air de se donner et, de ça, nous prendrons une photo au magnésium. En second lieu, mes invitées seront des amies sur lesquelles il est facile de compter : elles déclareront avoir été amenées par Colette, pour assister à son initiation volontaire.

— Trinita sera-t-elle de la fête? Non, n'est-ce pas? car cette fille paraît vénérer le Maître et ne consentirait pas, sans protester, à voir ce spectacle; tout au moins, elle en éprouverait une peine violente.

— Vous me prenez donc pour une insensée, mon pauvre Guy. L'Arlésienne ne sait rien et ne doit rien savoir. Cette sotte créature ne s'est même pas aperçue qu'elle n'était qu'un jouet entre les mains de « L'Excessif ». Que l'amour qu'il lui a prodigué, au début de leur liaison, était uniquement destiné à Colette, dont il lui a même donné le nom, dans ses moments d'extase. Par le fait, sa présence auprès de la petite Kerverno était destinée à nous l'amener pieds et poings liés, en agitant le fantôme de Gaby morte en couches, à la faire se refuser à son mari pour nous conserver cette primeur; à l'amener dans notre orbe où nous la tiendrons à discrétion. Maintenant, elle ne s'aperçoit même pas qu'on en a assez de sa présence et qu'on voudrait la voir aux cinq cents diables!

La pauvre Trinita entendait cela; ces paroles pénétraient dans son cœur comme autant de coups de poignard. Ainsi, elle n'avait été qu'un instrument aux mains de ce cynique. Avait-elle été stupide de lui livrer avec joie sa seule richesse, si farouchement refusée aux beaux gars de chez elle! Ah! c'était à une autre que s'adressaient, au travers d'elle, les déclarations passionnées, que ce vieux fantoche clamait à genoux! Dans les premiers temps, Bernadi lui avait bien dit quelque chose ressemblant à cela, mais elle avait fini par se figurer que sa beauté avait triomphé du souvenir de l'autre, car Jacques Blue semblait lui témoigner une réelle affection.

Ainsi, cet hypocrite l'avait placée chez Colette uniquement pour servir ses idées séniles, car il ne pensait pas le moins du monde à sauvegarder la jeune femme. Ses idées mêmes, elle le voyait, n'avaient pour mobile, ni la beauté de la race, ni le bien de l'humanité, mais uniquement le service de son immoralité. Sans s'en apercevoir, elle avait trahi la confiance de cette douce Mme de Kerverno, auprès de laquelle elle était plus en amie qu'en servante. Elle avait détruit un ménage fait pour le bonheur, elle avait poussé à la souffrance deux êtres qui s'adoraient. Elle avait même été la complice — ah! l'effroyable souvenir! — d'un crime affreux, la mort de Gaby, puisqu'elle avait gardé le silence sur les agissements des misérables.

Tout cela passa en quelques secondes devant ses yeux, à la vitesse d'un film cinématographique. Elle eut l'idée de se ruer dans le studio, et de crier à ces deux bandits qu'elle ne serait pas plus longtemps l'instrument de leurs infamies. Non! c'eût été les mettre en éveil, il valait mieux temporiser, savoir quelles étaient leurs véritables intentions et s'employer à les déjouer.

De nouveau, elle écouta.

Suzy Delsol expliquait :

— Demain soir, Colette dîne avec moi, au dessert, je lui verserai, sans qu'elle s'en aperçoive, un liquide composé par Termonide. Cet anesthésique a la propriété d'entretenir l'inconscience, durant quelques heures, tout en laissant l'aspect de la vie. Pas de sommeil, un état de veille qui enlève toute volonté. Quand l'effet de la drogue est terminé, on revient normalement à son état naturel, sans le moindre malaise et sans aucune souvenance, comme après le sommeil hypnotique. Je l'ai d'ailleurs essayé sur moi et sur des amies consentantes. C'est véritablement merveilleux. Colette se retrouvera donc elle-même vers une heure du matin. Elle ne sera pas sans soupçonner une surprise de choix, car elle sera brisée, un peu douloureuse, peut-être même aura-t-elle l'impression qu'il lui manque ce je ne sais quoi dont son imbécile de mari n'a point voulu prendre livraison.

— Vous paraissez le détester, cet homme, ma chère Suzy?

— J'ai pour lui, non de la haine, mais du mépris, comme pour tous les puritains qui veulent combattre à outrance mes idées et mes goûts. En plus de cela, le mari de Colette, après le départ de son frère, nous a presque chassés de la maison de celui-ci. Pensez-vous qu'on puisse oublier pareil procédé?

— Alors, c'est entendu. Demain soir, tout sera prêt à vingt-deux heures et demie, comme d'ordinaire.

— Bien! L'initiation aura lieu à vingt-trois heures. Ce serait très drôle et cela ferait le bonheur de « L'Excessif », si Colette prenait goût à la chose et venait demander chaque jour une nouvelle initiation.

Sur un double éclat de rire, Trinita entendit soudain des baisers. Les deux complices, satisfaits de leur accord, étaient en train de le parapher. L'Arlésienne en profita pour déguerpir, sans qu'ils puissent se douter que leur entretien avait eu un témoin.

Elle ne reprit complètement son calme qu'en arrivant vers la Seine : il était alors dix-neuf heures et demie.

Qu'allait-elle faire? Comment empêcher ce nouveau crime? Prévenir Colette? Celle-ci pourrait-elle la croire? Dans le moment, elle était entichée de cette Suzy Delsol, au point de sortir chaque jour avec elle. Prévenir la police? Là, aussi, la croirait-on? Et puis, c'était scabreux de mêler la police à une affaire pareille. La réputation de sa maîtresse n'y gagnerait rien. Il y avait bien l'histoire d'avortement, mais aucune plainte n'ayant été déposée par le mari, voudrait-on en faire cas?

C'est alors qu'elle pensa à Jean. A ce mari qu'on voulait bafouer, qui adorait sa femme et que celle-ci adorait également. Trinita lui était aussi très dévouée, car il savait ne pas être trop distant et se montrait aimable et doux à son égard.

Certes, celui-là n'était pas un homme à accepter l'aventure. Il importait de le prévenir, de lui télégraphier de venir sans retard. Il prendrait le rapide, une auto ou un avion, mais il serait là, à temps pour empêcher l'abomination.

L'autobus, pris par elle au sortir du studio,

remontait la rue Montmartre, elle descendit à l'arrêt de la rue Réaumur, courut au bureau télégraphique de la Bourse et expédia un message, qu'elle savait propre à donner des ailes à M. de Kerverno.

Au guichet, on ne put lui répondre que le télégramme serait distribué le soir même, les bureaux de province et surtout de petits pays fermant de très bonne heure. On promit, cependant, de mettre la mention « *en toute urgence* », qui suffirait peut-être à le faire passer en spécial, avant d'autres.

Elle remercia avec émotion et partit, un peu rassurée. A son sens, la personnalité de l'usinier était assez importante pour motiver un acheminement privilégié, à l'annonce d'un grave danger couru par Mme de Kerverno.

Elle ne dormit point et ne respira vraiment que le lendemain matin, quand elle reçut la dépêche de son maître, dépêche adressée à son nom et ainsi libellée :

« *Vous remercie de ce dévouement. J'accours, débarquerai gare d'Orsay dix-neuf heures vingt. M'y attendre si possible.*

« JEAN DE KERVERNO. »

Rentrée assez tard de chez M. Ducastey, Colette dormait encore dans sa chambre. Trinita en fut bien aise. Elle ne saurait rien de l'arrivée de son mari. Il arriverait, il la protégerait. Mieux valait ne rien dire à la jeune femme de ce qui se tramait contre elle, ainsi elle ne pourrait demander aucun compte à Suzy Delsol.

La divorcée avait trop l'esprit de repartie pour demeurer à court ; elle n'aurait aucun mal à accuser Trinita de grotesque chantage, dût-elle pour cela retarder la fête de quelques jours.

Et puis, l'Arlésienne voulait aussi se venger. Elle ne pouvait supporter d'avoir été ridiculisée et dupée à ce point. Le sang méridional, un instant endormi, bouillonnait dans ses veines; elle se sentait fort capable d'aider M. de Kerverno dans le châtiment des coupables.

IV

En arrivant à la gare d'Orsay, Jean se heurta tout de suite à la femme de chambre de Colette. Celle-ci ne put se retenir d'un mouvement de grande commisération, en voyant le ravage opéré par la nuit d'angoisse sur le visage de ce jeune homme, toujours si plein de vie et de volonté.

Il la reconnut et ses premières paroles furent :

— Au nom du ciel! Trinita, que se passe-t-il?

Elle prit sa valise de voyage et l'entraîna vers un taxi. En route, elle entama son pénible récit.

Avec une grande loyauté, une sincérité entière, elle lui avoua le rôle odieux qu'elle avait joué inconsciemment auprès de sa femme, comment on s'était servi de la mort de la malheureuse Gaby pour briser l'élan d'amour de la pure jeune fille.

Ce fut seulement dans l'appartement de la rue de Prony, qu'elle osa parler des pratiques abortives, causes de la fin tragique de sa belle-sœur et principe invoqué pour déterminer la mésentente conjugale.

Livide, les traits contractés par la colère et

l'indignation, les poings serrés comme pour tuer, il revivait en imagination le calvaire de son aîné. Soudain, Trinita le vit se diriger vers le téléphone et avancer la main pour le décrocher.

— Qu'allez-vous faire, Monsieur? lui cria-t-elle.

— Téléphoner au commissaire de police de faire arrêter ces misérables.

— Votre frère a donné sa parole de gentilhomme de garder le secret.

— Moi, je n'ai fait aucun serment, mon devoir est de couper court à ces crimes, d'empêcher de nouvelles victimes.

— Ils ont pris leurs précautions! Termonide possède une lettre dans laquelle M. Pierre de Kerverno s'accuse formellement.. Quel scandale! Il rejaillirait sur vous et sur la mémoire de la pauvre petite morte. Vous ne pouvez faire cela.

Jean, accablé, se laissa tomber sur une chaise. Cette fille avait raison, il avait les bras liés, ne pouvait rien. Il s'écria avec un accent de rage indicible :

— Soit! pas de police, mais je pourrais, au moins, casser la figure à ce fauve en folie, à ce Jacques Blue, assassin innombrable.

— Vous en aurez le loisir, tout à l'heure, Monsieur, et vous pouvez compter sur moi pour vous y aider. Je veux détruire ce qu'a produit le rôle odieux qu'ils m'ont fait jouer; je veux venger les victimes de ma faute involontaire, et me venger aussi d'avoir été si lâchement trahie par cet homme. J'ose espérer, Monsieur, que vous me pardonnerez un jour.

— C'est déjà fait, Trinita, vous n'étiez qu'un

instrument. Puisse cette terrible leçon me ramener l'amour de Colette.

— Son erreur a duré quelques heures à peine; le lendemain même, elle était prête à tout accepter de vous. Hélas! fort de vos droits sacrés, *vous n'avez* pas voulu faire le premier pas, et elle ne l'a pas *osé*. Vous vous êtes *butés* tous deux, il suffit de vous parler à cœur ouvert pour mettre fin à ce cauchemar.

— Si vous pouviez dire vrai, Trinita, s'il m'était permis de retrouver ma Colette, jeune fille pure et enthousiaste de tout ce qui était beau, de tout ce qui était noble.

— Ah! quand vous voudrez lire les lettres qu'elle vous écrivait chaque jour.

— Vous faites erreur, Trinita, Colette m'écrivait, une fois par semaine, quelques lignes insignifiantes.

— Composées, celles-là, avec l'unique pensée de vous attirer ici. Elle ne menait pas cette vie de plaisirs racontée par dépit, non, elle restait ici chaque soir. Mais elle vous écrivait tous les matins une longue lettre où elle mettait tout son cœur; ces autres lettres sont ici, elle vous les donnera.

— Pauvre chère Colette. A-t-elle dû souffrir de mon indifférence voulue, de ma froideur qui, la nuit, me faisait crier de souffrance. Ah! il faut la trouver tout de suite, empêcher ce guet-apens.

— Elle dîne avec Suzy Delsol, Dieu sait où, nous les chercherions en vain. Croyez-moi, Monsieur, mieux vaut attendre le moment propice.

— Et si nous n'arrivions pas à temps?

— Cette Suzy tient trop à sa mise en scène,

elle prend un grand plaisir à ces exhibitions et, pour rien au monde, ne voudrait en changer le cérémonial. De plus, elle a recommandé à Bernadi, le secrétaire des plaisirs du Maître, que tout soit parfaitement réglé. Comme cela est déjà arrivé, on cachera Madame au commanditaire de la fête jusqu'au moment voulu.

— Ma pauvre Colette aux mains de ces êtres répugnants; ils vont la salir de leurs regards !...

— Rassurez-vous !... Elle ne sera pas présentée dévêtue. D'ailleurs, nous serons intervenus avant même que l'Excessif, c'est le sobriquet de Jacques Blue, ait pu effleurer Madame. Dans quelques instants, nous irons nous installer au petit café situé juste en face du studio. De là, nous verrons entrer les initiés. Comme j'ai les clefs, à notre tour, nous entrerons, pendant les danses et, soigneusement cachés, nous attendrons le moment de nous montrer. Personne n'osera s'opposer à votre intervention. D'ailleurs, en fait d'homme, il n'y a que Bernadi et Mica, Jacques Blue ne compte pas, et j'en fais mon affaire.

— Seraient-ils cinquante, ils verraient ce que vaut un Breton qui défend son honneur et sa femme; je n'ai besoin d'aucune arme, mes poings me suffisent et, pour une telle besogne, ils se feront aussi durs que le granit de chez moi.

Trinita le pensa aussi; elle n'en prit pas moins la précaution de glisser un petit browning dans son réticule.

Si Suzy Delsol avait trié ses invitées sur le volet, de leur côté, Mica et Bernadi s'étaient mis en frais de belles figurantes. Ils connaissaient la libéralité du Maître satisfait.

Dissimulés derrière les rideaux du petit café-bar, Jean et Trinita avaient vu entrer le stock des amies et des malheureuses salariées. Elle devait réprimer l'impatience de l'usinier dans les yeux duquel passaient des lueurs de meurtre.

Enfin, l'Arlésienne se leva et sortit; d'un mouvement brusque d'automate, M. de Kerverno la suivit. A leur tour, tous deux s'introduisirent dans la maison maudite. Les clefs de la femme de chambre leur permirent de ne point signaler leur présence. D'ailleurs, les danses étaient commencées, tous les yeux étaient fixés sur les gymnogynes qui évoluaient sous la clarté bleutée des ampoules. Les sons majestueux de l'orgue couvraient tous les bruits.

Leurs pas étouffés par les tapis épais, ils se glissèrent dans un petit réduit, dissimulé par des tentures, et communiquant directement avec l'atelier. Trinita avait été jusque-là en suivant un couloir très rarement utilisé.

De là, par les interstices des tentures, ils pouvaient ne rien perdre des détails de la séance. Mais Jean ne voyait rien du spectacle, il n'examinait que les spectateurs, cherchait Colette. Il ne la vit pas. Soudain, la lumière s'éteignit, Bernadi voulait rééditer l'effet tant apprécié le soir de l'initiation de la pseudo-Colette. Quel triomphe n'obtiendrait-il pas à cette heure, puisqu'au symbole de la désirée allait se substituer la vraie Colette? Animé du désir continu des effets sensationnels, il lui avait fait faire la même toilette qui avait servi à Trinita et qui devait rappeler à Jacques Blue le souvenir de Penmarch.

Dans l'obscurité faite pour quelques secondes, une voix s'éleva :

— Maître, dit Suzy Delsol, en disciple fervente, je t'apporte la récompense de tes efforts pour la cause que nous chérissons toutes : la libre disposition de notre corps et son dérivatif, la stérilité. Cette récompense, c'est la femme de ton ardent désir. Par toi, peut-être, deviendra-t-elle une de nos plus ferventes prêtresses. Jusqu'à présent, elle a pu résister aux entreprises d'un mari brutal, tu peux donc être son véritable initiateur, ô Maître !

Un rugissement de joie sauvage fut la réponse de l'Excessif. Il se leva et allait s'élancer, quand, sous le pinceau d'un projecteur, apparut un tableau non prévu au programme. Colette était bien là, en effet, ravissante dans la toilette bleu pastel, semblable à celle qu'elle portait au mariage de Gaby, mais près d'elle et la soutenant, formidable dans son attitude de folle colère, la haute silhouette de Jean de Kerverno, son mari.

A sa gauche, se tenait l'ancienne favorite, Trinita, les yeux fulgurants, dardant sur tous ces gens un regard de haine et de mépris.

Des cris de rage partirent de la bouche de l'Excessif et de celle de Suzy Delsol. Celle-ci commanda à ses séides.

— Cinq mille francs pour vous si vous jetez cet homme à la porte et ramenez la femme parmi nous.

Jean eut un éclat de rire et lança :

— Qu'ils y viennent, tes pandours! Je leur répondrai par le geste et par le cri de guerre des barons de Pont-l'Abbé : *Tue pour ton roi et ta reine!*

Alléchés par la prime promise, et se croyant très forts, Bernadi et Mica se précipitèrent. Hélas pour eux! Kerverno ne s'était pas vanté, ses poings avaient la dureté du granit de sa Bretagne. Le danseur reçut le premier coup de poing, envoyé comme par une catapulte, et s'écroula en geignant. Jean n'attendit pas l'attaque du secrétaire, il fit un pas en avant et son poing lancé frappa à l'estomac du Sicilien, qui fut plié en deux, comme un journal.

Il y eut un moment de stupeur. Colette étant droguée, insensible et inconsciente, regardait autour d'elle avec des yeux vagues. Il lui semblait vivre dans un pays inconnu d'elle, au milieu de bizarres étrangers.

Jean se tourna vers Trinita et lui dit à voix haute :

— Ma chère petite, emmenez Colette, je ne veux pas, si elle revient bientôt à la raison, que ses oreilles chastes puissent entendre ce que j'ai à dire à ces créatures, ni qu'elle assiste à la correction qui va suivre, correction méritée par ce sinistre pantin, déguisé en pitre de baraque foraine. Je ne regrette qu'une chose, c'est qu'il n'y ait pas ici un homme propre, à l'esprit sain et droit pour approuver ou blâmer mes accusations.

— Vous vous trompez, Monsieur, je suis à vos côtés! Venu ici pour gagner ma vie, j'ai cru devoir une certaine reconnaissance à Jacques Blue, qui m'avait recommandé dans ses relations. Sur mon honneur, je n'ai pas suivi des yeux une de ces orgies, trop heureux de pouvoir satisfaire ma passion de la musique. Je crois avoir payé suffisamment ma dette à ce dévoyé et j'ai l'intuition qu'il se préparait un crime. C'est pourquoi, me voici, tout entier à votre disposition.

Le musicien était sorti de l'ombre, où il se tenait d'ordinaire, et venait se ranger aux côtés de l'honnête homme. C'était un garçon d'une trentaine d'années, bien bâti et fort capable d'une aide efficace. Jean le remercia d'une inclinaison de tête et, sans plus s'occuper des deux métèques, qui se relevaient péniblement, il marcha sur Jacques Blue. A l'exemple de ses néfastes congénères, celui-ci était d'une couardise repoussante et tremblait de tous ses membres. Jean lui faisait l'effet de la statue du Commandeur.

De sa main de fer, le Breton voulut l'empoigner, tandis que le musicien éclairait toute l'électricité. Mais cette main n'enleva que la toge prétexte, le Maître s'en étant évadé, comme une chrysalide de sa coque. La chrysalide donne naissance généralement à un beau papillon. Ici, il n'en sortit que l'enveloppe humaine, sénile et peu récréante d'un être usé.

Les odalisques tarifées de la fête s'étaient réfugiées sur les divans, se dissimulant de leur mieux. Jean leur montra leur pitoyable *Excessif,* en disant :

— Voici le grotesque pantin que vous semblez honorer. Eh bien, son âme est encore plus répugnante que son corps. Ce n'est point le lamentable spectacle de celui-ci que je voulais vous montrer, mais celui de la correction qu'un homme sain devrait infliger à celui dont la tâche fut de pourrir l'humanité. Malheureusement, si je venais à toucher d'un doigt seulement à ce rebut, dont la loque macabre semble provenir du tableau d'Holbein, il s'écroulerait en poussière. Je lui fais donc grâce du fouet, récompense réservée aux jeteurs de sorts.

Toutes les figurantes, recroquevillées en des poses pudibondes, admiraient ce mâle superbe qui savait à ce point se faire respecter. Suzy Delsol, écumante de rage et de colère, de voir sa machination infernale détruite et forte de sa qualité de femme, en présence d'un gentilhomme, prit l'offensive :

— De quel droit, monsieur de Kerverno, venez-vous vous imposer en défenseur de la morale dans une maison privée.

— Du droit qu'un mari possède de venir défendre sa femme, tombée aux mains de proxénètes et de malfaiteurs.

— Votre femme n'a subi aucun dommage, elle vient de partir avec celle qui nous a trahis, allez donc les rejoindre; l'offense que vous venez de faire à notre ami pourrait vous coûter cher.

— Bien moins, certainement, que vos relations avec un certain docteur Termonide! Certes, je vais partir, craignant de m'avilir à votre contact, pourtant ce ne sera pas avant d'avoir dit à toutes ces détraquées ce que pensent d'elles les hommes honnêtes, comme doivent l'être leurs maris, leurs pères, leurs frères.

— Vous défendez vos théories, ne puis-je défendre les nôtres?

— Soit, j'accepte la discussion et vous me trouverez prêt à réfuter toutes vos propositions malsaines. Vous êtes femme, c'est uniquement à cette qualité que vous devez de n'avoir pas été fustigée aux lieu et place de ce demi-cadavre qui s'enveloppe d'un rideau. Parlez, je vous écoute.

— Voilà, puisque vous acceptez le duel oratoire, j'ai bien le droit de vous dire ceci : ignorants des progrès de la civilisation et de la science modernes, vous vivez, en aveugles, dans un trou au fond duquel ne pénètrent point leurs clartés. L'amour n'a jamais connu de loi!

— Pour son malheur!... Non, nous ne sommes point les fossiles décrits par vous. Pour voir les étoiles en plein midi, il suffit de descendre au fond d'un puits. Nous voyons donc, nous, ce qui, dans l'éblouissement, vous échappe.

— Alors, vous savez ce qu'est l'amour moderne? Dans notre monde, le plus nombreux, celui de toutes les classes mélangées au surnombre des métèques, la virginité n'est plus recherchée, ni en honneur, comme une croix de ma mère : c'est un risque, donc un inconvénient...

— ...fait pour priver des tristes jouissances dont s'encombrent les gens des villes, je vous l'accorde! Vos jeunes filles, pour se débarrasser de cette médaille, dépréciée, elle aussi, la livrent contre argent.

— Pas toujours! L'argent n'en a, la plupart du temps, que la fiction! Comme on doit se débarrasser de cette chaîne, afin de naviguer en eaux libres, on la fait couper par un petit ami, mieux équipé pour pratiquer ce sport, c'est ce qu'on appelle *s'affranchir*.

— Laissez-moi pleurer sur le sort de ces mal-

17

heureuses dévoyées. Dès ce moment, de femmes qu'elles étaient, elles sont tombées au rang des animaux, que l'on voit se poursuivre dans les rues. L'amour n'a rien à voir avec ces misères. Non seulement, l'amour ne connaît pas la loi, mais la loi ne connaît pas l'amour, puisque, pour les juges, l'amour sert de *labarum* aux trop nombreux assassins, dont la main a été armée par la jalousie, c'est-à-dire par un sentiment désordonné. Même la jalousie, dans presque tous les cas, ne peut être invoquée, car elle serait le résultat d'un amour pur sombré dans la honte. Or, chez vous, dans les villes, où se rendent ces jugements, l'amour pur existe-t-il? Entre-t-il un sentiment naturel et respectable dans les unions destinées à se rompre par le revolver?... Non, cent fois non! Un grenier et un cœur ne sont plus de mode : Daphnis et Chloé feraient rire aujourd'hui. On se marie par intérêt, sans amour; et, sans amour aussi, on va jouir avec qui n'est pas le mari. Ceci par haine contre la contrainte qui vous a été imposée par la vie. Les associations signées entre une caisse et une évaporée ne sont point conclues en vue de la postérité.

— N'est-ce pas mieux que de faire des enfants en série, s'ils viennent contrefaits, étiolés, portant sur eux le germe de tous les rachitismes, de l'avarie ou de l'ivrognerie... L'ivrognerie, la voilà bien la plaie des campagnes et des côtes. Vous devez en savoir quelque chose, monsieur de Kerverno, dans vos pays si prolifiques.

— Pas plus qu'elle est la plaie des villes, hélas! Oui, l'ivrognerie devrait et pourrait être réprimée; il n'y aurait qu'à ordonner le régime sec,

— Anerie inutile. Voyez comme cela se pratique aux Etats-Unis.

— Oui, là-bas, les gros sacs de dollars ont leur bootlégers et peuvent continuer à s'intoxiquer; le peuple, par contre, commence à ressentir, avec la force et la santé de sa jeunesse, les bienfaits d'une telle loi. Certes, chez nous, nous aurions aussi la fraude, la contrebande, mais cette loi salvatrice ne risque point d'être votée. Voyez-vous nos députés décréter, non la fermeture radicale des marchands de vin, cabarets, mais simplement contraindre ces établissements à ne travailler que huit heures par jour, à subir la semaine anglaise et à fermer les dimanches et jours fériés?

— En effet, ce serait draconien!

— Ce qui est draconien, honteusement, c'est de laisser ouverts ces établissements et de contraindre les pharmaciens à fermer. Devant une pharmacie même ouverte, mais *légalement fermée*, un malade pourra mourir (la chose est arrivée il y a quelques jours) sans qu'il soit permis au pharmacien de le secourir. Ah! je le sais, cette contrainte ne sera pas imposée aux marchands de vin, de vitriol et de mixtures, parce que leurs officines, si nuisibles, servent à réunir et à intoxiquer les électeurs. Nos honorables en ont tant besoin pour garder, à la Chambre, le siège et l'écharpe des entretenus de la nation.

— Vous vous avancez peut-être imprudemment. Il existe d'honnêtes débits de boisson ne vendant pas de mixtures, mais des produits naturels.

— Aussi naturel que celui vendu par les laitiers de Paris. A une vache, traduite en justice comme témoin, un juge ayant présenté un pot de lait, lui demanda : « Qu'est-ce que cela? » Le consciencieux témoin, flairant le produit, répondit, sous la foi du serment : « Je ne sais pas! » Ainsi en serait-il pour les vins et leurs dérivés, si nos vignes étaient appelées en témoignage.

— Fi! que nous voilà loin de notre sujet, nous avons commencé amour, nous finissons vin.

— Nous parlons surtout contrefaçon, or vos pratiques sont plus que toute autre chose, une contrefaçon. En regardant la pompe érotique nécessaire à l'excitation de vos sens atrophiés, on est bien loin de l'amour superbe, magnifique et divin chanté de tout temps par les poètes. L'amour, acte beau, sublime étreinte de deux pensées, communion de deux êtres, mais pas exhibition de musée anatomique et génuflexions devant un polichinelle flatueux, comme ce fantoche qui sue la peur de se trouver en face d'un homme. Contrefaçon, vous dis-je! Les amoureux chantés par la légende ne le reconnaîtraient pas non plus. Voyez, maintenant, ma colère est tombée, je parle non en apôtre, mais en homme sain aimant la beauté et la sincérité. Vous êtes ici plusieurs malheureuses intoxiquées du poison distillé par cet alchimiste néfaste, tant dans ses théories que dans sa prose toxique. Il n'est peut-être pas trop tard pour revenir à vous, l'antidote est à votre portée, c'est l'amour loyal, propre et naturel.

— En faisant des enfants, n'est-ce pas?

— Je n'ai rien précisé, Madame, j'ai parlé seulement de l'amour loyal et naturel, chacun en

tire les déductions qu'il entend. Maintenant,
adieu, je souhaite de ne jamais vous retrouver
dans ces chemins tortueux, ma route est trop
droite pour cela. Je vais vers une brave petite
âme que vos principes déshonorants n'ont pas
encore réussi à pervertir et sur laquelle vous vou-
liez vous livrer au plus odieux des crimes. Moi,
j'espère lui donner une vie de bonheur et de joie
par l'amour vrai.

Il jeta un dernier regard de dégoût et de mépris sur Jacques Blue, affalé dans un coin et
passa la porte, suivi du musicien. Quand il fut
sorti, Mica et Bernadi, prudemment demeurés
cois, voulurent parler de vengeance, de représailles. D'un ton sec, et avec un regard étrange-
ment brillant, Suzy Delsol leur imposa silence.

— Taisez-vous, chiens hargneux, celui-là, au
moins, est un mâle!

Il n'y eut pas une protestation, les invitées
pensaient comme elle et jetaient des regards de
commisération méprisante sur *l'Excessif* que
Bernadi faisait rentrer dans sa chambre.

A la porte de la maison, Jean de Kerverno remercia le musicien et, hélant un taxi, donna
l'adresse de la rue de Prony. Il allait vers celle
qu'il savait désormais sauvée des mains indignes
et dans laquelle il espérait pouvoir retrouver sa
Colette d'autrefois.

V.

En quittant le studio de Jacques Blue, Jean de
Kerverno s'était fait conduire rue de Prony; là,

Colette commençait à donner les premiers symptômes de la fin de son inconscience. Rassuré de ce côté, le jeune homme avait recommandé à Trinita d'éviter toute explication, même de ne point révéler sa présence jusqu'au moment voulu.

La drogue de l'infâme Termonide, à base d'opium, était savamment composée. Colette passa de l'inconscience à l'état normal, sans aucun malaise, ne se souvenant de rien, elle fut seulemment étonnée de se trouver chez elle, couchée dans son lit et de voir Trinita ranger ses vêtements, elle demanda :

— Comment suis-je revenue ici? C'est bizarre, j'étais au restaurant avec Mme Delsol, j'ai bu une coupe de champagne, ensuite, je ne sais plus ce qui est arrivé.

— Rien, ma foi, Madame, un étourdissement causé par votre manque d'habitude des vins trop mousseux, et puis l'atmosphère des restaurants à la mode. La voiture de votre amie vous a ramenée ici; mais, je vous ai couchée aussitôt.

— J'ai dû dormir. Quelle heure est-il donc?

— Une heure du matin. Maintenant, bonne nuit, Madame, je me tiens dans la pièce à côté, si vous avez besoin de moi?

Colette remercia d'un sourire la dévouée femme de chambre et remarqua, soudain, la chemise de nuit qu'elle portait.

— Trinita, pourquoi m'avoir mis cette chemise? Vous savez pourtant qu'elle est destinée à ma nuit nuptiale, je l'ai emportée de Penmarch avec l'espoir que mon Jean viendrait me surprendre ici et accepter tout de celle qui l'appelle en vain.

Et les bras tendus dans une imploration, ses

beaux yeux pleins de larmes, elle dit avec une violente émotion :

— Jean, mon Jean bien-aimé, n'entendras-tu jamais l'appel de ta petite Colette? Ah! quelle souffre de ta rancune! Elle voudrait tant te crier avec tout son amour : Mon corps est à toi, mon Jean; il est tout à toi!

A ce moment, ses yeux reflétèrent un très grand étonnement, en même temps qu'une sorte d'extase. Moulé dans le pyjama coquet qu'il portait le soir de ses noces, Jean venait d'apparaître à la porte du cabinet de toilette.

Il s'avançait vers elle, souriant, le visage illuminé de bonheur.

Mon Dieu! Etait-ce une apparition? Non, car la bonne voix tant aimée murmura comme une caresse :

— Tu m'as appelé, ma petite Colette, me voici.

Alors, certaine de ne point rêver, elle se blottit dans ses bras et leurs lèvres se joignirent en le plus ardent des baisers. Puis, le regardant avec ferveur, elle murmura timidement :

— Jean, mon bien-aimé, tu as entendu ce que je disais tout à l'heure. Oublie un moment d'égarement. Je suis tienne, je veux être la mère de tes enfants.

Leurs lèvres se joignirent de nouveau. Trinita, dans la pièce voisine, coupa l'électricité et regagna sa chambre en pensant, joyeuse :

— Comme ils vont être heureux! Et puis, moi aussi, je me sens l'âme en fête. Sans doute, est-ce la satisfaction d'être débarrassée d'une rôle exécrable.

Très lasse, avec des roseurs de fièvre aux pommettes, des cernures sous ses cils onduleux qui palpitaient encore, et du ravissement, du trouble dans les prunelles, Colette venait de s'éveiller dans le lit raviné, parmi les guipures froissées des oreillers. Ses épaules nues, les pointes rosées de ses seins, que la fine chemise aux épaulettes dénouées ne voilaient presque plus, ses beaux bras nus placés dans une pose nonchalante, formaient le plus délicieux des tableaux.

Elle se taisait. Elle s'engourdissait tout entière en la torpeur délicieuse du bonheur et de l'amour retrouvés.

A genoux, appuyant contre ses lèvres l'une des menottes de Colette, Jean contemplait ce corps adorable, ces lèvres rouges. Tout cela lui appartenait enfin. Les paupières mi-closes, il se remémorait les détails de cette soirée qui, après le drame, avait fait sienne la Reine de son cœur.

S'étant tout à fait réveillée, Colette vit celui dont elle était enfin l'épouse, et l'attira à elle pour lui donner ses yeux :

— Il doit être très tard, mon adoré, demanda-t-elle, nous avons donc tant dormi?

Il répondit avec un sourire complice et amusé:

— C'est vrai, nous n'avons fait qu'un somme, il va être midi.

Ils éclatèrent de rire et leurs regards se fondirent, disant le souvenir délicieux de leur étreinte et leur reconnaissance mutuelle pour le bonheur donné.

Ils déjeunèrent dans leur chambre, servis par Trinita, amusée des clins d'œil joyeux que sa maîtresse lui lançait pour la mettre au courant de sa félicité sans mélange.

Après le déjeuner, Colette voulut faire lire à Jean les lettres qu'elle écrivait, chaque jour, et le mari put se convaincre que l'amour de sa chère petite femme ne s'était pas refroidi une minute.

Vers dix-sept heures, comme ils se disposaient à sortir, Trinita apporta un télégramme. Sans l'ouvrir, Jean le tendit à Colette en disant :

— Ouvre, ma chérie, ce doit être la réponse à une demande partie ce matin même, et qui concerne beaucoup notre bonheur; lis donc tout haut ce verdict apportant la joie ou la contrariété.

Très intriguée, la jeune femme obéit et sa voix de pur cristal lut dans un éclat de rire joyeux :

« Vous accordons avec tous nos vœux le congé patronal de quatre mois que vous sollicitez. Tout marchera à merveille à l'usine, pendant cette période de demi-morte saison. Envoyez-nous itinéraire, vous tiendrons au courant journellement. Selon votre ordre, Sautec part ce soir vous rejoindre. Bon voyage et tous nos hommages affectueux à Madame.

« Louis KERBIRIOU. »

Divinement heureuse, Colette regarda son mari.

— Oh! mon aimé, je crois comprendre, s'agirait-il d'un voyage pour tous les deux, quel rêve!

— Ma foi, oui, j'ai fini par me décider, les désirs de mon épouse sont des ordres. J'ai sollicité de *mes employés* — ceci n'est pas une plaisanterie! — un congé de quatre mois, afin de visiter l'Algérie, la Tunisie et le Maroc. Pourtant, si tu y voyais un inconvénient, si tu préférais un autre pays, l'Italie, la Côte d'Azur, par exemple.

— Oh! non, plutôt l'Afrique du Nord. Avec toi, ce sera un plaisir parfait. Mais, que vient faire Sautec à Paris?

— Nous emmenons Trinita. Si tu as besoin d'une femme de chambre, j'ai besoin, moi, d'un secrétaire; comme je serai en rapports constants avec l'usine, il me sera utile et...

— ... Tu as surtout remarqué ses œillades amoureuses vers Trinita?

— J'ai même constaté la riposte : la dite Trinita paraît le regarder très favorablement. Sautec est un bon et courageux garçon; un ancien de la brigade de l'Yser. L'usine lui fera un bel avenir. De son côté, Trinita est une fille sérieuse et dévouée, je la doterai convenablement, ils pourront donc être heureux.

— Comme tu es bon, mon Jean. Sais-tu que je pourrais fort bien être jalouse de ma femme de chambre, tu en parles avec un enthousiasme sincère et tu la dotes!

Colette disait cela en riant, sachant que le cœur de son mari n'était plus à prendre. S'il agissait ainsi, c'était uniquement dans le but de lui faire plaisir en attachant sa soubrette. Elle fut donc un peu surprise d'entendre Jean lui répondre avec une certaine gravité:

— Trinita mérite cela! Dans quelques jours seulement, je, pourrai t'apprendre le danger auquel tu as échappé, grâce à elle. En attendant cette confidence, dis-toi qu'elle est le principal artisan de notre bonheur actuel.

Quelques jours étaient nécessaires à la préparation du voyage. La joie régnait rue de Prony.

L'Arlésienne était aussi heureuse que sa maîtresse, car elle aimait réellement Sautec. En faisant ses confidences à Colette, elle envisagea son mariage au retour d'Algérie et aussi sa volonté de faire souche. Elle ne pouvait mieux renier ses erreurs et le triste Jacques Blue.

Hélas! celui-ci, bête puante et venimeuse, cherchait une vengeance adéquate à sa haine. Il englobait dans son anathème meurtrier les deux jeunes époux et Trinita. Il voulait leur mort.

Il avait dû rester quinze jours au lit, après l'importante et troublante apparition de Jean en son studio. Au vrai, cet alitement ne provenait pas des attouchements de la rude poigne de l'usinier, mais de la frousse intense qu'il avait éprouvée. Le tout avait déterminé chez lui une sérieuse révolution de bile, avec crises hépathiques.

Auprès de lui, le seul Bernadi! Suzy Delsol, ni aucune de ses almées ne s'étaient dérangées pour le voir, ni demander de ses nouvelles et pourtant, il les avait fait prévenir.

Il est donc facile de calculer la rancune accumulée dans cette âme fielleuse et lâche. Il eut le temps de ruminer toutes sortes de vengeances pendant sa maladie. Il crut enfin avoir trouvé ce qu'il fallait pour réduire ses ennemis et les voir expirer à ses pieds, demandant grâce.

A sa troisième sortie, il se fit conduire rue Saint-Jacques chez Krirachowski. Celui-ci l'accueillit avec un sourire ironique. En effet, il avait été mis au courant du dernier avatar par le délicieux Bernadi, qui espionnait son patron moyennant finances.

Jacques Blue ne discerna pas la cause de ce sourire et, poussé par sa haine, il alla droit au but :

— Krira, dit-il, j'ai toujours mis ma plume à votre disposition. Vous pourrez m'objecter avec raison que vous m'avez largement rétribué. Malgré cela, mon cher ami, il existe entre nous une espèce de complicité qui nous lie.

Intrigué par ce préambule, l'occulte personnage fit de la main un geste condescendant et darda plus profondément son regard sur les yeux troubles du romancier. Celui-ci continua, un peu gêné :

— La besogne que vous me faites faire, je ne l'ignore pas, est destinée à populariser les idées, de bouleversement général, d'une nation que vous représentez ici. Plus de naissance, le trouble dans les unions, le droit de prendre le bien d'autrui pour sa satisfaction personnelle, de renier Dieu et son pays..., etc. Tout cela fait partie du programme de cette sacrée union, qui espère amener ainsi le règne de la terreur et noyer l'humanité dans le sang. Avec quelques restrictions, j'ai fini par vous obéir et, manœuvré par vous, j'ai écrit les libelles incendiaires de votre choix. Aujourd'hui, à mon tour, je viens vous demander un service; vous ne pouvez me refuser, mon but entre dans les idées de vos dirigeants.

Très froidement, le Russe laissa tomber :

— Parlez, Blue, si la chose peut convenir aux intérêts de mes mandants, elle est accordée d'avance. Dans le cas contraire, je vous en préviens, il n'y aura rien à faire.

— Voilà! vous disposez, on me l'a dit, de nombreux agents en France, tant à Paris qu'en province. Vous pouvez faire marcher les forces du parti qui, chez nous, s'est inféodé à votre internationale. Il s'agit de fomenter une grève dans un département encore à peu près réfractaire à vos théories et de pousser les Bretons, outranciers dans leurs idées, à marcher de l'avant.

— En deux mots, il s'agit de vous venger de M. de Kerverno qui a été bousculer votre clientèle et vous a dit vos vérités.

Un flot de sang empourpra les joues de l'écrivain. Comment ce diable d'homme pouvait-il être au courant de sa pitoyable aventure? Il respira fortement et se décida à avouer :

— Je hais de toutes mes forces ce brutal malotru; il s'est introduit chez moi comme un voleur et il a abusé, contre un vieillard et des femmes, de sa jeune vigueur.

— Voyons, ne dénaturez pas les faits, mon cher Blue, Kerverno est venu chez vous chercher son épouse, tombée dans le guet-apens de votre belle amie. Je vous avais charitablement prévenu en disant : « Votre passion finira par vous jouer un sale tour. » Le mari de votre Colette ne vous a pas pris en traître, il vous a dit loyalement quelle punition il comptait vous infliger. D'ailleurs, il vous a épargné, par égard pour votre âge. Par contre, il a bel et bien rossé vos deux gardes du corps. Vraiment, l'incident est plaisant; même ce Kerverno aurait toute ma sympathie s'il n'était bourgeois et de plus patron. Ces raisons, seules, m'engagent à prendre parti.

Un éclair de joie sauvage passa dans les yeux de l'écrivain. Krirachowski acceptait de se charger de sa vengeance : cela seul comptait. Il en oubliait la façon dont l'aide lui était apportée et le mépris montré à son égard. Son ennemi serait frappé, le reste importait peu.

Très calme, Krirachowski disait maintenant :

— Je m'occuperai de votre affaire avec un certain plaisir, ce Kerverno me paraissant dangereux; il professe, en effet, des idées humanitaires et ces idées le font bien voir de ceux qui travaillent pour lui. Il a beaucoup amélioré leur sort et prend leur défense contre les autres maisons qui voudraient les exploiter. Vous le voyez, je suis au courant du pedigree de votre homme; j'ai à ma disposition une multitude de fiches très documentées sur les usines de France et d'ailleurs. Le type en question m'a intéressé particulièrement pour deux raisons, la première : je connaissais votre passion sauvage à l'égard de sa fiancée, pour sa femme ensuite; la deuxième : il bouleverse nos théories et va un peu fort en se faisant le champion philanthropique de ceux qu'il devrait exploiter. Si les patrons se mêlent de faire de l'humanité, nous n'avons plus qu'à fermer boutique.

— Alors vous allez marcher à fond?

— Plus tard. Nous n'avons rien à faire pendant la morte-saison. Actuellement, les sardiniers ignorent ce que les usines feront, dans leur intérêt, à l'époque de la pleine pêche. Nous sommes en novembre; en mars j'enverrai quelques lascars adroits et largement pourvus d'argent. Ils prépareront le mouvement qui éclatera en juin ou juillet, à la pleine saison.

— Je vous demande une grève sans pitié !

— Elle le sera. Les Bretons sont longs à se mettre à la besogne, mais quand ils y sont, ils donnent toutes leurs forces. Ce serait une grande victoire pour moi de mettre à feu et à sang ce coin réfractaire. Dès demain, je vais envoyer là-bas un sondeur de choix. Revenez me voir dans un mois, il m'aura rapporté les renseignements sur la façon de marcher, sur les points faibles capables de faire éclater la grève et les troubles graves. De mon côté, j'aurai probablement du nouveau à vous commander.

Jacques Blue rentra chez lui, en proie à une joie mauvaise. Désireux de changer un peu d'air, il passa chez Suzy Delsol. La divorcée le reçut assez froidement; quand il lui eut expliqué ce qu'il venait de préparer, elle se leva, lui signifiant ainsi qu'elle avait assez de sa visite :

— Kerverno avait bien raison en vous traitant de misérable et de canaille, dit-elle d'une voix cinglante. Vous êtes de plus le dernier des lâches. Comment, pour satisfaire votre rancune, vous allez demander l'aide de ces gens-là? Nous ne voyons pas les choses de la même façon, Jacques Blue, si vos théories malthusiennes m'ont emballée, je réprouve avec force le désordre et le meurtre. Je suis une bourgeoise, moi, et je ne saurais frayer avec les gens de Moscou, vos amis. Usez donc de leur amitié et de leurs procédés sanguinaires, libre à vous, mais tous mes vœux vont à Jean de Kerverno. Oui, je souhaite de tout mon cœur qu'il vous taille des croupières et vous communique, cette fois, la correction si méritée que sa magnanimité vous épargna.

Elle sonna, fit reconduire le romancier, blême

de rage, et passa dans son boudoir, en lui fermant la porte au nez.

Un mois après, fidèle au rendez-vous, Jacques Blue se présentait rue Saint-Jacques et apprenait les nouvelles avec une satisfaction cruelle : tout allait être mis en œuvre pour semer le désordre chez les pêcheurs. Le sinistre individu, voyant sa seule vengeance, se souciait peu de la misère qui allait s'abattre sur toute une population travailleuse et honnête.

Le même soir, à Biskra, dans une douce étreinte, Colette confiait à Jean, fou de bonheur, le plus cher des secrets. Elle portait dans son sein le premier germe d'une famille que, maintenant, elle désirait nombreuse.

VI

Toute la presqu'île de Cornouailles était en ébullition; malgré les efforts de Jean de Kerverno, sans cesse prêt à concilier les partis, la grève générale venait d'être votée.

Krirachowski était homme de parole. L'affaire avait été menée de main de maître : le nerf de la guerre sacrée ou de la sinistre anarchie faisait son office. Le désordre est capable de toutes les générosités.

A leur retour de l'Afrique du Nord, Jean et

Colette s'étaient rendus à Nantes, chez la bonne tante Jenny. Là, l'industriel avait cru pouvoir s'attarder auprès de sa chère petite femme, déjà enceinte de cinq mois. Il avait renvoyé Sautec à Penmarch, mais lui ne pouvait se décider à partir. Pourquoi tant se hâter? Les choses marchaient merveilleusement à l'usine et la saison ne commencerait guère avant trois mois. Il s'engourdissait donc dans un doux farniente, prolongeant ses vacances de quinze jours en quinze jours. Brusquement, ce fut le réveil, une lettre de son fondé de pouvoirs vint lui rappeler qu'il avait charge d'âmes.

Le brave homme écrivait à son jeune patron :

« Depuis plus d'un mois, de nombreux émissaires parcourent toute la Bretagne, principalement la presqu'île de Penmarch. Ils sèment l'argent à tort et à travers et prêchent la révolte, la grève, l'augmentation fantastique des salaires et la mort des patrons. Ils s'attaquent surtout aux pêcheurs et, malheureusement, ceux-ci commencent à prêter une oreille attentive à ces propos désastreux. »

Sans hésiter, Jean sauta dans le train, laissant Colette à Nantes, chez tante Jenny, car il voulait la soustraire aux émotions nuisibles dans la position où elle se trouvait.

La séparation avait été assez douloureuse, la future maman désirait suivre son mari, l'aider dans sa tâche, partager ses dangers. Avec une patience émue, Jean avait réussi à lui persuader qu'il devrait parcourir également toute la Bretagne afin d'enrayer, si possible, le mouvement. Il devait aussi s'entendre avec les usiniers, for-

18

mer un noyau de défense; pendant cela, elle se-
rait souvent seule à Penmarch..., etc. Tante
Jenny, intervenant avec son affectueuse autorité,
Colette avait fini par céder à ces sages conseils.

Dès son arrivée à Penmarch, Jean de Kerverno
n'eut pas de peine à s'apercevoir que la soi-disant
Internationale Moscoutaire avait passé par là. En
effet, ses dirigeants ayant assumé la tâche de
bouleverser et de détruire l'humanité, tout en
paraissant travailler pour elle, disposaient d'un
budget considérable, par suite de la répudiation
de leurs dettes, et employaient cet argent mal
acquis à la pire des besognes.

De son côté, comprenant la puissance de l'argent et l'influence des mots sonores sur les foules
ignorantes, le mari de Colette engagea la lutte en
allant voir les pêcheurs les uns après les autres.
Presque partout, il reçut la même réponse:

— Vous comprenez, M'sieu Jean, c'est pas à
vous qu'on en veut, mais il y a les revendications,
le prolétaire a droit, comme le capitaliste, au
banquet de la vie, la question humanitaire doit
primer tout.

Revendications, prolétaire, capitaliste, humanitaire, voilà les gouttes de poison dont se ser-
vaient les propagandistes, pour corrompre les
âmes et arriver à leur fins. L'alcool y aidait. Dans
ces occasions, il coule à flots, et sème la haine.

Au fait de sa popularité dans le Finistère et
même dans le Morbihan, les usiniers des deux
départements avaient confié à Jean de Kerverno
le soin de défendre les intérêts de la corporation.
Ils s'étaient engagés d'avance à ratifier ses décisions.

Alors, le brave garçon ne connut plus de repos, il courut de tous les côtés, assistant aux réunions qui se faisaient de plus en plus nombreuses, aux approches de la saison de pêche. Il combattait pied à pied les arguments révolutionnaires, il en imposait aussi par son nom, par sa personnalité et surtout par sa puissante stature, les fauteurs de désordre n'ayant de respect que pour la force.

Bien souvent, ceux-ci avaient pensé à faire tomber dans un guet-apens cet ennemi actif et dangereux. La raison leur avait démontré que ce coup sournois marquerait leur échec définitif. En effet, pour les pêcheurs, la personne de Jean de Kerverno était sacrée. S'ils consentaient à combattre ses arguments, ils n'admettraient jamais qu'on touchât un seul cheveu de sa tête.

La saison de pêche arriva enfin, le poisson s'annonçait abondant, il y eut une accalmie avant-courrière de l'orage. L'époque de la délivrance de Colette approchait; néanmoins, Jean ne pouvait se décider à la faire revenir dans ce pays agité et qui pouvait être, d'un moment à l'autre, en proie aux plus graves désordres. Colette se résignait mal à cet exil et, dans sa jolie tête, un projet se formait.

Bientôt, les exigences des pêcheurs se firent telles que, malgré sa philanthropie et son affection pour eux, Jean dut répondre par un refus. Il essaya de leur faire comprendre qu'il avait déjà doublé le prix fort, récemment obtenu par eux, que les usiniers avaient aussi à payer la main-d'œuvre, les boîtes, l'huile, la cuisson, sans compter les frais généraux, ce qui les mettrait dans l'obligation de vendre leurs conserves un prix prohibitif et que les millionnaires, seuls, pourraient manger des sardines à l'huile. Rien n'y fit; les agents de Moscou avaient chauffé à blanc les pauvres gars assez naïfs pour les croire. La grève éclata.

Elle durait depuis trois semaines, l'argent se faisait rare. Les mères de famille, menacées de manquer de pain, commencèrent à crier contre les patrons, affameurs des pauvres. Elles ne pensaient même pas à incriminer les misérables qui les avaient fait tomber dans ce traquenard. Ils ne souffraient point, eux, car ils se faisaient largement nourrir par leurs innocentes victimes.

Tenu au courant heure par heure par Krirachowski, Jacques Blue jugea le moment propice d'aller à Penmarch réaliser une machination infâme qu'il ruminait depuis longtemps.

Dans le petit train d'intérêt local qui, de Pont-l'Abbé le conduisait à Saint-Guénolé, il se réjouissait de la désolation trop visible des habitants. Mais son regard fut attiré par une automobile fermée. Elle paraissait lutter de vitesse avec le train, sur la route côtoyant la voie ferrée. Dans cette voiture, il lui sembla reconnaître Colette, qu'accompagnaient une dame plus âgée et Trinita.

Devinant l'approche de sa délivrance, la femme de Jean s'était brusquement décidée à partir. Son premier enfant devait voir le jour dans leur villa de Saint-Guénolé! Tante Jenny, bien entendu, s'était gendarmée contre cette folie puis, comprenant ce désir très naturel, elle accompagnait sa nièce.

Les trois femmes arrivaient dans une auto louée à Quimper. Colette se faisait un plaisir de surprendre son mari, non prévenu. Quant à Trinita, sa joie était grande, car c'est à Saint-Guénolé qu'elle devait épouser Sautec.

Aucune d'elles ne virent le sinistre Jacques Blue.

Celui-ci, préoccupé de ne point donner l'éveil, descendit dans une simple auberge et commença aussitôt sa besogne de corruption. Sous le couvert d'un brave homme s'intéressant à la misère des familles et leur distribuant quelques secours, il laissait tomber, dans la conversation, des phrases lapidaires, destinées à pousser plus avant ces têtes en révolte.

— Mes bénis amis, disait-il d'un air apitoyé, il est vraiment malheureux de voir vos pauvres enfants crier famine, alors que, gorgés de richesses, vos patrons n'ont pas d'enfants ou presque pas. Regardez les Kerverno, ils se gardent bien d'en fabriquer, eux! Ils ont pourtant les moyens, ceux-là. Mais ces dames ont horreur de la progéniture, et elles font ce qu'il faut pour s'en passer. Tenez, l'épouse de l'aîné s'est fait crever, en cherchant à liquider son gosse et celle de Jean en a fait ou en fera certainement autant. Elle vient de voyager, m'a-t-on dit, c'était, sans doute, pour imiter sa belle-sœur.

Et, doucement persuasif, bonhomme, il développait des principes incompréhensibles en Cornouailles, sur l'amour sans risques. Puis, changeant de thème, il poussait les mères de famille à courir houspiller la femme de Kerverno et à la lyncher pour sa stérilité criminelle.

Bientôt, dans le pays, de Pont-Croix à Quimperlé, en passant par Châteaulin, il ne fut plus question que de cette histoire. Les commérages amplifièrent les choses : la femme de l'aîné des Kerverno était morte en faisant passer son quatrième enfant et celle de Jean en était à son deuxième.

Pendant cinq ou six jours, les esprits se montèrent progressivement. Enfin, un matin, vers onze heures, en troupe, des femmes excitées au paroxysme, décidées au meurtre, se dirigèrent vers l'usine.

Au lever du jour, Jean s'était éloigné, allant à une réunion définitive avec les délégués des pêcheurs et ceux des patrons, en présence du représentant du ministre.

Afin de bien montrer aux grévistes qu'il avait confiance en leur sagesse, Jean avait exigé que, malgré la fermeture de l'usine, la grille d'entrée fût toujours grande ouverte et les chiens de garde solidement attachés.

La horde des exaltées, encore grossie pendant la route, put donc, tout à son aise, faire irruption dans la cour de l'usine, devant la villa et se mit à pousser des cris meurtriers.

— A l'eau les faiseuses d'anges, à mort la Kerverno qui détruit ses enfants pour ne pas les nourrir !

Pendant quelques minutes, elles crièrent ainsi sans toucher à la porte de la maison, qu'elles croyaient fermée et barricadée. Soudain, cette porte s'ouvrit et la mère Valentin, la sage-femme de Penmarch, connue de toutes, car toutes avaient plus ou moins passé par ses mains, parut sur le seuil; un bon sourire illuminait sa figure ridée. Alors, dans le silence qui s'était fait à son apparition, elle lança cette annonce pour le moins inattendue :

— C'est un garçon, beau, grand et fort comme son papa, un vrai Kerverno. Entrez donc le voir, et pas trop de bruit; la jolie maman est un peu fatiguée !

Il y eut un mouvement de stupeur. Enfin, comme si elles craignaient d'avoir été trompées par la mère Valentin, quelques-unes se risquèrent, les autres suivirent par curiosité, puis par sympathie.

Oh! miracle d'une naissance! toutes ces femmes, la minute précédente, prêtes au meurtre, marchaient sur la pointe des pieds en arrivant dans la chambre. Là, un sourire épanouit leurs lèvres, en voyant la délicieuse Colette, encore exsangue, la tête lasse enfoncée dans l'oreiller, s'efforçant de communiquer à chacune la joie qui l'inondait. Près d'elle, tante Jenny, radieuse, tenait· dans ses bras un nouveau-né solide et râblé, un véritable gars de Bretagne.

Toutes ces femmes avaient connu. même plusieurs fois, la joie de la maternité, aussi ne pouvaient-elles pas être trompées; la femme de Jean de Kerverno était bien des leurs : une mère!

Quand elles eurent défilé devant le lit, Tante Jenny les fit passer au jardin où les attendait Sautec, promu caissier depuis un mois. Il distribua à chacune de ces énergumènes repentantes un billet de cent francs, en répétant :

— De la part du petit Yves.

Alors, dans le cœur de ces femmes, bafouées par l'étranger, monta une sourde colère contre celui qui les avait poussées à cette sotte équipèe. Trinita les avait suivies dans le jardin, cherchant à connaître la cause de leur colère vite dissipée; elle n'eut pas de peine à reconnaître Jacques Blue dans le signalement qu'on lui donna.

Le sang bouillant de la fille d'Arles fit encore des siennes. Superbe d'indignation, elle cria :

— Le misérable, le damné, c'est cet homme! Il a déjà immolé plusieurs femmes avec ses conseils perfides contre la natalité. Suivez-moi, Mesdames, allons lui prouver que les femmes d'ici sont avant tout des mères!

Et la ruée repartit en sens inverse, allant vers l'auberge où le romancier se terrait, attendant le résultat de sa machination.

La rumeur arrivant de la rue le mit debout; il distingua son nom à travers les cris de mort. Alors, il voulut fuir. Ses jambes lui refusèrent le service. Il se sentit empoigné, traîné, roué de coups, presque déshabillé, culbuté au milieu d'un hourvari effroyable, dans lequel une voix, trop connue de lui, celle de Trinita, criait, dominant les autres :

— A l'eau, assassin! noyons-le, comme il voudrait noyer tous les petits!

Il pressentit le châtiment et pleura. Pourtant, cet être abject devait encore sauver sa vilaine carcasse. Prévenu par téléphone, Jean arrivait en auto de Quimper. Il était doublement joyeux de la naissance d'un fils et de la fin de la grève. Grâce à lui, surtout, le conflit était apaisé, à la grande colère des propagandistes, obligés, par peur des représailles, de quitter le pays, sur lequel ils vivaient en pachas.

En stoppant, il vit cette tourbe hurlante de femmes, rouant de coups un homme qu'il ne reconnut pas, tout d'abord. Mais, ayant aperçu Trinita échevelée, semblable à une furie, il l'appela. En quelques mots, elle lui expliqua la dernière machination du tueur d'enfants.

L'usinier eut un geste terrible qu'il sut réprimer à temps. Puis, de cette voix chaude qui charmait les gars du pays, il parla aux femmes en breton.

— Cet homme est un criminel, c'est vrai. Cependant, Mesdames, ce jour ne doit pas être marqué par une exécution illégale. Vos hommes vont reprendre la mer aujourd'hui même. Faites grâce à celui-ci, pour l'amour de mon premier fils qui vient de naître.

Les femmes obéirent comme à regret, alors Jean de Kerverno dit au cynique personnage, à moitié assommé et suant de peur :

— Rentrez à votre hôtel, préparez vos bagages. Ce pays n'est pas fait pour vos ignobles leçons. Dans un quart d'heure, mon auto viendra vous chercher et vous conduira à Quimper. S'il vous fallait attendre jusqu'à l'heure du train, je ne répondrais pas de votre vie.

Jean remonta dans sa limousine avec Trinita, acclamé par les femmes qui laissèrent Jacques Blue regagner péniblement son auberge.

En route, l'Arlésienne fit à son patron le récit de ce qui s'était passé le matin. Une heure après son départ, Colette avait été prise des premières douleurs, la vieille bonne s'était empressée d'aller quérir la mère Valentin et l'enfant était né, quelques minutes avant l'arrivée des femmes, exaspérées par les diffamations du romancier.

Aussitôt, Colette avait donné l'ordre d'ouvrir toutes les portes et de faire entrer ces femmes, tandis qu'elle faisait demander à Sautec de combien de billets de cent francs il pouvait disposer. Et elle en avait fait donner un à chaque femme en spécifiant bien que c'était de la part de Monsieur Yves, le nouveau-né.

Quelques minutes après, Jean de Kerverno contemplait le plus charmant des spectacles, sa Colette chérie tenant dans ses bras la chair de leur chair :

— Es-tu heureux, mon adoré? lui demandat-elle.

— Comme on ne peut l'être plus, Colette chérie. Par exemple, je regretterai toute ma vie d'avoir été absent en un pareil moment.

— Tu étais à ton devoir, mon époux, cela seul compte.

Leurs lèvres se joignirent. De leur côté, dans la chambre voisine, Trinita et Sautec convenaient, dans un baiser, de se marier dans trois semaines, pour les relevailles de Colette.

Et les cloches de toutes les églises de Penmarch se mirent à sonner, les unes après les autres; chaque église, voulant faire honneur au père respecté, annonçait la naissance de Yves de Tréogat de Kerverno.

Ce carillon commença au moment où, dans la voiture de celui qui lui avait fait grâce, l'Excessif fuyait ce pays. Là, ses théories s'étaient effritées contre les consciences de pur granit des femmes de Bretagne.

La chanson des cloches devait le poursuivre longtemps, lui criant son infamie et acclamant la victoire de l'amour sain et du seul être qui puisse donner la raison de vivre : l'enfant, la chair de la chair, l'éternel sourire au milieu des larmes.

APPENDICE

PAROLES UTILES, CHIFFRES ATTRISTANTS

Ce qui précède est un roman, mais la vie n'en est pas un. A la suite de la fiction, il nous faut, ici, donner quelques preuves.

———

La famille, cellule-mère de la cité, dans la vie antique, assurait la pérennité de la nation. Son affaiblissement, par suite du goût du luxe, des raffinements et de la corruption sensuelle, fut la cause de la diminution des naissances, en Grèce. Sa dépopulation rapide permit à Rome de la conquérir. Le même mal atteignit, à son tour, la République Romaine et l'Empire, qui lui succéda, succomba dans une crise de natalité. Ce fut la mort de consomption, par incapacité de se reproduire.

De première qu'elle était parmi les grandes puissances en 1715, par rapport au nombre d'habitants, la France, en 1925, était déjà tombée au septième rang, *le dernier :* comme on s'en rendra compte en examinant le tableau ci-après. Nous sommes donc exactement dans la situation de la Grèce et de l'Empire Romain, aux époques les

Les chiffres indiquent, en millions, le nombre d'habitants

ANNÉES								
1715.....	France 19	Autriche 15	Russie 13	Angleterre 10	Espagne 6			
1815.....	Russie 36	France 29,5	Autriche 24	Angleterre 19	Etats-Unis 8			
1851.....	Russie 60	France 35	Autriche 31	Angleterre 27,5	Etats-Unis 23			
1871.....	Russie 75	Allemagne 41	Etats-Unis 38,5	France 36,2	Autriche 36	Japon 32	Angleterre 31,5	Italie 26
1913.....	Russie 150	Etats-Unis 98	Allemagne 67	Autriche 53	Japon 53	Angleterre 46	France 40	Italie 36
1925.....	Etats-Unis 120	Russie 102	Allemagne 63	Japon 60	Angleterre 48	Italie 41	France 40	

DE 1715 A 1925, LA FRANCE EST PASSÉE DU PREMIER AU DERNIER RANG
DES GRANDES PUISSANCES

plus tragiques de leur période décadente. Nous colonisons au delà des mers, mais nous sommes colonisés, chez nous, par les étrangers. En effet, ceux-ci se groupent en ilots dont la cohésion, imposée, rendra l'assimilation à peu près impossible. Or, il n'y a qu'un seul moyen de parer à cette colonisation intérieure, véritable danger, c'est de combler les vides, en ayant des enfants. C'est le seul remède, car « l'histoire en fait foi, toute nation en supercroissance tend à détruire les peuples à fécondité moindre. Ainsi sans attendre l'état de guerre, tout peuple à faible reproduction risque de tomber insensiblement à la merci de l'étranger (1). »

Hélas! je le répète, c'est notre douloureux cas. En effet, l'année 1925 a vu surgir :

546.000 Allemands de plus,
470.000 Italiens   —
276.000 Anglais   —
216.000 Espagnols   —

et beaucoup moins de 60.000 Français, puisque ce dernier nombre comprend les enfants d'étrangers.

« Or, la France est, après la Russie, l'Etat le plus vaste de l'Europe, elle est plus étendue que la Grande-Bretagne et l'Italie réunies... (2) »

Vraiment, est-ce à l'heure où la famille française est en décroissance, où la natalité ne peut plus suppléer à la mortalité et laisse approcher le moment « où les cinq mâles pauvres de la famille allemande viendront facilement à bout

---

(1) *Maternité et naturalisation*, par M. Gélinet.
(2) *Pour que la France vive*, par Paul Héury.

du mâle unique de la famille française » (3); est-ce à cette heure critique entre toutes qu'il peut être permis à un écrivain, fils de la France appauvrie, de propager ses doctrines néo-malthusiennes, d'acclamer les anti-conceptionnistes et de pousser ce cri, simple proposition littéraire : *Ton corps est à toi*, titre aussi redondant que son application est fausse.

En effet, nul n'a la propriété absolue de son corps. En dehors des raisons précédemment fournies : Propriété du père sur l'enfant, de l'homme sur sa femme et de la femme sur son mari, l'un et l'autre s'étant entièrement donnés, devant la loi et devant l'Eglise, il y a la solidarité humaine, la vraie propriétaire, celle-là. A tous, elle ne parle pas en la même langue, sa voix se subdivise en autant de notes qu'il y a de races et de sociétés-familles ou nations.

« Chacun pour tous » étant la devise de la civilisation, chaque peuple dénombre régulièrement sa richesse en vies humaines. Partout, en Europe, l'homme est numéroté, pour le cas où, sa nation étant attaquée par une autre, il aurait à la défendre et peut-être à payer l'impôt du sang.

M. Painlevé déclarait, le 17 juillet 1927 : « Le plus grave danger que pourrait courir la paix de l'Europe ce serait la faiblesse de la France. »

Notre pays pourrait-il résister à une agression? Oui, si les Français le veulent, mais il faut qu'ils le veuillent. Or, comme chacun se doit tout entier, que nul ne peut échapper à l'engagement légal de solidarité, le rôle de la femme, si elle

(3) D'après un auteur allemand.

sait le comprendre, peut être supérieur à celui de son compagnon.

Pour permettre au pays de vivre, de maintenir sa force, de reconquérir son rang, il lui faut des bras, donc des hommes. Une impérieuse nécessité nous convie à en assurer le renouvellement et la multiplication, car les voisins croissent en masse, immigrent en torrent continu et finiront par nous avoir, pacifiquement.

Ici se place l'aide nécessaire de la femme française, elle doit écouter et comprendre ce que lui dit la voix attristée de la France, sa mère :

— Ma fille, comme celui de mes fils, *ton corps est à moi*. L'impôt du sang dû par la femme, c'est la maternité!... S'opposer à la conception équivaut à la désertion, et détruire l'enfant conçu équivaut à l'assassinat d'un défenseur.

P. F. f.

30 juin-20 juillet 1927.

Paris. — Imp. RAMLOT et Cie, 52, avenue du Maine.

www.ingramcontent.com/pod-product-compliance
Lightning Source LLC
Chambersburg PA
CBHW061547170626
46811CB00001B/119